青轮

QING LUN

魏艳枫 ◎ 著

九州出版社
JIUZHOUPRESS

图书在版编目（CIP）数据

青轮 / 魏艳枫著 . -- 北京：九州出版社，2024.
8. -- ISBN 978-7-5225-3232-5

Ⅰ . I217.2

中国国家版本馆 CIP 数据核字第 20248VF266 号

青　轮

作　者	魏艳枫　著
责任编辑	周红斌
出版发行	九州出版社
地　址	北京市西城区阜外大街甲 35 号（100037）
发行电话	（010）68992190/3/5/6
网　址	www.jiuzhoupress.com
印　刷	唐山才智印刷有限公司
开　本	710 毫米 ×1000 毫米　16 开
印　张	16.5
字　数	252 千字
版　次	2024 年 8 月第 1 版
印　次	2024 年 8 月第 1 次印刷
书　号	ISBN 978-7-5225-3232-5
定　价	78.00 元

荒荒坤轴，
悠悠天枢。
亘古无穷之生意，
永新奔流……

　　　　　　——起语

目　录
CONTENTS

碧晶时轮

我将时光的有节奏的流转唤做"时轮"。在此，时光并非时钟滴答化身的冷漠的数字，而是五光十色的、充满喜怒哀乐的、涌动的生命之潮。它的循环往复象征着超越个体的宇宙的永生。这亘古长存的永生并非在冥想的斗室中，而是在欣欣向荣的大地上，它以冬日积雪下嫩草的发芽、初春凉爽的泥土中新笋的节节破壳、盛夏时浓荫中蝉的浅吟低唱、季秋时柚子和野葡萄中隐藏的甜汁为形态活泼泼地生发着。因为永生，所以给予一切生命，这水一般流淌的大化是时光本身，也是宇宙。

梭罗曾以瓦尔登湖沿岸四季景物的变化绘声绘色地展示了"时轮"。这一充满东方韵味的西方思想巨人以一种类似天地轮回的方式显示了在原始的自然中持续的心与外物的融合与升华。而今，我将前往另一泓湖水的岸边——西湖。与瓦尔登湖那样远离人烟的野逸的湖泊不同，西湖地处喧嚣的闹市中，这使它更多几分人间的情趣。

这一无数人无数次歌咏过的湖的湖畔远远近近的景物在一年中的变迁便是我要吟唱的时轮。西湖在我印象中是绿色的，是那样空灵，犹如不老的翡翠，因而我唤它"碧晶时轮"。

一 忆 绿

"长忆江南三月里，鹧鸪啼处百花香。"

——宋·释祖钦

我即将在秋天的第五个节气——寒露时分回到阔别五年的杭州西湖湖畔。

我初次来到杭州时也是秋天，杭州绿得那样新鲜，仿佛一张极大极大的荷叶铺着；杭州绿得那样沁人心脾，仿佛清晨荷花芯里滚动的露珠。刚乘上前往杭州的列车，我就感到一汪水汽淋漓的渲染的绿扑面而来，而杭州市区中所有的房屋、街道、河沟都荡漾着杏花春雨、温山软水式的绿意。那时的杭州街道两旁长满了柔情的香樟树——香樟是杭州的市树——初秋又是香樟树结籽的时分，没有一处地面不撒落黝黑的香樟子，而香樟的香味也就渗入这浓情般的绿意中。馨香的绿意是那样纯净、那样清新，会带你到梦里去。

我印象中的杭州似乎没有冬天，即使在下雪的日子里墙头也爬满了含苞待放的娇柔的月季；即使在结冰的季节，冰晶中的绿叶也会让人忘记寒冷。正如杭州的春季是红花绿叶的春，杭州的夏季也是红花绿叶的夏，杭州的秋季也是红花绿叶的秋，杭州的冬季也是红花绿叶的冬。我即将再次前往这一不老的、永远鲜花盛开的城市中那一仙乡般的湖泊，让我褪色的记忆重新五彩缤纷。

二 蒙蒙彩绿

如何形容燕子翩飞、荷塘浅笑的江南的绿？川端康成在《我在美丽的日本》中说，绿意盎然是初次踏上日本国土时，游人对这一岛国的最深感受。而江南不仅是绿意盎然的，也是水雾蒙蒙的。江南似乎从没有下过猛烈的暴雨——犹如北方夏季出现冷锋时那样——只有绵绵密密的会下很久很久的细雨。即使江南的晴天，也很少像黄土高原上的晴天那样，有一望无际的晶蓝透明的高空，却像泉水中的玉一般温润，好似响晴的天气也没有洗去梅雨的韵味。

江南的青草碧树就在这微阴薄雨中呈现，而我以为，这正是观赏江南景物的好氛围，响晴的天气反而会破坏景物朦胧的美，如同过于直白的表达会损伤一句优美的情话。

传说，水中的颜色是最美丽的颜色，江南因为有接连不断的梅雨，花草树木都仿佛是在水中一般。当我乘坐的列车到达杭州地界时，我看到九月的荷塘，如一片片清澈如水的碧玉星罗棋布地在芦苇丛中出现。秋季的水是最清的，秋季的水边景物也是最清的——荷叶如此通透，似被那池中净水流过了每一根叶脉；芦苇荡涤了积年的风尘，一色素纯的青；就连那些随着浪花起伏的浮萍也如含露盛开的花鬟一样洁净。离池塘较远处，楼台间的高树，也密含着迷雾一样的水汽，在烟雨蒙蒙中垂下了一簇一簇葱郁的枝叶。这些树木中最多的是香樟和桂树，也有橘树和柚树，树身粗糙的深褐色表皮上往往生有苔藓，也会缠绕着藤萝。古人说，虽不着彩，墨分五色。在水的浸润中，江南的绿也有万种色调，灌木的叶片上是最接近明黄色的绿，芦苇的花穗是最接近白色的绿，香樟与桂树的树根是黑色的墨绿，荷叶有纯正的草绿，枫树丛有红色的绿。即使同一叶片，色泽也处处不同，一片荷叶正面透出天蓝，背面却透出杏黄；一片紫藤叶片接近叶柄的地方显现靛蓝，边缘却浸着月白。江南的绿七彩缤纷，似一般无二的水面在微风吹起时呈现出摩尼宝珠般万紫千红的光彩。

三 剪角风景

应当为杭州市的街头小景记上一笔。

我心目中的杭州、西湖都非常小巧——尽管西湖面积6.8平方千米，是国内几个较大湖泊之一，杭州市也位列一线城市——大约是因为江南的景致都很小巧。这里没有黄河两岸的巍峨的高山，也没有嵩山畔的莽莽的平原，甚至没有京津地区寺院、道观的挺拔的千年古松柏。这里只有水波一样起伏的舒缓的山丘，浓荫荫蔽下的潺潺溪流汇聚的湖泊，美人一样纤细的翠竹和香樟，草草意笔的空灵的亭台楼榭，还有玲珑多孔的太湖石和初春暖风似的芭蕉。江南的景物都非常小，小到成了仅供一个人品鉴的一盏西湖龙井，小到成了一篇仅能在零雨蕉窗之下独自赏玩的水墨手卷。

漫步杭州市的街道，时时可见街边拐角处一拳小小的假山石，假山石旁或种着一两株翠色的、叶片柔长的美人蕉，或生长数根尖尖的斑竹，或有依人的兰草缠绕着石根。江南美景处处可以入画，此言不虚，这样的街头小景就是一帧帧折枝花卉和剪角山水。它们如一首首小令、绝句一般使人流连忘返。除了街角之外，曲曲折折地流过杭州市区的小河两岸也有许多小景。这些小河的位置都在街道之下，有长满茸茸绿草的舒缓的斜坡蔓延在河畔。河畔蜿蜒的石子路上还有紫藤花和凌霄花沉沉垂落的凉亭、凤尾竹掩映的石桌石凳。就连偶然间出现在某一房屋左右的一堵镶嵌青黛色古瓦的粉白墙壁前，也有如书画中屋漏痕般的几支瘦削的枯梅或年深日久的藤萝。毋论西湖、京杭运河等游览区，即使杭州市中一条最平凡的街道也不乏可供玩味的美景。这些勺水片花般的景物使杭州如苏州、绍兴等其他江南城镇一样精美、别致。

四　山花山鸟

不知何处迸出的鸟鸣惊醒了陷入深深的幻想中的我。

此时此刻，我正在一座不知名的青山脚下一片苍翠欲滴的草坡前一汪小小池塘的岸边。葱郁的草丛中的池塘好似碧天里的月光般澄澈，其中生着零星的几枝荷梗，如大写意的兰或竹，气柔而骨清。邻近池塘的那株低矮的石榴树则像枯笔勾勒的墨线一般，横亘过这幅仲秋重阳时分的野景。

然而，鸟鸣不是从池塘或池塘的附近传来的，也没有成群的鸟儿乐符似地在青天下跳荡，而是，漫山遍野地撒落，如初春的急雨，又像瀑布泻落时溅起的飞花碎雨般的水珠。鸟鸣都是在从池塘旁伸展到山坡、一直延续到山巅的花丛中发出的。

江南的山都很低矮，坡度也很舒缓，植被却很茂密，往往有修长的香樟给山峰渲染浓浓的绿意。而这座山的山坡却被草本植物覆盖，斗折蛇行的盘山细路两旁的坚硬的岩石缝隙中长出高高的、叶片又尖又长的茅草。茅草放射状散开，像云彩之后的太阳发出的光线。茅草细细的高秆上顶着灰白、褐红、淡黄的穗子，那就是它的花了。在我看来，这比怒放的牡丹和芍药更显风致。我在杭州市的街头见过作为园林景物而摆放在高楼大厦前的茅草和巨石，原始而别致。如今，我在旷野的山间见到的茅草和巨石才是这些园林景致的原型。野花总是清清奇奇的瘦，又清清奇奇的怪，比园中培植的花卉多些繁华落尽见真淳的意味。比如野菊，粗沙粒中刺出十数枝钢针般的细而直的枝，几乎没有叶，只是顶着一朵一朵小小的细碎的淡紫色的花。这苦味的芳香和茅草一起形成了山中的奇景。这两种花卉之外，还有一种柠檬黄色的、很像野菊的草花——因它的茎和叶被折断后会流出苦涩的白色汁液而得名“苦心草”——总是绕着石缝生长。这些野花的叶子稀疏，枝条却纤细而繁多，与其下刚硬粗糙的砂岩十分相称，像给古老的岩石撒上一粒粒彩粉屑。砂岩与砂岩之间的沉积泥土上则成片成片地铺满水纹般茸茸的细草，使山峰成为一支刚烈与柔媚相随的乐曲。

鸟鸣就在这山水间响起，像涩涩的野花丛迸出的露珠，使这座远离尘嚣的山也随之跃动。

五　别有洞天

与高原上的山不同，江南的山多洞穴。

在神话故事里，深山中的洞穴内总是琼楼玉宇的仙灵世界，而我在江南的山丘中所见到的洞穴也确是神奇的所在。山中的洞穴往往是几角突出的崔巍岩石撑起，入口处有细而长的茅草或葳蕤的藤萝松松地垂下来，好似山的长发或缭绕在山头上的花蔓。江南的洞大多有水，像江南的山大多有水那样。洞穴的顶上常有笋状的钟乳石稻穗一样悬挂着，晶莹的水珠就顺着那光洁而多芒的石面一颗一颗滚落下来，在洞底的石缝间汇成细细的静流流出洞外。洞内丝线般的水串汇聚到洞穴外便成为漫过草丛的翡翠般的小溪、淌在石壁上的珍珠般的瀑布。烟霞三洞之一的水乐洞中便有小溪流出，融入洞外草丛中的洞水里。而在有些洞穴中，水流会形成地下河、地下湖泊、地下瀑布。

走进幽暗的石洞中，处处可以聆听水珠落在岩石上的空灵的声响，使人忘年忘岁。洞中一年四季都透出玉液般的奇寒之气，一缕缕凉意使幽寂的意境更加幽寂。造化遗落在江南的灵氛似乎都化为了这些清幽深邃的景致。

六　石　笋

岩洞中似乎有天然的石笋，我在幽暗的微光中仿佛模糊地看见过。石笋的形状像一根又长又尖的削过的松枝，表皮上满是古老的龙鳞。

而在杭州市的园林或街角小景中，有很多株人工布置的石笋。这些石笋也是造化形成的，不像花岗岩和大理石那样充盈着工业制造品的斧凿味。然而，布置在人所居住的区域、供人观赏，天然的意味就淡了很多，也显得更像人造的景致了，就像深山中的花树一旦移栽到庭院中便犹如人为培植的植物那样。

这些石笋或单独一枝，或三两一丛矗立在粉墙黛瓦之前。石笋旁或种着些许翠竹，或植有几丛兰草，或有红叶的藤蔓从石根缠绕到石梢。古人云："苔痕上阶绿，草色入帘青"。在江南的庭院中，可时时见到粉壁上旖旎的曲窗里伸出数枝青青的竹竿，其后便是带有翠苔的石笋。花坛中旁逸斜出的矮松下、池塘边缘芰荷横生的水畔也有古色古香的石笋，乃至几案上的盆景里也间或有数枚袖珍石笋插在遍生苍苔的陈土上。

石笋如其他古园林中的景物那样，有天然融于人工之妙。它是来自山中的未雕琢的璞材，与散花闲草相配后少了野性的冷峻，又多了山林的野趣，全无人造之物的呆板、拘泥，却有人间烟火中的温润。

七 糁草米苔

苔为石之衣，石景无苔便近乎裸妆。

常常能够看到，窗前或几案上的盆景内满是草绿色的深深浅浅的苔痕。庭院中的太湖石堆叠而成的假山也染上了水晕般的地衣和苔藓。香樟、石榴、松柏等古老树木的粗糙的树皮上爬有润湿的青苔。荷花塘中的水面也有细碎的浮萍缭绕着绿玉髓似的荷梗和粉红的莲瓣——这些浮萍是水中的苔藓。乃至瓦松遮蔽的墙头、坠叶云集的石阶，都有苔藓的踪影。

与苔藓相称的是石缝中的细草。江南的院落中，月亮门之后往往铺就一条鹅卵石的小径，丝丝碧草从鹅卵石的间隙中钻出，绿玉粉屑似的琐碎。而在花坛中虬龙般盘曲的根下，也有点点香生小洞的细草。米样的细草、糁样的苍苔，花黄一般细腻地装扮着水润的江南。

八 桥

江南的桥多是小巧的石拱桥，不是吊桥，也不是土木的桥。土木的桥显得重拙，吊桥虽然秀美，却过于简单而缺少了玩味之趣。

在山间石缝中泻出的泉水上常有香樟掩映，香樟树根还盘曲地伸入溪水中。溪水之上就横亘着黛青的石拱桥。有时，在苍鹰展翅般的一角巍峨的岩石下，会有一曲清溪，溪上的石拱桥连接着两端崔嵬的峭壁。

许多溪水并不需要桥才能通行，比如水乐洞洞口的溪水，仅仅几尺宽，轻轻松松就能跨过。然而，人们还是修建了石拱桥——只是为了美观。水上的桥往往能成为一幅山水的主景。即使山水所占的篇幅很大，人们还是一眼就会落在桥上，如同一首诗的点睛之笔会首先把读者的心夺去。江南幽邃的石洞、低矮的山峰、丰茂的草木、温润的流水最能衬托石拱桥的美，玲珑的石拱桥也使这钟灵毓秀的山水越发熠熠生辉。

九 秋 果

秋天的柚子成熟了呵！

环绕池塘的柚子树都结出了大大的黄柚。这些醇香的珍宝将穿过墨绿色树叶的树枝几乎压弯了！而灌木一样带有尖刺的橘树也欢天喜地地捧上金黄的柑橘。

我曾在五月的江南见过鲜红的石榴、碧绿的香梨和垂垂一树的枇杷。如今，金秋季节的果实较之少了花粉的甜香，却多了沉淀一岁的清凉和甘洌。呵！硕果芳醇的秋啊！

十 渚如散花

群山如一片绿海，山间的景物如一座座水中小岛，又像七彩缤纷的花瓣浮在静澄的水面上。

正像杭州街头的景物非常细小，环绕西湖的山峦上的景物也很细小，而且分散。

别称宝石山的葛岭下有一孔名为黄龙洞的洞穴，洞穴内常年有清泉水流出。黄龙洞是西湖沿岸的著名景观，因设有供青年男女祈求婚姻幸福的月老台而为众人称道。然而，最让我心醉的不是这处熙熙攘攘的所在，而是沿黄龙洞一线的白沙泉、金鼓洞、银鼓洞、栖霞洞、牛背脊、初阳台等散景。

黄龙洞边缘遍植翠竹，竹根下厚积的淡黄色竹叶之间是一弯弯清空而坚实的石板路。沿着这草蛇灰线似的石板路向上，不久就看到一泓飘着青色竹叶和黄色竹叶的泉水。这沉淀在厚厚的竹叶之下的山泉就是白沙泉。传说陈白沙曾在此歌咏，这位诗人的名字就成了泉水的名字。白沙泉之上是金鼓洞和银鼓洞。金鼓洞古称鹤林道院——因明清时期是道观——洞中有一面镜子似的小湖泊，湖泊后的整个洞壁都深深地凹进了山体中。银鼓洞距金鼓洞不远，比金鼓洞小得多，洞中没有水，仅仅稍微陷入绿草丛生的石崖之内。栖霞洞在金鼓洞和银鼓洞的背后，绝类银鼓洞。这些洞穴都没有黄龙洞那样举世闻名，更不像黄龙洞一样是游客云集之所，但仍有许多闲逸的百姓来到这些洞穴附近散步、栖息。这些洞穴神秘的进口似乎是山脉灵气的所在，倚靠洞口，能感到西湖诸峰的精魂之光从中喷薄而出。

宝石山山脚是参天的竹林，而山顶的植被却是矮小的灌木，大约是山脚水土丰茂，而山顶较为贫瘠的缘故。在这泥土稀薄的山顶，有一处隆起的深粉红色岩石，寸草不生、异常坚硬，它就是牛背脊。从牛背脊向山巅的东方走去，是土黄色砂岩堆垒的小小城堡，这便是初阳台。从中古时期起，这里就是宝石山上最先看到升起的太阳的地方，因而名初阳台。这些小小的琐碎景物像故事书中撕下来的彩页撒落在宝石山上，它们之间有一曲曲修长的石板路相通。只要愿意步行，西湖山间的石板路能到达每一处景观之前。花港观鱼、太子湾公园、孤山等地也有魏庐、郭庄、刘庄、九耀台、慧因高丽寺、苏小小墓等许许多多小小的人工或是天然的景致。众多小景飞花碎玉般装点着西湖沿岸。与灵隐寺、雷峰塔等著名的大型景观相比，小景愈发闲适、亲切可人，是如水的江南里一朵朵圆圆的香花。正如泰戈尔所说，乡村道路旁一座座无名的小小神龛比神殿里的神像得到了他更多的祈祷语，山间别致的小景也比人声鼎沸的观赏地更能激发观者内心的情愫。西湖之为人所知也许是因为净慈寺、断桥等名胜古迹，为人难以忘怀却是由于绿篁紫石之间的苔藓样的小景。

十一　风帘翠幕

仁立于一堵粉壁之前，我凝望着丝丝绿萝被秋风吹散，如深夜的思绪落入梦的河湾。

远山含着秋天的夕阳绵延在橙红色晚霞渲染的天边。近处，梧桐和香樟的叶片也因落日余光的辉映金箔一般通明而绚烂。它们沙沙地击响，似乎要将深秋时分天地间蕴藏的喜悦倾泻入水草丰美的茂林里。

在这琉璃般的金光中，我仁立于粉壁之前，望着丝丝绿萝被傍晚的秋风吹散。

沿着粉壁走去，便会到达黄龙洞的入口。宝石山下的黄龙洞如西湖边众多其他洞穴那样，有清清的泉水从洞中流出，淌过干净的石板，而后汇积在洞外的林中。洞顶有青丝般的藤萝垂下，仿佛是给这仙灵的府邸装饰上一挂天然的翠幕。杭州西湖沿岸的许多山洞洞顶都有茅草、紫藤、绿萝以及一些不知名的藤本植物垂落，为这些幽奇的入口平添了秀丽。杭州园林也都模仿这些造化形成的景致，在雕花镂空的矮墙的墙根种上各色藤萝，它们便旧日游思浮现心头似地爬上墙头了。

十二　只有雪，没有梅花

我踏今冬第一场雪往西溪湿地寻腊梅，然而，只有雪，没有梅花。

腊梅比红梅、白梅等梅花开得都要早。往年腊月，原为柿基鱼塘的西溪湿地杂生芦苇的水塘边已有暗淡轻黄的腊梅花开放。腊梅的花瓣很小，色泽也很隐晦，因而即使盛开也不会十分醒目，不像桃李，让人远远地便能一眼望见。倘要寻得腊梅，需依着它素雅的花香前去。天寒地冻之中，几根墨线般的干枝上缀有琥珀般浅而透明、晨星般稀疏寥落的五瓣腊梅。这孤寂的梅就是白水黑草之间悄悄萌动的阳春的先兆。

昔年的我曾看过隆冬的腊梅，却不曾看过雪中的腊梅。为弥补此憾，今冬大雪之日，我又来西溪寻梅。

然而，梅花还没有开。我却出乎所料地看到了积雪重压之下的山茶花——桃红色的幽艳的朵儿仿佛冻石，托起花芯中晶莹的冰雪。还有妖娆的红枫叶，伶仃地挂在枯涩的枝头，在皓白的雪中格外鲜明。杭州的许多植物冬天都是不会枯萎的，即使结冰的天气也不会，所以，在西湖边常能见到雪压蔷薇或香樟果凝结在薄冰中的景致。如今，此奇景也出现在西溪湿地的水塘畔。

除了山茶和枫树，西溪湿地的一些水塘中还有垂头的干荷叶，它们随水中的菱角和浮萍冻结在了这琉璃世界玉乾坤中，仿佛终年的青绿化为了若有所思的褐黄。

寒风早已停息，沉寂的园林愈发沉寂。簌簌的雪珠撒落在碧玉似的水面上。冬景那么洁净。

然而，没有梅花。梅花的花期应在冬至后。

十三　樟隅菱荇

西湖没有冬天，雪霁之后，仍是红花绿草。

宝石山山麓黄龙洞一带在今冬第一场雪融化之后乍现丛丛玫红的枫叶和棵棵春水似的香樟。

然而，最让我出乎意料的是一泓山茶花掩映中的水塘。深粉色的山茶大约是在冬季开得最艳丽的花朵，西湖、西溪湿地、京杭运河两岸等地常能见到晶莹鉴影的白雪之下的有着墨绿色叶片的山茶花。黄龙洞之前这泓清水畔的山茶花也一样是低矮的灌木，绢纱般轻薄的花瓣在肥厚的叶片间显得格外娇柔。这红红的花如春日安宁的树林中忽然出现的几声黄鹂啼鸣那样，出现在淡碧色的池水之上。

西湖群山的山麓和山脚往往有水——清澈的塘水或小溪，石拱桥也很常见。黄龙洞前枫叶和香樟间的这泓池水上也有一座小小的石拱桥，它像一根弯折的树枝横在池水的边沿。站在桥上可看见松松地褶皱着的池水中一丝一丝长长的水草，似三月的杨柳，随风柔柔地飘荡着。水草之间还有一片一片铜钱大小的、荷叶形状的浅绿叶片，好像一支舒缓的歌曲上的休止符，浮在静沉沉的池塘上。池塘的水大概很浅，深水中长不出这些类同藤萝的水草。西湖群山中的这些绿玉髓样透明的池塘和溪流中的水都是很浅的，也多有菰蒲、芦苇、菱角等水草。与海水相比，湖水有浓浓的情味；而与辽阔的湖水相比，一片荷叶似的塘水更可亲。它软软的，鸡蛋清一样润泽，凉爽而不寒冷，如春日午后或夏日傍晚的一刻闲暇时光，使人忘情。

十四　竹　塘

有了菰蒲和兰草，略微浑浊的水也会显得清澈。若再有猗猗绿竹环绕，塘水越发明净。

黄龙洞前山坡上的茶园下临一汪环绕绿竹的水塘。它似乎是宝石山山谷中一脉清流沉聚而成。古人将曲曲折折的细流唤做瓜蔓水，这扭扭歪歪的池塘该是吊在蔓上的缩脚葫芦了。岩石砌起的岸上生长着三五成群的笔筒粗的毛竹，竹根深扎在厚厚的积年的竹叶之下的黑土中，修长的竹枝则在阳光照射的水面上画下点点幽影。

我昔年在苏州园林中观赏过一座名为"冷泉亭"的四角凉亭,它因临近小塘而得名。似乎水若不寒冷就不会清冽,也没有了高远的意境。但西湖群山中的水虽清澈却并不寒冷,如龙井绿茶,清心却并无凉意,反显温润。西湖边葳蕤的竹林、古朴的香樟、龙游蛇行般的藤萝无不如此。这泓茶园下竹林中的池水,也秉承此趣。

十五　寻春问腊

今日腊八,西溪湿地的腊梅花开了。腊八距立春还有将近一个月,杭州城内的腊梅花已经开了。杭州城内有三处最适宜观赏梅花的所在——苏堤旁太子湾公园、灵隐寺后北高峰、紫金港内西溪湿地,而腊梅是开得最早的梅花。

西溪湿地环绕凤尾竹的荷塘畔料峭地开放几株临水的腊梅。腊梅也名为蜡梅因其色淡黄而透明,似蜜蜡的颜色和质感。梅花清寒,一向给人瘦骨伶仃之感。腊梅的花朵仅有榆钱大,颜色也不鲜媚,加之花枝花簇稀疏而不繁密,愈发显得寒素。若不是特意来寻梅,若不是被它缥缈的花香所吸引,我几乎找不到隐藏在这不老的冬景中的它。如今已是三九时节,西溪的茶花仍然艳丽,玉兰和迎春居然偷偷地打上了朵儿,好似秋季的花卉迟迟不肯退出,春季的花卉还要争先恐后地涌入本应寂寞的冬天。腊梅在这些草木之中仅是几线细长的高枝。腊梅的枝条并不如虬螭般地盘曲,却像平常的灌木一样错落,枝上还有些许叶片。我总以为梅花是在花落之后才会生出叶子,初时只有花朵和花苞点缀着光秃秃的枝干,像紫荆那样。出乎意料的是,腊梅众多淡黄的叶子之间有零星的朵儿贴着花枝,像暮秋褪了红绿的林木,一丛质朴。

我本是来寻荒草丛中野逸的梅花,可陌上尽是黄芦苦竹,梅花长在高庄、花朝小筑、烟水渔村等地太湖石根、廊榭前、绮窗下,折损了天生的野趣,实为今冬之憾。隆冬寒风中意犹未尽的腊梅呵!

十六　天寒红叶稀

今日大寒,冬将尽,春将始。又一个轮回即将开始在这迷雾蒙蒙的天宇之下。

我印象中一年里最寒冷的时节是公历一月份,也即农历十二月。这个时节京津一带地区的湖面都已冻结厚厚的冰块,可江南似乎被酷烈的西北风忘记,日日红花绿叶。只有一处景致提醒我冬季还没有过去——那是几株落尽树叶的灌木,在玉色的空中显得冰雪般地清澈无瑕。灌木的树枝细碎而散乱,好似密雨过后撒落了满地的阑干。间或有一两片伶仃的红叶挂在树枝交叉处,红的通明透亮,像一颗颗深山中的玛瑙,又像未经打磨的心。深秋时,杭州城中也有许多与此类似的红树,树叶也是如此红。但是,一树红叶没有几片红叶那样动人。这几片渺若晨星的红叶在冬天即将过去时给人的感动是深入心底的。

十七 白梅 红梅

已近惊蛰,腊梅开尽了,小叶的重瓣梅花却如火如荼地挤满了山涧野壑。似乎草儿还没有青,只有长茎的迎春伴着这料峭的寒花。此外,便是那缭绕在山峰之间的云雾,掩映着溪水畔时隐时现的冷寂的梅花花海。

古人云:老梅花,少牡丹。而我认为,梅花是寓少于老。白梅沧桑的虬干之上时常有新发的绿枝,纤细修长,雪色的朵儿都开在这根根嫩枝之上。古梅虽老,却岁岁常新,正是这苍老树干中常新的生命力催开了片片琼玉。因为老,梅花方显古意;因为少,梅花方有活韵。亦如红梅虽艳而不失雅骨,虽寒却蕴藏春意。立春之后至惊蛰之前是天地将醒而未醒之时。这寒中和暖的光景动而未动,静而未静,孕育了乍暖还寒的梅花,仿佛乾坤之间的阳炁即将如惊笋破土一般从重阴之下升起。

早春将至。

十八 二月二

今日是农历二月二,龙抬头日。在我的家乡,龙抬头暗喻春天到来。据说,天上二十八星宿之一的亢金龙星将在这天发亮,而地上春耕的人们也将忙碌于播种,蛰伏了一个冬天的鸟兽也将生龙活虎地从洞穴中跃出。

此时,柳树刚发出米粒大的新芽,远远望去可见一抹轻烟似的略带绿意的鹅黄。草仍然没有返青,苔藓却格外显出融融的鲜绿,好似流动的春水漫过北风冻结的大地。玉兰和辛夷也已肥硕将放。

十九　梅花残了

春天的清晨，我在"光棍拙著"的鸟鸣中醒来，看见梅花残了。

"光棍拙著"是我小时候在老家的田野中常听到的鸟鸣，是一种蓝灰色、头顶带红冠的小鸟发出的。它有竹枝一样纤细的腿脚，在泥土上印下花样的足迹。因为它常发出"光棍拙著"的鸣声，"光棍拙著"就成了它的名字。如今，过了很久很久之后，我又在晨曦的微光中、在西湖的岸边听到"光棍拙著"的声音。

红梅花残了，白梅花也残了。还没有到农历的花朝，众梅已经凋零。我在花园中看见梅花褪了莹润的光泽和娇艳的颜色，好似揉皱了的陈旧的布料。梅花凋谢后便是桃杏争辉的时候了。

二十　花树丛发

鸟鸣与花开是早春最令人心醉的物候。

莺转燕婉、晨光熹微中，我看见白玉兰与红辛夷已经开到八九分了。昨天，我到园中，它们尚且含苞。早春的地气一夜之间便会催开待放的花朵。园中的红树昨日瘦骨伶仃，今晨也烟云似地冒出粉色的花朵，原来干枯的、只挂着一两片零星的阔叶的枝干也萌生了草绿的嫩芽。

我想，鹅黄、嫩绿与粉红应当是春天的主色调，记忆中的春天总是粉红的桃花、嫩绿的柳树、鹅黄的油菜花，而那个时节还没有到来。

二十一　赶　春

走啊，赶春去！追上二月的红花绿芽！在此起彼落的花海里捕捉每一个花开的瞬间！

惊蛰之时，垂柳尚未吐芽，不经意间，垂柳已如烟。梅花谢过，我正等待杏花开，不经意间，桃花已成片成片地怒放。昨日还很萧索的枝头，今朝已绿意盎然。生机好像要迫不及待地从长眠了一个冬天的黑土中涌出，万物好像急于打破去年留下的尘封的禁锢，春天好像匆匆地从天上奔跑入人间。

我要赶不上春的步伐了！我已在万花丛中应接不暇，似一个等待喜讯的人目不暇接地张望，生怕自己错过了喜报。

二十二 断桥画柳

二月，我在孤山下断桥上眺望春柳春花。正值柳绿桃红时日，西子湖畔的白玉兰开得如云如雪。紫色的辛夷也在活泼翘起的屋檐和整齐的图案式的屋瓦间时隐时现。粉色的杏花于凌冬不凋的浓郁绿荫中悠闲地绽放，给青草萌发的山坡一抹柔媚。

白堤上杂生着垂柳。在这春天的清晨，柳树金线般纤细的枝条于暖风中轻拂，仿佛线描勾勒的一幅工笔景致图。二月春风似剪刀，细碎的鹅黄色柳叶就是它裁出的丝丝新意。远远望去，春天的垂柳如雾如烟。西湖上的水面即使晴天也有一层海蓝色的水汽，好像月亮边缘的光晕。而今，吐出新芽的垂柳愈发使这氤氲酒一般令人心醉，添上温柔纯净的水波荡漾之声，会带你到梦里去。

二十三 红 枫

太子湾公园的枫树生在绿波汤汤的河边。火红的枫叶衬以绿柱玉般的流水煞是好看。

看枫叶多选在夏季和秋季，因为此时枫叶色泽最浓、最艳丽。我今日看到的却是早春的枫叶，它细弱、柔软、小巧，像一丝丝红绒线从深深的树丛中飘来黏在树梢。而这微景比盛景更美，就像一句没有完全说出的话比一句明明白白的话更有韵味。

二十四 花 朝

今日是花朝，又是春分。

淅淅沥沥的春雨中，樱花开了，梨花开了，海棠花也开了。

古人言，花朝是百花的生日。此时确是阳春花卉绽放的高峰，园中开花的草木比惊蛰时分又多出许多。春雨中也仿佛蕴藏有蜜糖般的馨香。

二十五　落叶香樟

香樟树此时才落叶。三九天气，地上草木多数凋零，香樟依然绿意濡霈。春分过后，墨线般的枝干纷纷吐出萌萌的新芽之际，香樟树的叶片却落下了。这云冠绵绵的树木仿佛二月才披上秋色。

香樟是水汽淋漓的树木，就像荷花是水汽淋漓的花朵。它生长在温润的江南，露浓香泛的小桥流水之间。孟春三月，古老的虬螭似的香樟树梢发出晨露一样新鲜的嫩芽，而这淡绿色新芽之下的旧年叶片便在春风中落下了。鹅卵石铺就的曲折小路上处处是蜜蜡样的褐红中凝结着墨绿、苷赤中渗透着土黄的香樟树叶。细波漾漾的池塘和水沟中也飘起杂絮乱丝样的陈叶。它们与落下的玉兰、辛夷、迎春花、金链花、银莲花的花瓣一起静静期待着香樟树花开。

二十六　紫　藤

紫藤今日打上了一房一房粉紫色的花苞。

紫藤的花期很短，一年只有两个星期，是在三月上旬。所以，当它打上花苞时，我格外在意，生怕错过观看紫藤花的时光。许多美丽的花木，如梅、杏、桃、樱花、海棠、紫荆、牡丹，都只有很短的花期，不足一个月，花期过后，仅剩默默无闻的叶片，实在是美丽的遗憾。

在乾坤的巨轮中，众生灵的光艳常仅瞬间。

二十七　樱　花

欲看苏堤春晓，可垂柳绿了，深粉色的人面桃花却没有开，意外寻得樱花。

从西泠桥上远远望去，苏堤葱郁的线线垂柳间间或出现一两丛粉白的樱花，莹莹如玉。

樱花美得纯净，碧色的流水旁、石拱桥畔，一枝枝凌波卧涟。海棠即使盛开的时候也能看到朵朵红花缝隙间的绿叶，樱花却似乎只有清一色的花朵。樱花色白，比杏花还要白，却显出暖意，似白色的火焰在热烈地燃烧，不若寒梅，即使嫣红也显现冷傲，也不若桃花，略微轻倩。此花恰如春风中的外域来客，缤纷里蕴含殊异风味。

杭州城里看樱花最好的去处是苏堤尽头的太子湾公园。此时，太子湾公园正值郁金香节，鲜绿的草地上开满彩霞般五颜六色的郁金香花朵，其上便是白云状的连绵的樱花。较之苏堤的园圃中的数株樱花，此地成片的樱花是一曲乐调高昂的春之旋律，在青绿的山水间咏歌，响彻晴碧的天空。

樱花也许很少落瓣，太子湾公园中穿越草地的柔曼的溪水上不曾飘荡樱花花瓣。

二十八 柳穗与花瓣雨

柳穗落了。孤山下清浅的水洼中飘起阑干般的柳穗。

此时是柳穗最可爱的时分，一入三月，柳穗就要变成柳絮，漫天飘舞，好似韶华白头似地令人伤悲。此时的柳穗是软软的嫩绿，充满新鲜的生命力，仿佛西湖水的润泽都凝聚在这初春的碧玉梢头。

拂晓，天下了一阵小雨，沿西湖种植的柳树的柳穗纷纷落下。与柳穗同落的还有花瓣，梨花的花瓣落下最多。清晨，我在孤山山麓望见满地洁白的梨花花瓣，像骤然下了一阵紧急的花雨。花瓣那样繁密，淹没了梨树下的草丛与青石。山上有梨花花瓣，山下有柳穗，这是春雨后的柔石绵水的诗意。

二十九 风 花

微风中的海棠花树林呵！早春的风那样轻软，好似幽梦中泛起的朦胧模糊的思绪。柔柔的淡粉色的花瓣在花枝的略略摇动中随风飘落，如零星碎裂的雪珠。

远远望去的海棠似一抹粉红的幻影，出现在新生的香樟和垂柳之间。

我没有走近观景——一个沉浸在睡眠甜香中的人不想从美梦中醒来。

但春天黝黑的香土却啜饮了落地的花瓣，于是，苔藓密生的岩石和枝叶小而嫩绿的树梢也散逸芳馨。

三十 红香绿溢

苏堤、白堤上的人面桃花终于开了！人面桃的花瓣重重叠叠，不似平常的桃花，只有单一的五瓣。此花唤做人面桃大约是因为它的花色如美人，娇艳红润。人面桃花的红可能是最端正的红色，不像桃杏的粉红，稍显淡薄，也不像牡丹的紫红，略微清寒，也不像芍药的大红，过于火热。它红得冷暖适中，鲜媚又不俗丽。诗人们用于象征少女的小桃红应当就是人面桃花的颜色。它又在象征青春的季节盛放在美丽的西子湖畔。与它相衬的是堤上的垂柳，绿色有了红色会更加清澈、纯粹，红色有了绿色也会更加明媚、娇丽。苏堤、白堤被这草绿与桃红堆塑为一曲生机盎然的春之歌。

在草绿与桃红里，我忆起一首古诗——

草长莺飞二月天，拂堤杨柳醉春烟。

儿童散学归来早，忙趁东风放纸鸢。

而今是芳草丛生的二月，晴空下的绿柳之间也有成群的孩子。放风筝的人中不仅有儿童，还有红女白婆、老翁丁壮填塞其间。三、四月份，凡是西湖上阳光直射的时分，总有热热闹闹的风筝盛会：时而，苍鹰与蝴蝶扭在一处；时而，蜈蚣飞跃水上画舫；时而，断了线的孙悟空、猪八戒撩起湖面的浪花。

红花绿叶之中的风筝伴着这古老而永新的湖泊，满溢天真之趣。

三十一　紫　荆

江南的紫荆花和梨花、桃花、海棠花同时开放。在北京颐和园的昆明湖畔，紫荆总是在桃李花谢之后才开。紫荆开花时，花园中往往仅余这一种花，含蕴香味的淡紫色因有封存在箱底的陈年的手帕似的粉灰色的衬托而分外鲜明。紫荆花开败后，春天也就过去了。在江南，紫荆却是和桃李同一时间开放，这出乎我的意料。它紫色的细碎花瓣是直接开在树干上，没有树枝和花萼，树干上也没有叶片。紫荆生出叶子是在花谢之后，那时，它也会结出果实——生在树干上的一簇簇豆荚似的碧绿硬壳。

三十二　油菜花

不经意间，阳光一样灿烂的金黄色的油菜花开了。因为这些油菜花长在宝石山下的山麓，人们甚至没有注意到它们含苞。我看到它们时，已是黄灿灿的花丛。

我曾看过青海省门源县成片的油菜花，也看过中原黄土地上田畦间的油菜花，可湿润的西湖边水意十足的香樟树下的油菜花却不像它们那样热烈浓艳，好似一副洗过了的色彩画不再有过于高昂的色调。此地的油菜花显得含蓄、温柔，似乎要有意退到春天的幕后，而这一片浅黄也成为断桥对岸万花圃中和谐的缀嵌。

三十三　兰花与茸穗

此时不是兰花开放的季节，苏堤花圃中的众多兰花都只有墨绿色的长长的叶片，似素朴的、未经装饰的青丝。

在一些临水的树木的树根，却有些许宽叶的兰花悄悄绽放了淡蓝色的三瓣花朵。这草本的花太冷寂了，更像是秋天的花卉，与五彩缤纷的春景并不相称。

然而，我却惊奇地在这些兰花花丛中看到一些黄绿色的毛茸茸的穗子。在我的家乡，这种穗子是早春时白杨树落下的，毛白杨落地之后，杏花便会开放。因此，我家乡的人都把它当成春天的物候。苏堤上没有杨树，这些穗子又是哪里来的呢？有一种我不知其名的树木，像香樟，叶片又比香樟宽阔，结出了这种茸穗，那应该是它的花。兰花虽然枯寒，与可爱的茸穗相衬却十分动人，如深山中忽然响起莺啼一般。

渌水拍岸的湖堤上，有寒素的兰花，也有稚气的茸穗。

三十四　水　荇

要观赏春天的池沼，可去太子湾公园对面的花港观鱼景区。

春天的池沼自然是一色融融的新绿，翡翠一样纯净、鸡蛋清一样柔滑。然而，它却是透明的，站在岸上，能看到其中沉绿的阔叶水银菜。西湖群山中的溪流岸上常常长有这种水银菜。池沼中的水比溪流中的水深，水银菜就长在水面下了。与水银菜一起生长在水下的还有金鱼草，随着绿波的荡漾摇曳着长长的枝蔓。一尾尾橙红色的金鱼便在这水下丛林中穿梭，唼喋之声不绝。

荷花要再过很久才会发芽，此时漂在水面上的圆形叶片应当是金线莲。金线莲会早于荷花而开出黄色的小小花朵。花朵贴着水面，而不会像荷花那样挺起很高。金线莲的缝隙中多有高而尖细的菖蒲草刺出，打破圆形的单调，又与水下的植物形成错落有致的立体图案，配以沼上玲珑的石拱桥和迂回的栈道，充满江南园林的风致。

这些雕琼琢玉般散落在西湖杨公堤一带的池沼是最能表现西湖江南园林特色的区域。古人云，玉在山而草木润，渊生珠而涯不枯。池沼也如水晶和琉璃一样使西湖边沿的草木泛出温润的晕彩。

三十五　牡丹亭

蒋庄附近有一处牡丹花圃。玲珑的乱石间，数株紫牡丹和数株白牡丹花才开，花冠大如冰盘。花圃之后是一座凌空翘起的六角凉亭，翼然高居于群芳之中。

牡丹比春季其他花卉更有中国古文化的风貌，西湖园林中的牡丹尤其如此。春意盎然的垂柳和香樟之间，丛生的牡丹使人仿佛看到古代少女浓妆艳抹的粉面。而牡丹亭又使人忆起墨香浓溢的古代歌诗、曲谱。踯躅其中，好似辗转间便有葛巾、玉版等传说故事中的花仙相访。通常，盛开的牡丹都有幽微的药香，我在洛阳所见的牡丹便是如此。这绝俗的奇香也是古人将牡丹当作仙子的原因。可此地的牡丹却没有这略显苦涩的香味，也许是被周边成片的海棠花、桃花熏染的原因，这使牡丹更显古艳，如上古流传至今的金饰一般灵光辉映。

三十六　清　明

今日清明，万物生长此时，皆清洁而明净，于是取名清明。

清溦喷泳，清泉流溢，清气薄发。

郁郁青青的山峰和泠泠淙淙的流水在一线刹那显现的阳光间焕然一新，仿佛拨开迷雾而见青天。杂生的野花和乱飞的鹂鹭也扑棱棱地跃动在仲春时节苍翠欲滴的草木中。

世人形容纯洁，常用冰、玉、水晶等意象，但最纯洁的是新生的生命，那是生长中褪去了衰老的洁净。这洁净是活的，如流水，如新生的野树，如刚刚绽放的花卉。见此景物，使人心中勃勃涌起崭新的希望，如蝴蝶破茧重生，也如埋在地下的种子裂土而出。

山间的野槐花已盛开，行走在乱石中，常见浅紫色、淡红色、乳白色的槐花花瓣从树梢落下。而一种蓝紫色的草本野花也在幽寂的竹笋和任意汇聚的地水间灿若群星地开放。嫩叶芳草上是鸟儿之语。不知何以名之这生意盎然的乾坤，只觉它如砰然坠地的水滴雯儿激起的清思。

三十七　紫藤花开

紫藤花今日开了，一房一房雪青色的花串从竹枝花架上垂挂下来。西湖边的紫藤除了搭架的之外，还有灌木一样长在石根、黄罗伞似地蔓延的，它们的花串就垂在那长长的茎上。

紫藤花串下是撒落满地的紫藤花瓣，在幽草间，如夜半的星星。

微风送来群蜂在紫藤花架中的絮语，仿佛是一个曾用一种远古的语言讲述的故事，从很久以前回到今日闲暇的时光中。

三十八　桐　花

江南也有泡桐树，雨过天晴之后，枝枝丫丫的枝头开出钝重的花。桐花的色泽是近于白的淡紫，花蜜储藏在根部，像一口蜜罐。这样的蜜罐十几朵一簇挤在桐树树冠上每一根枝条的顶端，远远望去十分稀疏。

黄河流域的桐树都在这个时分开花，花落后才会冒出蒲扇般宽大的桐树叶。江南的桐树也在桃花、梨花和海棠花之后，羞涩地开花了。桐树的花并不美丽，在春天的群花中并不醒目，香味也并不醉人，因而，它开花时总是显得遮遮掩掩，好似无意与它花争艳。

含水的柔绿树云之间的桐花，是江南旖旎的春景中一缕乡土味。

三十九　绿树成荫

清明到谷雨之间，海棠花落了、梨花落了、碧桃花落了，紫荆花也残了，原先的花海化为纯净清透的绿荫。

与此同时，一些紧贴地面的色泽艳丽的花开了。春花温馨、轻松而明媚，夏花却浓郁而绚烂。在渐趋立夏时，这些犹如万绿丛中一点红的花卉开了。

四十　月季与蔷薇

月季与蔷薇开花了，满架馨香。月季与蔷薇的花都是浓丽的嫣红色，衬以深绿的叶片，正是我心中夏季的颜色。

在我心中，月季是象征夏季的花卉，盛夏时它开得最艳，如烈酒，又如热辣的火焰。在即将谷雨之时，月季花初开了。

四十一　漫天柳絮飞

早春的柳穗此时变成了柳絮，六出琼花似地漫天飞舞。清明时分舒展的柳叶被乱雪般的白花花的柳絮轻轻拂过，如游丝妙想袭扰着的心绪。

我不知春的浪潮何时起止，却在阳光照射下的晶莹而多芒的柳絮间看到春夏的辉映。

四十二　紫藤花落

淡紫色的紫藤花谢了，在谷雨至立夏之间。

与此同时，园林中泛起芳醇的香气，也许是香樟树开花了。

早春，有一种特异的灌木生长在树根。它开花时，只有花没有叶片。而它的花则像浅金色的茸茸的绣球，好奇地从梢头探出。它本是园中最奇异的花朵。如今，它的花落了，夹竹桃似的肥大的叶片从原先的花萼中冒出，仍然那样奇异。这种植物好像是原始森林中的灵草，带着神秘的野逸。

众多幻梦般绚丽的植被犹如奇形奇美的贝壳，闪耀在仲春傍晚晚霞的彩光里。

四十三　瀑　布

山间的瀑布似乎格外幽咽。微阴的天空下，沉绿的树丛中，纱幔般的悬水琤琤淙淙地从岩石的裂缝中倾泻而下。

西湖群山的岩石总是很湿润，行走山间，处处可见崖壁上密生的苔藓。而九溪的岩石不仅长满苔藓，还积聚水洼。从瀑布往上的一段山路间尽是飘洒红叶的积水。水很浅，很清，能清晰地看到水底的红叶。这些温暖的积水便是那山下瀑布的源泉。

在细细的波浪与纤纤的嫋响里，瀑布穿过山壑中的月亮桥，汇入六角亭畔的碧潭，终于沿着山间小路流到山外去了。

四十四　小　荷

小小的金莲花要开了，红鱼游动的池塘中，幽寂的水面上铺开了一片一片圆圆的莲叶。鹅黄的花苞如碧天里闪烁的星星，一颗一颗地挺立在沉黑的梦一样宁静的水上。它们与长长的水草枝叶连理，如丝罗缠绵。

尚未立夏，西湖上的荷花要到六月才开，虎跑公园里的睡莲却已含苞。杉树下的石径两岸的积水中云朵一般汇聚了簇簇睡莲。

四十五　榴　花

立夏之前，石榴花开了，橙红色的火焰一般在绿云样的树冠间燃烧。石榴树旁的几株枇杷树也结出了清圆的果实，一捧一捧，垂在树梢，绿意沁心。

月季和蔷薇似乎到了怒放的时节，道路两旁花架上的深粉红色的蔷薇花涌泉似地从茂密的枝叶间冒出，而花坛中鹅黄色、橘红色、乳白色、玫红色的月季也吐出了娇艳甜蜜的朵儿。

最引人注目的是爬山虎。早春，墙壁上的爬山虎还没有生出叶片，仅有丝丝连连的藤蔓像绘画中的披皴一样附着在灰黑的水泥上。而今，葳蕤的绿叶一叠一叠从墙根蔓延到窗台，好似西湖群山中附着在坚硬的石崖上的古老苍苔。

四十六　水　石

清寒的流水漫过古老的岩石的冽响是多么令人忘情！仿佛蒙尘的心野在那净水中变成透明。

谁能记忆？谁能描述？如何记忆？如何描述？飞雪般的水花激荡在崖

巍的崖壁上的清绝之韵？涓涓细流穿越生长在沙岩缝中的沉绿的水草的宁静又是那样旷怀凝神。即使随手抛掷的一枚鹅卵石落入波光粼粼的溪水中溅起的玻璃样的"水壳子"也流风回雪似的清越。还有峡谷中密林里小河的阵阵风涛，石穴中溢出的脉脉藤萝水，山洞里飞线般外泄的积水，都会带人到梦里去。

流动的水与安稳的石像欢笑与深思一样吟咏出时轮的浩渺与太古的静谧。

四十七　果　实

立夏之后，原先开花的树木都结起了一捧一捧的果实。浓郁的绿荫之下，清凉而浑圆的梅果和桃实青涩地敛藏了春花中的生意，而枇杷已经黄了，粗糙的枝干间露出蜜蜡般温润透明的色泽。香樟花也已谢，到了结果时分。

花园中的林荫路上间或有紫色的橄榄状果实落下，它相当坚硬，踩上去有咯吱咯吱的响声。它是一种有着玻璃一样光洁的羽状复叶的灌木所结的果实。这种灌木所开的花在春季并不醒目，果实却十分别致。与这种灌木相伴的还有花椒树，一颗一颗绿豆大小的花椒果如成串的樱桃密密地悬挂在醇香的花椒叶丛里。

我仿佛没有看到紫藤、迎春花、金链花、樱花的果实，却看到刚刚打苞的月季的果实。月季嫩弱的果实在花儿之后出现在春夏之交，是从月季花的花托变化而来的。在月季开花时，月季的花托是水绿色、瘦纤纤的，花落之后再过一两个月，花托就变得很肥大，变成金黄色，这就是月季的果实了。此时，花园中的月季花开得正盛，娇黄与橙红的小巧玲珑的朵儿挨个挤满了花坛。一些开得稍早的粉红色的月季已落瓣，竹枝样的细茎上留着一个又一个小小的花托。

四十八　夹竹桃

夹岸桃花蘸水开。

池塘边的夹竹桃花开了，枝枝嫣红若霞、粉嫩如雪。临水的五瓣花配以披针状的长叶，甚见风致。

与夹竹桃同时开放的还有一种月白色的重硕的类似玉兰的花朵。只是朵儿都很零星，似乎璀璨盛放还要很久。

四十九　鸳　鸯

我在西湖长桥意外看见了鸳鸯。长桥本是梁山伯与祝英台聚会之地，碰巧又出现了六七对鸳鸯。它们像轻捷的小船一样于绿波荡漾的石拱桥下穿梭，在水面上划出圈圈縠纹。雄鸳鸯有宝石绿色的锦缎般的颈羽，雌鸳鸯色泽朴素如大雁，都扑棱棱地扎头水下啄食唼喋而来的小鱼。而后，倏忽之间，钻入菰叶丛里，消失得无影无踪。

五十　柳　浪

柳叶落在澄碧的湖水上，随着水纹的起伏流向林荫深处的湖心。

柳树居然已经开始落叶了，上个月树梢还有成串的柳絮。在这立夏刚过、万物生灵将要烈焰一般生发的时候，柳叶迎风飞起之后沉入了湖底，似许多迷沉入沉静的心深处。

五十一　白莲花

西湖边闻莺阁旁万柳塘中的白莲花全开了，如圆圆的满月出现在腾挪跌宕的绿云间。莲花花瓣似玉，花心是蜜色的淡黄，花梗很短，短到平铺于水面。间或有精灵般的白蝴蝶、橙红色的闪亮的金鱼在水波中与白莲花嬉戏，而那无数翡翠样晶亮的盘形莲叶也层层叠叠地从水下的石缝中涌出，托起洁净的白莲花萼。

荷花还没有开时，莲花已经开放，她清透的芳馨如良玉生烟，似有若无地升腾在暮春的乾坤。

五十二　荷　叶

立夏后，西湖上冒出些许荷叶。荷叶都很弱小，颜色很鲜嫩，好似身量未足的处子。她们三五一簇地摇曳在飘满柳叶的澄明的水上，滟滟的绿使宁静的湖水也变得生意盎然。

白荷花和粉荷花六月才开，七八月最盛，九月残败。此时的荷花相当于春季新发芽的树木，将根从净水中蕴藉的渺远的香在重现的绿意中欣然绽放。

五十三 黄 花

灌木丛中出现数朵黄花。

很早以前，我在老家农村的山野中看见过与此类似的四瓣黄花。它的花瓣绵软如绸缎，花蕊是柔荑般的细丝，蜂蜜味的甜香总是引来许多蓝色的野蝴蝶。这种黄花开放的时节也是现在，只是没有花园中的黄花长得这样茂盛高大，也许是因为野生的缘故。

花园中的黄花由许多叶脉分明的橄榄形粗糙叶片托起，周围还环绕许多没有绽开的蓓蕾。在没有结出花蕾时，这类植物甚至会被当成干枯的杂草。而现在，它们是花。

立夏之前，这些草木植株上的蓓蕾还很细小，如今已经有黄色的花苞星星点点地从绿萼中显露。

五十四 红 花

急雨过后，花园的草丛中又开出一种深粉红色的草本花卉。它叶片粗糙，像榆树的叶子，花朵很小，像一片一片卷笔刀削下来的蜡笔屑。

立夏之前，它还像野草一样杂乱地生长于花园水榭边的太湖石下。而那时鲜艳夺目的花卉是它近旁的一株结出成串朱红色珊瑚珠样的果实的灌木，和一丛开出喇叭状玫瑰色花簇的叶片长长的草。如今，这些花木已湮没无闻，它却容光焕发地出现了。

五十五 绿浮萍

昨日含苞的黄花今晨全开了。黄花下小池塘中的绿浮萍也好似在一场夜雨之后忽然冒出了水面。池塘中墨玉一般凝固的水上飘起许多新生的草芽似的鲜绿小水苔。雨后的寂静中，它们像清晨醒来的心灵那样清明。

没有水苔的水上，零星地飘着红叶。又有开着君子兰样橘色花朵的长叶水草环着塘边岠屿样的岩石，仿佛是绿萍在向黄花倾诉情思。

五十六　风　荷

不知何时，西湖曲院风荷名石苑附近的水中开出了橘红色的莲花。莲花离岸很远，仅能隐约看到浓绿的莲叶间云雾般的花冠。

然而，近水的菱角却清清楚楚地沿着菰草杂生的湖岸铺开了六棱雪花式的叶子，仿佛仙女的纤手剪碎了云锦，洒落在碧波上。菱角之间是滚动着珍珠般的露珠的荷叶，荷叶尚未长足，仅有圆盘大小，鲜明的绿中透出鲜明的黄。昨夜忽降骤雨，今晨又起小风，长梗的荷叶在淡蓝色的水雾中轻轻翻动。荷叶向天的一面显得厚重肥大，向水的一面却显得透亮澄澈。此时荷花还没有含苞，翡翠般的荷叶先在桨声橹影中伴着水榭与画船渲染出片片美景。

偶然间，一叶扁舟游过，或数声禽鸟啼鸣，这薄阴天空下的绿园便更显风姿楚楚了。

五十七　蓝色的果实

水边的灌木结出了一串一串蓝色的果实。这种灌木的叶片很尖，长在西湖杨公堤附近密林中的小桥畔。往日我行走于西湖群山，曾看到撒落在石子路上的紫色的果实，硬硬的，没有果浆，是一种夹竹桃那么高的开白色小花的树木结出的，结果时间也是现在。而今，我又在杨公堤旁秀挺修长的杉树林中见到与它相似的蓝色果实。

很难将这里的水沟叫做小溪，也很难将这里的水泊叫做小湖，它们是与西湖相连的湖漘水域，但它们却不乏涧中小溪和山间小湖的美。时而可见茂密的草丛中泛起环环涟漪，时而有长叶的芦苇将蓊蓊的枝干伸向水面出没的鱼儿，时而有闲花的落瓣随着清波流淌，时而有婉转的鸟鸣使竹影深处的林霭越发寂静，还有绿萍，还有黄石，还有红藤。

此地林泉没有野水的寒冷与清旷，却具莲池的旖旎与柔媚。一缕绿波，一穗芦花，一弯木桥，便系住了你放流四方的心念。

五十八　西湖的水声

我愿在小院闲窗之下聆听西湖的水声。

即使从这温柔的汩汩之声，也能感到水是多么纯净。

汩汩，拍打着水岸，仿佛有令人长生不老的仙泉要从水中涌出。微闭双目，那一波一波的清泚会带你到人间之外去。

西湖之畔，亭榭之间，暮春的水声，如晚霞之际的天边一浪一浪叠起的绯红的云海。

五十九　青　鸟

一只青色的鸟儿，好似林中精灵，忽而从碧波上的木桥头飞入了幽深的树丛。它宝石般的翠蓝色仿佛刹那间惊醒了池中沉静的倒影。

六十　湖心岛

西湖湖心玻璃样的水影中有三座绿珠般的小岛。其中最大的一座，人们叫它小瀛洲，大约是取自蓬莱、方丈、瀛洲的古代神话。而这座水花环绕的岛屿中央还有一汪湖水，水中还有一座岛屿，好似大玉环中嵌着一轮小玉环。

这枚水做的平安扣由垂柳与香樟镶边，长叶兰草和迎春为内饰，熠熠闪烁波光。繁生于它池塘中的睡莲如绿玉髓中的玉絮。时有鲜媚的月季与绣球花绽放在瀛洲沁人心扉的绿荫中，似沉静的乐曲中乍现火烈的音符。

虽不养鸟，此地有鸟语盈耳；无需挂画，触目皆可入画。

六十一　清　荷

小满过后，西湖上的荷叶又青翠了许多。孤山畔断桥边的荷叶已有蒲扇大，在蓝天白云映照下的千泓清波间迎风飘舞，而湖水仿佛是净琉璃，吐出清炁涵盖乾坤。

不知几时，西湖群山已如凝碧的绿玉环，在微蓝的薄雾里围饰着清凉的湖面。杭州没有酷热的夏季，就像没有严寒的冬季，大约是因为她是一座水城、一座青绿之城的缘故。总是在气温没有达到高峰时，就有白雨从黑云中抛下，而水上的风也和垂柳的绿叶一道，润湿了正午坚硬的烈光。杭州的夏季是漫长的，又是动人心怀的，像这水上凉爽的荷叶。

六十二　冬青花

平湖秋月景区月波亭下一株临水的冬青树开花了。冬青的花蕾如小米粒一样大小，开花时仅有四瓣，也像米粒。这细碎的花儿使素波上盘曲的冬青树好像冒出绿苔的黑曜石一般，原始中带着奇异。

这是平湖秋月景区仅有的一株冬青树。

以前我以为冬青是不会开花的，但沉默的冬青也开花。她密实的墨绿色树冠和米粒大的花给这多生枫树与香樟的湖岸一抹古朴。

六十三　金莲花落

孤山下贮月泉中的睡莲已仅存莲叶，原先开在莲叶缝隙中的金黄色小花已凋谢。

然而，我却在泉上曲折的小桥上感到一阵清醇的馨香，仿佛碧玉生起的烟雾流荡在这初夏的乾坤。它是莲花莲叶的香气，也是芭菰菱角的香气，也是香樟木和香樟花的香气。日出时分，走近荷塘，便会吸入这好似从地底溢出的芳香。如今，金莲花已落，她的香魂仍徘徊在孤山下。

但是，这香气又不仅仅是莲花的香气，不仅仅是初夏植物的香气，却如整座山、整汪湖、整个天地在吐出深藏的心香。因而，此香不可名状、浑然天成，如水中之色般毫无斧凿之痕。

无形无色，又有万种蕴含；不经意间，处处可感；有心追寻，却似有若无，是这莲池之香。

六十四　一株花

她是一株白夹竹桃，竟如此热烈地盛开在西泠桥尾，致使其下的湖水满缀落英。

如此硕大的夹竹桃，又开得如此繁密，而且仅有一株，好似一颗皓白的砗磲珠要将深藏在水底的所有光彩在一瞬间辉映净尽。

六十五　合欢花

芒种之前，合欢树开花了，远远地便能品到芳馨。

合欢树的花像柔软的粉红丝线，又像一把把展开的古老羽扇，栖在鹅毛状的树梢。微雨中，它们如飞翔的蝴蝶，轻轻落在青草地上。

很久以前我上小学的时候，乡村简陋的校园里也有一株合欢树，也是春末夏初时开花。它的花伴着山风和朗朗的读书声一朵一朵地绽放。这片红云如今又在异乡的园林中腾起，仍然有着同样的名字。

六十六　白毛芦花

水边的芦苇已经有翠竹那么高了，长而尖的叶子中垂下一穗一穗灰白的芦花。

禽鸟啼鸣中的河滩是水草杂生的所在，有些生有粉蓝色的花簇，有些冒出深紫色的珠串，有些阔叶中点缀着满天星似的黄色小花。芦苇在其间似乎是最高大挺拔的水生植物，葳蕤的枝叶遮蔽了凌水的木桥的桥面。

芦花中穿行的彩蝶与飕忽掠过水面的银翅水鸟如幽梦中的涟漪一般，惊醒河畔绿荫。

六十七　初夏水生植物

冬季的水塘是寂寞的，春季的水塘稍稍萌生绿意，初夏的水塘完全是水生植物的花园。各色睡莲从塘底的黑泥中生出长长的花梗，好像莲根要将延伸的游思向水面上倾吐。一捧一捧绒花似的金鱼草穿过水底的石缝缠绕在睡莲的花梗上，锦缎般的鲤鱼悠闲地徜徉在这水下密林中。而水陆相接之处则杂生着一丛一丛的荻花、菰草和芦苇，它们纤细的竹枝似的茎在柔滑的叶上开出五颜六色的花穗。还有一些不知名的水中花草，沿着泥沙的岸一片铺开墨绿色的油亮的叶，叶呈葫芦形，叶与叶之间是淡黄色的类似牵牛花的单瓣花。这种花花瓣很薄，几乎是半透明的，花蕊则呈现香气馥郁的酒红色。修长的披针形的叶，带着金线，与翠绿色的手掌一样肥厚的叶、纯白色的穗、粉紫色的碎花彼此交错，形成一幅水上团花飞凤锦。

与陆生植物相比，水生植物因得水的灵气，多些清秀、俏丽。而初夏的水域也因繁茂的水生植物生机盎然、多姿多彩。

一些水生植物已经结出了沉甸甸的果实，颗颗压弯枝头的八月瓜形果实伴着晚霞中的红蜻蜓化为斜阳下的折枝一景。

六十八　端　午

昨日芒种，今日端午，山林又含清氛，水波复荡绿光。浪花似的点点鸟啼在幽深的林壑间明明灭灭。卷积云在流淌，阳光划过晴碧的天。乾坤仿佛处于火烈燃烧的前奏。

六十九　水　色

激越为浪花的水是雪白的，在石缝间倾泻而出；柔曼地漫过地面的水是无色透明的，犹如一颗空灵的心；而积于山谷深处的水，却是淡碧色的，似奇寒的凉玉。

如同光的颜色是多变的，水的颜色也是变化万千的。古代传说中有能瞬间幻化出亿兆色彩的摩尼宝珠，若世间真有此摩尼宝珠，它便是水，便是这江南山中清丽的水。

七十　野　花

三五根竹枝下开出数朵零星的黄花。

我不由想起古人充满山野气息的诗句："白发上黄花乱插"，古诗中插满头的山花只应当是这类质朴、野逸、并无人间烟火气的花儿。它们有着苦涩的香味，仿佛是陈年绿茶从封存的坛罐中溢出的气息。它们四角星形的尖尖的花瓣在爬满苔藓的乱石中与长长的茅草彼此穿插。苦涩、甘芳、原始、素淡是这山中之花的风味。

这石板路口忽然闪现的山中之花，在山中此起彼伏的水声、葳蕤深秀的密林内，是丘壑间一滴野露珠。

七十一　勺　水

林木下的石缝中、青草上的石洼内存留的一小片水，只有几滴，仿佛仅能供一只鼹鼠饮足。

然而，却是那样令人心醉。听到那脉脉的水从积年干枯的竹叶下流出的细微的声音，你会觉得是山峰的窃窃私语，入人神魂。

呵，碎玉一般、花针一样的水！

七十二　落　花

古栈道上的落花使我忆起一首古诗——

　　木末芙蓉花，山中发红萼。
　　涧户寂无人，纷纷开且落。

这人迹罕至的古代栈道由断裂的石板铺就，积满褐黄色的落叶，落叶间是不知何时落下的白色四瓣花。我仰望，栈道之上一株株阔叶野树，石上的四瓣花就是从这些野树的树梢落下。它们开在枝上时，应当十分硕大、红芳，可此时，却像破旧的手帕粘在青石上。大约这些花在暮春五月时开得正盛。如今已是六月，它们被山风吹落已经有很久了。

这深山中的鸟道，少有人行，只有蝴蝶会来品鉴这些花儿。于是，它们在一个少有人知的春天，悄悄地开了，又寂寞地落下。

七十三　南风大麦黄

芒种过后，夏至之前，太子湾公园石缝中的车前草结出长长的褐黄色的"麦穗"。山坡上草丛中野生的燕麦也开出了细碎而醇香的稻花。金灿灿的萱草花分外茂盛。就连溪流里黑不溜秋的游鱼也沸腾了似地来回穿梭，好像要迎接热烈的盛夏。

在古代历法中，芒种过后便是夏季。此时的杭州城的确已是夏日景象，昼长了许多，夜短了许多，晴天多了许多。

但是，杭州的夏季并不炎热，犹如水即使在三伏天的正午也是清凉舒爽的，犹如翡翠和祖母绿即使在日光暴晒下触手也有冷意，绿意盎然的西湖从没有焦躁的酷热。她的热是一种舒缓的温煦，仿佛是从新收割的麦田里飘来的浓醇的歌。

七十四　兰花开了

在夏至之前，兰花开了，淡紫色的花串长于深绿色的长叶之间。

不知这些芬芳的花是何时含苞，但此时，她已在素纯的草丛中开花了。

七十五　临水照花

八仙花开得那样盛、那样秀媚，艳而雅的色调倒映在水荇飘荡、游鱼徜徉的池塘中是那样清丽。

江南的园林中多有迂回、玲珑的长廊，而西湖花港观鱼的长廊尤其轻巧，空灵的格子配上虬螭般的古老藤萝尤可入画。这些长廊又往往横卧在酽酽的绿水之上，如同水榭与虹桥的合体。长廊的背景常是云杉、香樟、红枫形成的园林，折角处多种花卉。

一道五折长廊的入口的小石潭畔种着一团一团绣球似的粉红色的八仙花，花丛中相互追逐着朵朵白蝴蝶，仿佛美人临水照镜。林霭中望去，此景如宣纸册页里的古代丽姝，在绮窗下显出朱唇丹脸。

七十六　荷　花

距离夏至尚有五天，西泠桥畔的荷花已经硕大将放。婷婷的翡翠裙一样的荷叶中露出嫣红的花蕾，水滴般尖圆。不知开花时分将是怎样动人，也许荷花开花就在夏至之后。

七十七　石　榴

不知石榴花何时落下，今晨，却有青绿色的圆圆的石榴果挂上石榴树梢。它油滑而明亮，仿佛是红艳艳的石榴花将整个春天的馨香都化为了这沉甸甸的果实。

七十八　仲　夏

夏至过后，江南进入梅雨时节，接连十多天，都落着淅淅沥沥的细雨，西湖的水面也好像画笔勾勒似地多出许多鱼儿吐泡样的涟漪。

众多盛放黄花、红花、紫花的灌木与草本植物此时都已过了花期，园林中是一片郁郁葱葱的浓绿。

而荷花却裂帛般地开了，水红的菡萏隐藏在酽酽的绿叶间，仿佛神话中凌波微步的仙子。荷塘最美丽的季节已到，清凉的水面上充满幽香沁人的温馨。

七十九　荷花盛开的水塘

荷花盛开的水塘上积有一层厚厚的浮萍。我认为，水中的浮萍就像地上的苔藓，是景物的衣裳，没有苔藓，园林便近乎裸妆。同样，若没有细弱的绿萍，水塘便素淡寡味。纤纤的绿萍中嵌着一团一团织锦花图案式的菱角，再飘上一两片落下荷梗的柔嫩的粉红荷瓣便是西湖荷塘最常见的水面。

古画中常有锦鲤嬉戏于绿萍间的动人描绘，而在西湖的荷塘上，穿行于绿萍和紫菱间的往往是成对的鸳鸯或结群的野鸭。它们轻灵的身姿似一只只小船在挺拔的荷梗间荡漾起圈圈涟漪，又似流星，激扬的动势使风致的荷叶微微摇曳。

此时，水红色和月白色的荷花都开了，硕大的花冠在裙裾般的荷叶间显得风姿翘楚。花冠中有些已经全开，清香的莲蕊环绕着鹅黄色的莲蓬稳稳地居于花心，凝聚卷积云样的层层莲瓣；有些开了九分，灿若堆锦的花瓣雍容地垒成朝阳式的花头；有些开到六分，尖尖的花头刚刚钻破花萼，花萼上舒展着三五片粉红的莲瓣；有的尚含苞待放，好像丰满光艳的粉色水滴；有的还未成形，长长的梗上才结上暖绿中带淡紫的小巧花蕾；有的已残，花心中的莲瓣都已落水，外围的莲瓣松松地粘连在已经泛绿的莲蓬上。只有莲花落瓣之后才会出现莲蓬，西湖上的荷花丛已经结出高低错落的枝枝莲蓬，看来荷花自夏至之后已经开了一段时光。只有莲子熟透时荷花的花期才完结，西湖上的莲蓬还很稚嫩、很娇小，离荷花的花期结束还有很长一段时光。荷花是西湖上花期最长的花儿，从五月开到九月。诚然，西湖在一切季节都是美丽的，可我还是认为，荷花开花的时候是西湖最美丽的季节。没有荷花的夏天是缺憾的，没有荷花的西湖是褪色的，没有荷花的江南几乎不是江南。荷花是这汤汤绿波的神魂啊！

在西湖曲院风荷景区湛碧楼下的石拱桥前，九曲十八弯的绿水上，我看到一簇一簇丛生的荷花，为这清波洄溯的素丽花卉留下片纸小记。

八十 莲花过人头

孤山背后有百亩荷花，在柳枝的飘舞间映日接天。长柄的荷叶挺出水面一人多高，红玉色的莲花比绿罗伞样的荷叶更高，碧色的莲蓬和浅紫的花苞则高于清波般铺开的叶浪和云霞般的花冠。

在密生的荷花的掩映中，西湖的湖水几乎不见了。伴着鸟的啼鸣和蝉的歌唱，游行的船只穿过西泠桥下的石洞向莲叶深处去了。

八十一 荷 香

泠泠的小风吹过湖面，送来荷叶莲蓬的清香。

荷香并不是荷花的香气，而是荷塘的香气。那香味仿佛是净水经泥沙淘渌过千百遍之后留下的炁的精华，闻之如夜半月华刹那间浸润心神，令人忘我忘物。它不似花香，虽美妙，却能让人因陶醉而沉迷，它是醍醐一般提神醒脑的仙露，会使人的灵魂如洗过了一般晶洁。

即使在荷花尚未含苞的时节，荷塘也在散发远离尘世的清香。无论清晨、正午还是傍晚，杂生荷花的水域总是流溢着不同凡俗的香气。如今，荷花盛开，那香味变得越发明显，似乎是云中朦胧的月亮逢霁雨初晴，变得分外圆而亮，大约这味清香会随荷花的生长日益深厚。

驻足池畔，可知荷根、荷梗、荷叶、荷花、莲子均有这香味从脉络中透出，好似整株植物都在灵泉中浸过。

八十二 小 暑

小暑这天，兰花开得很盛，缀满紫玉珠的花茎如一线线细长的青丝在深绿的花丛上空延展。而兰花旁的萱草也深情地开出了一朵朵柔柔的淡黄芳葩。

此时，桃树上的桃实和柚树上的柚子已浑圆，水塘中的白荷与红荷都已完完全全地舒展开清素的萼瓣，菖蒲、芦苇等水生植物比初夏时更加绚烂，仿佛是火烈的南风吹出了它们生命中的所有热情。

然而，我却看到，一些春天开花的树木挂上了几片黄叶，实在出乎意料。

古人云，阳的顶峰便是阴的开始，正如在大雪纷飞的隆冬已有新芽的萌动，在万物繁茂的盛暑也有开始走向凋零的植株。这便是天地间的轮回啊！

八十三　第一朵葱兰

大暑之前，葱兰开出了第一朵花，好似素雅的白蝴蝶落在青绿的叶间。这朵冰清玉洁的五瓣兰花，衬着长长的草叶，仿佛在歌唱秋天即将到来的凉爽。

八十四　彼岸花

山间石缝中冒出一根长长的绿茎，顶端是数朵金针菇似的尚未绽开的黄色花苞。

我想它是彼岸花，传说中生长在冥河两岸的花卉。彼岸花开花是在九月，如今，是它含苞的时候。

八十五　芙　蓉

大暑之后，水边的芙蓉花开了，鹅掌形的绿叶托起红润粉融的朵儿。

河岸上到处是香樟树和梧桐树的落叶。

橙黄色的彼岸花挺出舒缓的流水状草叶之上，如展开的扇子。

纯白的葱兰和淡紫色的线兰开得如火如荼。

浓荫之中，枸树掉落了熟透的果实，一颗颗如含水的红玛瑙，撒在崔嵬的石缝里。

八十六　秋　声

立秋之后，凉飒夺炎热，韶华草木隐蔽的枝蔓间已有些许黄叶。清早的微光中，纱窗已透出草虫的唧唧。

过了七夕，天上月亮分外圆而冰凉，在岩石上浓黑的树丛间留下一线衔山之白。

过了中元，石榴红了，美人蕉花谢了，粉白与浅绛的紫薇却迎着秋露丽姿尽呈。

八十七　秋　荷

处暑过后，天地由阳转向了阴。花圃中的花儿多了几分沉郁的幽艳，唧唧作响的秋虫也在深深的草丛间发出繁星般细碎的鸣唱。

白堤上的垂柳叶片已比盛夏时稀疏了许多，分明显出凉飒夺热的气象，树下的荷塘却还有众多如霞的红葩。

秋季的荷塘比仲夏的荷塘开出了更多繁花缀锦似的水红色花冠，衬着翠绿的裙幅般亭亭的荷叶，美如连绵起伏的画卷。花叶掩映中，间或有一两枝青绿中透出淡紫的荷花花苞在昭示荷花还会开放，花期还有很久。江南的荷花就像江南不老的冬季，江北的荷花凋谢之后，它还要生机勃勃地迎着秋风绽开，仿佛是想将明山秀水中的暖意尽情倾吐。

然而，荷塘中临近水面的区域还是出现了一些枯叶，这些黄褐色的干缩的叶子从同样黄褐色的折断的梗上垂头，没入飘荡浮萍的水下。它们与花梗头上黄褐色的、开裂的莲蓬一样表明了秋风已扫过荷塘。

但枯黄的莲蓬间还有一枝枝、一捧捧清水似的绿莲蓬，贮藏着落瓣的荷花遗留的莲子。绿莲蓬与黄莲蓬、绿莲叶与黄莲叶、绽开的荷花与落瓣的荷花形成渌水中秋荷的妙景。

八十八　夹竹桃

西泠桥边那株春季十分兴旺的夹竹桃如今仅余零星的青白色小花，衬着寒碧的长叶显出秋的凉意。西湖景区各花园中的夹竹桃也稀疏了许多，白色的夹竹桃好像初春时将要消融的积雪，红色的夹竹桃好像月亮即将升起前残留的晚霞。

与此同时，蔷薇、萱草等以仲夏前后为花期的花卉的艳色也逐渐褪去。秋风中，幽兰却正逢盛时。

八十九　牵牛花

苏堤上的兰草丛中有一片淡红色的牵牛花。虽然是红色，却极淡极淡，让人品出秋的凉意。

我以为秋季的牵牛花以浅蓝色最佳、深紫色为中，淡红色最下。可此地的牵牛花与秋景并无违和感，大约是因为江南的秋季从没有透骨的凉，而是凉爽中带着温煦吧！西湖的秋如西湖水一样绵软。

九十　野菊花

淡黄色的野菊花，在虬曲的老树根旁，配上长叶的秋草，映着清澈见底的秋水，苦涩地开了。

野菊花是秋的标志。在我的家乡，暑期之后的丘陵上总会有漫山遍野的野菊花，味道十分清苦。它与红玛瑙似的酸枣具是秋季的山鲜。这质朴、充满草根味的野花在西湖太子湾公园祖母桥下出现时却显得高贵，全无乡土气息。它一旁草丛中的瘦岩岩的彼岸花有些矮小、瑟缩，仿佛是秋夜的寒冷褪去了她的嫣红。相比之下，野菊花的黄色分外鲜明。如深山中的花卉一经盆栽就艳丽、硕大了那样，乡野味的野菊花在秋水泠泠的园林中也格外典雅。

九十一　秋　水

秋水清呵！清入梦魂！聆听酽酽的绿浪拍打湖岸上岩石的声音，会使人的心神如浴水重生一般莹洁。

秋水清之浅处可见芦芽，可见鱼草，可见泥沙。秋水清之深处一色澄碧，一色天蓝，一色净素。近处，鱼鳞似的细浪轻轻地荡漾在马尾松和紫竹根下的鹅卵石四周；远处，琼琚样的碧波卷起层层霜雪般的水花在宁静的水面上激越地奔流。日光下潋滟的水纹、蝉翼般掠过水面的凉风都在诉说水是多么澄澈。这澄澈仿佛是冰玉，又比冰玉博大深沉；仿佛是寒雨，又不似寒雨苦涩，却多了安适与静谧。只有忘我时刹那间呈现的空无的心境才有这清水的神韵。

秋是返璞归真的季节，山川草木褪了红、褪了绿，只有清癯的瘦。此时的水也没有了春的桃花意，没有了夏的阴浓，仅余一味简淡。秋水与秋风、秋气、删繁就简的秋林具是天地之至朴。

九十二 秋 山

秋天的山不如春山生机欲燃，不如夏山浓郁若醉，却有天朗气清的萧疏。

暑后，灵隐群峰上不见漫山的黄花，只有一二青白的小草花瘦骨伶仃地点缀着沉绿的蔓草。仲夏时苍翠的竹林此时已显得微黄，竹叶也稀稀落落。香樟、槭和拱桐颜色淡薄了，树冠里多出许多暗黄、土红色的老叶，唯有石径上的细草和苔藓仍渗逸丝丝茸茸的鲜绿。春夏时使山林增色、山花更加娇媚的燕啼莺歌在飒气中化为蟋蟀等寒虫的嗦唆。高树上热闹的蝉鸣也已不闻。

而山间的泉水似乎分外地响了。北高峰下爬满藤萝的幽邃山谷中，几股素帛样的净流在尖锐的岩石上撕裂，同着清绝的泻落声，一下坠进深潭里去了。那超世出神之韵使人觉得山石都变得纯净通透。

还有那树隙里凉凉的日光，那草尖上凝结的露滴，那积满落叶的水洼，那微阴洒下的白雨。

更有一种仿佛是从地底下发出的山音，如松涛阵阵，回荡在冷寂的林中。

九十三 秋 风

秋天的风如一泓清水漫过翠叶离披的竹林，又像一条暗涌回溯的河在鹅卵石砌成的山间小径上流淌。

仲夏时的暑热和这暑热酝酿的昏昏沉沉的倦意都被这凉水般的风带到极远极远、不知去向的国度。

风吹树梢，怒涛般地翻卷，树丛下一片片碎玉似的水潭也泛起幽梦一样的涟漪。

山雨中，秋风如地下沉埋的寒泉，冷寂萧索。

九十四 秋 草

不知何时，溪流中开出紫色花朵的泽泻花色苍白了许多。菖蒲与花叶芦苇也有了泛黄的枝叶。岸上的车前草和野稗结出了长长的穗子。还有一些无名的野草，在花落之后，梢头集聚了米粒样的小小的果实。

秋草比秋花尤为素淡，兼具一味野逸的苦涩，像是从荒山乱石中冒出的杂湍。

九十五　水烛蒲苇间的惆怅

我在水潭的岸上，漫过人头的芦苇、泽泻和各类水生植被之间，仰望着枝叶扶疏的柳树和香樟。

天与去年一样清，水与去年一样净，大地与去年一样，以沉默的丰厚载起草木深深的绿林。

去年秋季，我从遥远的黄河岸边来到美丽的杭州西子湖畔。如今，在同样的秋季，我即将返回。时光流转了一周，从冰雪素梅的隆冬到芳花次第开放的春天，从绿树荫浓的盛夏到天高水清的金秋，又在永恒的轮回中回到了起点。时光的流是桃红柳绿，是莺啼燕转，是莲开莲现，也是落叶，也是枯草，也是从梢头坠下化为泥土的螟蛉和彩蝶。它像日光，无形无色，却赋予万物变幻无穷的形与色。每一株草木、每一片岩石，都是时光河流中的浪花，以它们纵浪大化的活跃使生命之河永不停息地奔腾。

我即将离开了，对这绿意沁心的天地的怀念似一缕惆怅，游丝般浮动在梦寐神魂之间。

九十六　绿　梦

江南是我青绿色的梦。

我已返回尘沙灰土的中原，但江南秀丽的香樟、美艳的荷花、长虹饮涧的石桥仍留在我的心间，像一块沁人心神的绿水晶，以它闪烁的光芒使这清冞满溢的记忆永远新鲜。

它的微光将在我夜深人静时独自居住的小庐里流荡，将在我远行异域时使沿途的草木变得似曾相识，将使我视域中植被荒芜的黄土地罩上朦胧的绿花，将化为我的眼神、我的语词、我在纸缝里默默低诉的声音。

它是一曲绿色的歌，即使歌词和曲调消散，依然在日月之下鸟飞鱼跃地唱着。

乡棘时轮

当我从人烟稠密的都市回到我的老家偃师——一个位于伊洛平原上的小县城，我心中安静了许多。

这片承载着许多我的往昔记忆的土地位于一座名叫邙岭的山丘之下、一条名叫洛河的河流和一条名叫伊河的河流畔。邙岭位于偃师的北边，伊河和洛河位于偃师的南边，形成背山面水之势。

我出生在此。这里也埋葬着我的先人。偃师也是我度过童年的地方。邙山之下、伊洛河畔许多田野、丘陵、荒地是我孩提时代的游乐场，直到我已经成年、到省城读大学之后才远离它们。我在此感受到的文化氛围也与成年以后感到的都市文化氛围有着很多不同。我将以这片蕴藏着我的整个过去的地域随着时令的流转而起的物候的变化来寄托我的乡愁和对逝去年华的追忆。

我将时光的流转称为"时轮"，而此次描绘的景物多在荆棘丛生的陌上，故名"乡棘时轮"。绘制在乡棘时轮上的每一笔都是浓浓的故土情。

一 春 节

在我老家，大年初一是一年的开始。这天早晨，村里的小孩们会到村中的大树、水井、河沟、大石头前烧香，每处都要烧到。老人们说，初一烧香保一年平安。家中执掌灶台的灶王爷神像前、镇宅守门的土地爷神像前、庭院中保佑风调雨顺的玉皇神像前、堂屋中的祖先灵位前也都要烧香。香烟缭绕着年三十贴好的红红绿绿的花门——那是我儿时最爱看的景象。一年起始时，村口的土地庙、村后的奶奶庙和老君庙也都贴上了黄色的对联，摆好供食。大红鞭炮噼里啪啦的响声震得枯槁的树枝上的残雪纷纷落下。

这个时节常是大寒之后，立春之前，是一年中最冷的时候，而田野中往往只有被北风和严霜冻得瑟缩发红的麦苗，陌上是一片没有绿意的灰褐。如果此时没有过年的温暖、热闹、欢笑，真不知如何度过这落寞的隆冬。

此时只有腊梅一种花卉开放。对村中父老而言，过年前后的门花才是这个时节最热闹的花卉。我很难对不是偃师本地人的读者描述清楚什么是"门花"，因为它仅在偃师县城附近的个别村庄里出现过。很早以前，吊桥寨、南河、邱河等村庄的百姓就用刀剪刻画彩色的纸张，形成类似剪纸但比剪纸稍显粗糙的花格子画片。后来，这种花格子画片变化出许多类型，大红色、水红色、桃红色、草绿色、杏黄色，大红中间带金箔的、草绿中间带银箔的、中心刻有"福"字、"寿"字、"喜"字、"禄"字的，各个不同。年二十七、二十八两日，乡村中泥痕斑驳的街道旁摆出许多地摊来，出售对联和门花。门花都贴在门楣、窗棂上，贴好对联之后再加上门花煞是好看，似一位红妆的女子又带了花黄与首饰。按照乡村的传统，正门上一般都贴五至七张门花，中间一张最大，大红色或重绿色，两侧大小依次递减，颜色以水红、嫩绿、杏黄居多。院落内每一间房屋的门楣上贴三张门花，中心一张较大，两侧较小，色泽都很浓艳。窗户上要贴一片小小的门花。神位、祖宗灵位之上更是少不了类似贴在村神神庙上的对联的黄色门花。乡村的父老还会在庭院中贴上"满园春光"、在家门口贴上"出门见喜"等吉祥语，写有这些吉祥语的红纸之上也常贴门花。

除门花、对联之外，过年时门户上的另一种装饰是柏树枝。柏树在万物停止生长的冬季是不会凋零的，始终郁郁青青。乡村的父老便以它象征一年中的好光景，折来插在门楣上。从年三十贴上花门到正月十五打灯笼，这期间，只要在村庄中弯曲的小路上走一走，家家户户门窗上都跃动着花团锦簇的红对联、绿柏枝、彩门花。

二 立 春

今日立春。

荒郊野外萧条的树林在已经由寒冷变得暖热的阳光的照耀下显得温煦而通明透亮。

众多不知名的树木此时还没有发芽，枝茎上零星地挂着去年隆冬的残叶，灰黑色的，像干枯的蝴蝶。黑泥地上淡白的衰草仍覆盖着凌冬不凋的绿色——在我的老家，有些野草是终年常绿的，即使成片的野草都因西北风吹过而萎蔫的时候，它们仍存留着圆圆的或尖尖的叶片。河畔的垂柳还没有腾起烟云似的绿意，灰黄中仅有一丝似有若无的绿，那是远远望去的刚刚泛青的柳枝。

灌木状生长的一丛一丛的光秃秃的野刺梅在荆棘的缝隙中探出了一粒一粒朱红色的小小的嫩芽。

红梅也在这腊梅即将凋谢的时候羞涩地吐起芽苞，杈杈丫丫的墨线般的树枝上缀着繁星似的颗颗玫红。

天地仿佛是在一时寂寥的沉默之后即将咏唱的一支崭新的乐曲，又像是即将从地下破壳而出的一枚才露出窃窃私语般生机的种子，也像是一幅要从浓雾中洗出的颜色越来越鲜媚的画图。

三　六　九

六九是立春之后的第二天。乡下的老人们说春打六九头，六九常是显出春天迹象时。

四　雪

立春过后又下了雪。温暖的乾坤忽又彤云密布、阴风凄凄。仅余末梢的冬天又夹着它的冰霜重新占据了本已流向春天的时光。暗沉沉的一夜之后，老式瓦片叠合的房檐上、红砖砌的墙头、花坛中枯萎的花木都撒上了一层白花花的雪。天气也比前两日冷了很多。

五　元　宵

今日元宵佳节，天气已在前天转晴，雾蒙蒙的天地又露出光彩盈盈的新意。

树还是那样的树，草还是那样的草，河还是那样的河，泥土还是那样的泥土。

乱纷纷的鸟鸣却凭空多了出来。

我老家的鸟巢一般都筑在枝叶扶疏的大树上，远远望去，墨线般的树杈间有一团编织在一起的细树枝，那就是伯劳、喜鹊、乌鸦等鸟儿的栖息地。有些鸟儿，如燕子、麻雀也会把鸟巢筑到人家的房檐下，而后飞出来落在一株株道旁树上。行人从树下经过时，它们便如一响而散的爆竹，呼啦啦地飞去了。

元宵节早晨的鸟鸣唱响，却不见鸟儿，只觉鸟语是从树叶间、草丛里、田中地头迸射出来，仿佛荷塘上跃起无数的水花，水花又在倏忽间逝去了。

没完没了的叽叽喳喳的鸟语使冬去春来的乡间添了一笔暖融融的鲜明。

六　雨水之前

元宵之后，又下了一两天雨夹雪，气温骤降。这一丁点儿隆冬的残余很快被逐渐转暖的地气吹得云消雾散。雨水前一两天，天地间又出现明朗的阳光。

七　雨　水

雨水这天不是响晴的天气。柳树仍然没有发芽，空旷稀疏的树林中只有弯弯曲曲的小路穿过褐黄色的草地。

此时还是正月，八九过后才是二月，才会看到实实在在的春景。

八　八　九

昨日是正月的最后一天，今年正月只有二十九天。

今日是二月的第一天。二月是早春，今日是早春的第一天。之前是春的前奏，此后是春的正文。柳树细长的枝条上长出了大米粒大小的葱绿中带鹅黄的嫩芽。野刺梅立春时发出的朱红色的芽已长到一颗蚕豆那么长，从朱红色变成了玫红色。

今日也是八九的第一天，乡村中就要开始春耕了。

九　二月二

"二月二，龙抬头"，乡村中的老人们这样说。龙抬头的含义是春天到来。乡村中的百姓用蛰伏中的睡龙即将苏醒象征万物将从冬季的沉寂中迎来生机

43

的跃动。

无花果树空白的枝条上长出了一枚枚尖细的淡绿色新芽，如初阳中晃动的一根根花针。

因寒冬中冰雪的冷寂而瑟缩的枯萎的月季花也在经年老枝的缝隙中萌发了小小的芽。

十　白玉兰

不经意间，白玉兰开花了。一树白玉兰悄悄开在尚且荒芜的河畔树林里。

春天首先开放的花儿是黄的迎春与白的玉兰。然而，田间陌上没有迎春，河畔的那株独一无二的白玉兰是许多年前的一位火居道士种在乡村中供奉于药王孙思邈的神龛前的。如今，神龛和其中的药王像已不复存在，只有小庙宇遗址上的白玉兰依然在风中含苞。

满树白玉兰像从石缝中喷涌而出的浪花，又像撒落的珍珠。玉兰花还没有完全绽放，处于半开半闭中，像十五之前的上弦月。而我以为，这欲露还藏的花儿比圆满盛开的花儿更动人。树梢最高处的花儿最少，开出的花瓣却最大，也最舒展，越接近树根，花儿越多，花苞却越小，仿佛一支由激昂逐渐变得悠扬的乐曲，又像碧天里忽然闪现的一捧由密至疏的烟花。

这初春阳光中的玉兰是我看到的新年的第一朵花。

十一　红　梅

杨柳泛青的时候，天色转阴，垅上的红梅花儿却开了。

春天的乡村最吸引人的是漫山遍野的鸟鸣。槎枒的没有树叶的树枝将无垠的天填成一幅意蕴丰富的蛋彩画，鸟鸣就在那些繁密的树枝间发出，好像夏夜里的繁星般熠熠闪耀。

蜜浆似的浓厚的鸟鸣声中，一株深粉红色的梅花和一株淡粉红色的梅花情深意长地开了。古人语"寒梅点缀琼枝腻，香脸半开娇旖旎"，正是梅花的风致。红梅的花瓣羊脂似的柔软，又如绸缎一样细腻，一层一层重重叠叠地托起莲蕊样的花心，而清雅的素香便从那花心里古意澹澹地散逸。野梅花常常开得不浓密，植株也不高大，不像园林里的梅花那样盘龙曲凤、旁逸斜出，却像荒山砾石中的小树苗，手指样粗细的不到一人高的树干顶上横插着四五枝杂生的侧枝，瘦削的红花儿长在那短枝上。这黄土垅没有名字，原是吊桥寨下的一处坡地，百姓们为了取黄土建房将它挖得仅余一带窄窄的土垅。平日里，垅头盖着的是一丛一丛从不茂盛的青草，青草之下露着大片的黄土，青草之上间或有一两株矮小的灌木，顶着手掌大的绿叶形成的小小的树冠，默默无言地站在寂寞中。不想这无人问津的野灌木居然是梅花，会在初春寒冷的风中开出红梅。野梅开花的这几日像这已被弃置的黄土垅的节日。

十二 春 雨

今春第一场雨在树林与河滩洒落了鹅黄与草绿。

雨水过后第八天拂晓，葡萄灰色的薄阴的云朵中撒下点点细雨，落在柳树的梢头，垂柳和旱柳都渲染上一抹抹淡淡的暖绿，落在细草丛生的草坡上，草坡钻出丝丝绒绒的嫩绿，落在小塘的水面上，水面泛起新绿的涟漪。

野刺梅与野蔷薇都被这阵点撒在花前的春雨催开了艳红的芽苞。

天地因这雨流荡着空灵通透的清凉。

十三 雨 声

春雨落在泥土上的声音会落入你的梦魂。

那甜柔的声音好像鱼儿吐出的水泡在水面上破裂发出的响动，又像是隆冬的雪珠在暖风中融解时从树枝上掉落的噼啪声，甜而暖，没有凉爽的气息，玫瑰酒一样醉人。

在被干枯的丝瓜藤蔓萦绕的花格子窗后聆听颗颗春雨落地的声音的时光，是初春午后一刻恬愉。

十四 阳春布德泽，万物生光辉

雨后，如大地的笑颜一样温暖而安详的阳光中，两只麻雀飞来了，用火柴棒一般纤细的爪抓住一曲古老窗口的一根丝瓜蔓。它们黄褐色的小而精巧的头一霎一霎地转动，让相隔很远很远的你也觉得看到了它们黑豆样忽灵忽灵的眼睛。时而拍打着小小的有着黑红色花纹的翅膀，时而扬起小小的脖颈向着晶蓝的晴空啼鸣，这对春的精灵仿佛要把新生的喜悦从尖尖的小嘴中歌唱出来。

大地上每一个刚发芽的小小的生灵都在明艳的阳光中熠熠生辉。

十五　九　九

今日是九九的第一天。老人们说，九九杨落地，毛白杨树就要在这几日落下长长的绒穗了。

十六　小野花儿

杨柳生出翘翘的暖绿色芽儿的时候，大槐树下那片向阳的草坡萌发了今春第一片新鲜的青草。

青草丛中开出了两种野花儿，野花很小很小，就像从儿童画画的彩色铅笔头上削下来的小小的笔屑。一种白色的野花儿学名唤做"荠"，老家的乡亲都叫它"呼啦啦"，因为它的花梗很长，梗上生有像大米粒那样大的心形果实，风吹过时，这些果实会相互碰打发出呼啦啦的响声。小时候，"呼啦啦"是我最爱的玩具之一，下学之后，我常跑到田地里或树林中折一枝"呼啦啦"捏在指缝中甩来甩去。上中学时，我才得知荠是一种能吃的野菜，还是一种中药材。另一种蓝色的野花儿，在沉绿色的草叶间，好似夜空中洒落的星星。我不知它的名字，但我很久很久以前便在大树下、草坡上、水塘边见过这种野花。如今，它又以我熟悉的姿态开放在了很久很久以后的另一片草丛中。

白玉兰已经完全绽开了，远远望去如怒放的冰凌。

野刺梅发芽的枝条也在温暖的阳光中越发红艳。

十七　惊　蛰

今日惊蛰。惊蛰是春天真正的开始，这一天，蛰伏在地下的走兽和昆虫都会从冬眠中醒来重新活跃。

今日又是农历二月十二，花朝，传说中百花的生日，人间的百花会在此时重新诞生，于新的一年中次第盛开。

十八 毛白杨

毛白杨近日落下了长长的杨穗，应了九九杨落地的古语。

春风吹动着黑土地上毛茸茸的杨穗，像一坨坨翻滚的棕褐色线团。

传说杨树的嫩芽可食。我小时候，常有村姑爬上树冠摘早春的杨树芽放在锅中煮食，那浓酽酽的绿色汤汁喝起来略微有点儿苦。而今，不吃杨树芽了，杨树芽便长成了长长的杨穗。它是杨树的花，杨树也是早春二月开花的。

十九 柳 穗

河边的柳树结出了柳穗，修长的暖绿色枝条在和风中交舞。

柳穗是柳树的花，春分之后将要出现的飘荡的柳絮则是柳树结出的果实，其中包含有柳树的种子。

阳光照射的河滨，柳穗在初开的迎春花之上自在地起伏。

二十 花山花海

萌动中的群花仿佛清波之上一枝将要裂开的菡萏，欲露还藏。

白玉兰和红梅略微有点儿残。

娇黄的迎春花才在浓绿的枝条上星星点点地开出一朵半朵。

连翘却全开了，黄艳艳的，一簇一簇旺盛地生长于青葱色的草地。

紫叶李方才生出红紫的尖尖的小叶的枝上开出了许多粉白的小小的花，每朵都有五瓣，花心还有鹅黄的花蕊。

垂丝海棠新鲜的树梢打起了许多嫣红的花苞，如晚霞中的一片轻云。

桃花的花蕾还很小，粘在粘有桃胶的枝上似一抹厚重的深红。

紫荆粗糙的灰褐色树皮上也萌发了一粒粒春意盎然的紫红蓓蕾。

此时是惊蛰过后、春分之前，花卉全部绽放的仲春还没有到来，山间野壑上的花儿好似一支正在咏唱序曲的歌。

二十一 海 棠

临近春分，海棠花初开。

嫣红的朵儿在尚且稀疏的绿叶间舒展着一二枚娇柔的萼瓣，似一句欲说还休的情话。鼎盛期的海棠花树如晚霞染过的轻云，绯红一片。此时，未至仲春的海棠花树却像一幅尚未完全铺展的画卷，仅显出让人猜不透的几笔鲜妍。

一些开着孔雀蓝色的小花的幽暗的野草茸茸地长在花树下。

花树下别有开着白色碎花的荠。

二十二　春　分

春分这天，海棠花全开了。海棠在半开时是深粉红色，全开以后便是浅粉红色了。满树风一样轻软的粉瓣像是从春的源泉中腾起的朵朵云烟。

桃花全开了。盘曲的桃枝上一簇簇浓浓的艳红和粉红，仿佛是从折叠的古老册卷中跃出的神仙洞府的奇葩。

紫荆花全开了。原先只有米粒大小的暗红色芽苞的枝上热烈地绽放出浪漫的粉紫色花儿，一束一束、一捧一捧。另有一种白色的紫荆花，些许数株，皓银一样闪耀在粉紫色的紫荆丛中。

梨花全开了，显出天地间最素雅的净白。尖尖的芽儿形的几枚绿叶之下是一片片如冰如雪的花瓣，似流水冲洗去山中岩石上万年的尘垢，那一片片净白抚去人心中积年的岁月印痕。

木棉花全开了。玫红色的鲜丽的花朵儿从因被众多花朵压弯而垂下的枝梢挺立，显出嫩黄的花蕊。

榆叶梅花全开了。榆树树叶般粗糙的厚厚的叶长在一串串粉红的花枝尖上，花枝则被一朵朵状类红梅花的重瓣花朵绵绵密密地包裹。

丁香花全开了。紫丁香与白丁香都绽出了云霞似的树冠，树冠中有着长长花托的五瓣的星形花儿是群蜂与群蝶的乐园。

在一树一树花的林中，柳树褪了初春的鹅黄，换上了崭新的草绿；才发出嫩叶的榆树将一把一把榆钱撒落在耕过的泥上，尚未开花的石榴树也生出了棣棠色的芽儿。

仲春时节五彩缤纷的芬芳是新生中的乾坤喷薄而出的灵动的生意。

二十三　紫叶李

紫叶李的花儿落下了，在春分之后。

紫叶李树如今只有零星的粉白色花瓣在密生着暖绿中透出红紫的叶子的树冠上。微风中，树冠里细雨般的落花四散于仲春的泥土。

二十四　仲春的溪流

我在仲春的溪流畔，看见青春的生命如花绽放。

它是白丁香与紫丁香散逸的芳馨，是迎春花的藤蔓瀑布般倾泻的杏黄，是柳绿，是桃红，是鳞鳞锦鲤间新发的荇菱。

生命是花，生命是歌，生命是阳光中迸射的欢笑。

而我亦如一只蜜蜂，将完全的自己没入彩色的香中。

二十五　紫　藤

没有叶子的紫藤生出了淡绿色的花穗，那是一种淡到极致、近乎白色的绿，令人联想到夏的清凉。

紫藤是暮春、仲夏时节开的花，仲春时仅有一串串绒绒的花穗和一两角尖尖的芽苞。

二十六　琐　记

榆叶梅花凋零了，在春分过后的第三天，原本风姿楚楚的修长的枝条上仅余落寞的残红。

夹岸蘸水的碧桃花在酽酽的绿漪之上盘曲着旁逸斜出的玲珑纤细的树冠。

丁香花的芳醇似梦中的呢喃，幽香入魂。

黄馨花继迎春与连翘之后绽出了火苗般耀眼的朵朵金珠。

紫藤不久才生发的淡绿色花穗微微露出了一丝葡萄紫。

蔚蓝的天空中，二月末，未至三月，已飘扬一两只五颜六色的风筝。

二十七　绿

春天的绿带着嫩黄，是新生与希望的绿。它不是夏天浓郁的绿，也不是秋天惨淡的绿，而是明艳如笑的绿，像隆冬过后干枯的大地上盛开的一朵朵绿花。

它是石榴树枝梢才发的芽儿，是榆树捧出的一串串粉嫩的榆钱，是河畔垂柳尖尖的细叶，是黑土中落叶之下萌生的茸茸的小草。

春天的绿是百鸟咏唱的一支歌，是青青草木在南风中的跃动，是爱，是暖，是幸福，也是奔跑的我追寻的乾坤之神。

二十八　海棠花谢

三月初三，海棠花谢了。昔日繁华的花树映现一片纯净的绿茵。海棠花儿落下了新鲜的枝梢，如一只只粉白的蝴蝶在惊颤中飞离了它们聚集的花丛。

在这轩辕黄帝诞生、民间祭祖的日子，海棠花儿谢了。

在此流传千古的情人节，海棠花儿谢了。

在孩童们笑闹着追逐满天风筝的时候，海棠花儿谢了。

二十九　春天的树林

春天的树林是稀疏的，透光的树冠上有新鲜惹眼的绿叶。

春天的树林里有鸟巢，细茎编的，在高高的树梢。

春天的树林里有鸟啼，随着一只只扑喇喇地飞过的鸟儿闪动在清通的枝杈间。

春天的树林中有杨树新长的毛茸茸的叶片。

春天的树林中有枸树水灵灵的碧玉般的嫩色。

春天的树林是儿时画片中生动的记忆。

春天的树林是刹那回首间忘却自我时一撇的澄明。

春天的树林是槐花。

春天的树林是柳絮。

春天的树林是祖父望见生发的芽儿时眼中的笑意。

春天的树林是阿婆驻足河边时采摘野菜的欣奕。

春天的树林是芳草丛生的小径上走来的身姿健美的少女。

春天的树林是天地的明澈，是暖风一浪一浪涌起的、宛如拂去古迹的、旧貌换新颜的艳。

三十　清明之前

清明之前，丁香花儿谢了，粉红的桃花儿谢了，金黄色的油菜花儿开了，虬曲的紫藤也垂下了一房一房粉紫色的花苞。

柳絮儿开始漫天地飞舞了，好似绿林之中晶光闪耀的蜂蝶。地上的草丛中也积了厚厚的一层初雪似的柳絮。

三十一　紫　藤

桃花谢的时候紫藤花全开了。

最先谢的是乡村常见的那种会结桃儿的粉白色桃花，而后是绯红色的花枝簇簇的人面桃，而后是树冠好似盘龙舞凤的艳红的碧桃，最后是花瓣似一丝丝红绒的菊花桃。漫山遍野的桃林在花期过后余着一掬掬揉皱的残红。

紫藤的藤蔓则像绿萝一样爬上了松柏的杈丫，在向阳的山坡上连理地挂起来。干枯的枝叶间一串串垂垂生发的淡紫色藤花如绳索编织的古意氤氲的壁饰上刺绣的朵朵祥云飞鹤。

而紫荆花的花期已到了后期，色泽已寡淡，榆叶梅花儿也落尽了。

三十二　春　雨

距离清明还有五天时，下了今春第二场雨。

拂晓时分，天气微冷，细弱的雨丝淅淅沥沥地流过树梢新发的暖绿色的嫩叶，落在池塘与溪流边的春草上。隅中时分，草丛中积了浅浅的水洼。微风吹起，这些浮有花瓣的水泛着皱皱的涟漪。

朵朵淡灰色云彩遮盖的春季的薄阴的天空是低垂的。春季没有过冷的色调，即使阴雨天的灰也是葡萄灰或玫瑰灰，与鲜花盛开的大地相依相映。雨并未削减春天的暖，只是增添春天的润，如浓墨重彩的古代工笔绘画经水洗之后愈发妍媚。

三十三　清　明

清明雪，是落地的淡白榆荚。

清明花，是渐近满树绿阴的紫荆与碧桃。

清明草，是河畔垂柳飘扬的柳絮云雾一样包裹的青翠。

山间陌上，紫藤花开得正盛，金灿灿的油菜花开得正艳，丁香与迎春却已枝叶茵茵。树冠稀疏通透、仅有新萌发的小小嫩叶的槐树和椿树与绿意稠厚如釉的白杨和梧桐，在林中形成一支交替轻重缓急的旋律，似土埙上奏着的古曲。

野蔷薇鼓圆圆的花苞已经打上了，等待暮春时节开放。

三十四　暮　春

将近谷雨，已是暮春。

乾坤好似一块晶亮透明的绿琉璃，从淡淡的一丝霄烟般的色泽变幻出凝碧的浓酽。

不知不觉间，洁白芳香的槐花已经在高高的树梢绽放了，粉红的野蔷薇也从一颗颗圆圆的花苞中爆裂出秀姿盈盈的朵儿。开花的石楠如土坡上杂生的绿树丛中的一团雪。

紫荆花的花瓣全落了，一枚枚豆角样的翠生生的果实挂在柔条纷纷的茎上。

榆荚完全干枯，已被风吹尽。

藤花也已衰老，暗淡的萼瓣似隔年尘封的丝绸。

三十五　谷　雨

春天如此短暂。谷雨时三月、四月的芳菲已尽，只有叶底黄鹂的啼鸣在绿意盎然的树林中歌唱着已至尾声的春意。

初夏的花卉已浓艳地盛开。蓝紫色的鸢尾花在长长的草叶间绽放了，火红的石榴玛瑙般透亮、绿中带红的枝梢上结出了珊瑚珠似的、莹光晶洁的花蕾，木本的月季与藤本的蔷薇花已全开，灿烂如交叠着黄金丝、琥珀片、七彩宝石的织锦。春花轻情而芳馨，少年一般鲜明；夏花则浓郁而醇厚，激滟如严妆盛饰的丽人。夏日的叶也较春日的叶少了些鹅黄，趋于墨绿和墨蓝，与夏花大红、绛紫、玫红、金黄、银白等重色调分外相衬。春是芬芳和温馨的，夏却是热烈而妖娆的。

我看见了红叶，在灌木冉冉的枝上。清明之前，这些红叶细若游丝，今已大如杯盏。甘美的红叶使夏愈发秾丽丰娆。

碧桃结出了鸽子蛋大的小小的桃实，紫荆树也垂下了一把一把长长的"豆角"，丁香尖尖的果三五成群地簇聚在花已落尽的叶间，柳绵吹去，榆荚飞散，林中尽是绿叶成荫子满枝的夏韵。如初生的嫩芽昭示春天的来临，这些新结出的果实是夏在大地上说的第一句话。

三十六　桐　花

粉紫色的桐树花全开了，这是暮春最后一个芳信。

无限繁华与喜悦却又轻盈温馨的桐树林中正飘落片片花瓣雨。叽叽喳喳的飞鸟从桐树树枝间穿梭后，又在树梢"忽喇"一下子冲上了天去。满地落英柔软如绵。

桐花是最后开放的春花，桐花谢后便是夏季。

似初春时阴岭下尚未融化的冬雪，在夏气渐如潮汐涌起时，田野上的桐树林仍固守迟归的春意。

三十七　黄昏的桐花

薄暮时暖黄色的雾霭中的桐花，像一句浮动在心弦上的暖昧的情话。

春天的傍晚是朦胧而温暖的，有深蓝色的天空和橘色的晚霞，和那熹微中的绵绵柔柔的粉紫色花瓣。

在春天的傍晚中等待春天的夜晚如同在慵懒的昏沉中等待陷入安详的酣眠。

三十八　春末的花信

立夏前三天，桐树花将要落尽，鹅掌形的绿荫间只剩一点残粉。

楝子花开了，变现另一种较桐树花更淡的淡紫。楝子树比桐树高大，叶子细碎如片片毛羽，花儿细碎如米粒且有浓郁的香气。远远地，在树林的另一边就能嗅到群树丛中楝子花的香气。楝子花的香气比它烟雾般的开花的树冠更能显示它的所在。农村中的楝子树长在农舍的门口，还有一些长在后院的牲口圈旁，还有一些长在打谷场上。每年春末夏初，楝子树的花香会和那袅袅的浅紫色花瓣一道流荡在乡间陌上。

我从一株楝子树下走过，一串暗黄色的楝子忽然从树梢落下。它有五枝枝权，每一枝枝权上都结着一颗皱巴巴的楝子。在农村，楝子是防冻疮的好药。深秋时，村姑和阿婆会把楝子树上的楝子打落下来，熬成水洗手。据说，用楝子水洗过的手冬天不会冻伤。而今，楝子树又在屋瓦上、土窗前开花了。

与楝子树同期开花的另有一种草本植物——迎夏，它类似迎春，只是花朵儿较迎春细小，呈四角星形。立夏前，草丛中尽是随风舒展的迎夏。

三十九　五月榴花照眼明

立夏的前一天，火红的石榴花开了，像密密重重的石榴叶间一团团热烈的火苗。

水边滩涂上生着一株一株灌木状的石榴树，翠绿欲滴的叶子闪动蜂蜡般的半透明光泽，花萼和花瓣辉映着玛瑙般绮丽的流彩。春末的雨水中，杂花带叶的整株石榴好似涂了明油一般润滑。

立夏的前一天，在小荷初露的水塘岸上，锦缎似的石榴花开了。

四十　立　夏

立夏这天，一向空寂的水塘一夜之间冒出许多碧玉般的荷叶，好似卷积着漂浮在净洁的天穹中的绿云。水陆相接的湿地中，长叶纷纷的菖蒲开出了杏黄色的花儿，葳蕤的莎草散开了光芒似的细茎。

不时有一阵浓香袭人怀袖，那是珠宝般璀璨、彩霞般艳丽的月季妖娆绽放时喷薄而出的。

草丛中野生的燕麦抽出了青青的长麦穗。

枸树茸茸的果实在土垅之上垂垂欲坠。

桃林中众多的桃树也一坨一坨地捧上了拥挤不堪的肥大的绿莹莹的桃儿。

桐花落后，曲曲折折的桐枝上，桐叶若叠叠罗衣。

椿树开出椿花，雪粒样的绿中泛白的花簇在椿树叶环绕丛生的树梢密聚，压弯了冉冉的枝条。

紫荆树的果实已变得像皂荚一样坚韧，显出绛红色。

远远望去，林中绿荫下茂盛地开着紫蓝色的鸢尾花。

四十一　立夏之后

立夏后第五天，苦楝树的花谢了，草本蔷薇的粉色的朵儿也谢了，余下一颗一颗珠子似的绿果。地面上却开出许多野草的小花儿，浅蓝色的婆婆纳，白色的茅，淡黄色的米米蒿，水红色带有芒穗的燕麦，还有纯绿的飞蓬和狗尾草。

山林与田野间尽是墨汁般浓酽的夏天的绿。

四十二　水菊花

小满之前第五天，蜀葵开了。

我看到开花的深粉红色的蜀葵是在夜半的月色之下。我忘了那是清冷的月还是昏黄的月，只记得纸扇一样层层折叠着的花瓣和花瓣上隐约可见的一痕痕纹理。在我老家，蜀葵这个书面化的名称不常用，乡亲们都把夏季开放的蜀葵叫作水菊花，取其花形类似菊花又多长在沟渠边之意。小时候，哪里有一汪水洼、一道野壑，我都会在那里找到水菊花。今日的老家，这种野逸的景致减少了，但我还是在一户农家院外看到种植的水菊花。

小满前，我从前见过的水菊花又开了。

四十三　葫皮菜

虎皮菜还是葫皮菜？这种开红紫色小花的野草叫什么？只听乡村中的老人们叫它虎皮菜。也许应该叫做葫皮菜吧，因为这朵只有花生米大小的野花花托是葫芦形的。

初夏是葫皮菜开花的时节，整整一个春季，它都像牛筋草那样匍匐在麦田的陇上或菜园的陌上。它开花的时候会节节挺起数寸高的鲜汁欲滴的茎，红紫色的四瓣花儿就开在那茎头葫芦形的花托上。葫皮菜承载了许多我小时候的记忆：春天里它是野菜，像马齿苋、荠；开花之前，它的叶片肥厚、鲜美，老家的乡亲们常用它煮面条；初夏开花之后，它的叶片就变得生硬、嚼不动了，像野菊花、油菜、蒜苗等野菜和家菜开花之后不宜食用了那样。这时，它就会变成我们这些小孩的玩具。收麦子时，我常折一两枝红紫色的葫皮菜的花儿插在马尾辫上。

小满之前第四天，葫皮菜花儿开在莎草、葎草与野稗的丛中，而粉红色的、多被误认为牵牛花儿的田旋花也在野草丛中一朵一朵像吹气球那样开了，柔软的藤蔓丝丝缕缕缠绞着莎草高高挺立的柄。

四十四　夏　虫

小满前一天，夜幕降临，天空变成靛蓝色时，夏虫发出这一年中第一声"唧唧"。这唧唧声是从高树的枝叶间发出的，隐约可见是桐树。这唧唧声那样清澈，仿佛是深山岩石缝隙里的一滴寒泉，落在了夜的寂静中。它不同于盛夏的夜半繁星密布似的虫鸣，却像单独的一只蝉或蟋蟀拖着悠长的声调在吟咏。

那修条密叶的桐树枝上只有一只早早爬出地下的蝉，而它也招来了与它和鸣的叽叽喳喳的雀儿们。

四十五　小　满

小满这天清晨，薄阴之中，我的窗口传来许多叽叽喳喳的鸟鸣，好像一支没完没了的乐章在初夏的天地之间跃跃飘舞。

这鸟啼似是从那蓊郁的树林中跃出。初夏的树林满是一个绿，雨水洗过了一般清新，桃树是硕果压弯枝头的草绿，李树是蕴含绛紫的暗绿，槐树是擎开一捧伞盖的碎碎的绿，紫荆树是垂着长长的豆荚的叶叶重叠的绿，石榴树是花红欲燃明光发亮的绿。绿的枝蔓连着绿的叶果，绿的浪涛含着绿的水花。

这蓬勃的绿中有精灵样的草虫——

一只翅膀上带着褐色花纹的麻雀从草地上跳上了石榴树虬龙样盘曲的枝，

用它火柴杆似的两根细细的爪抓住开着红花的柄。它转动长满绒毛的小小的头，尖尖的喙吐出一两声清脆的啼鸣。

一只黑色脊背、灰色腹、头顶上有红冠、双侧颊上有两道青蓝色羽毛的鸟儿从林木高高的梢上啄下一条肥大的银红色虫子，一口一口有滋有味地享用。

林间鸟啼越来越繁多，如此起彼伏的湖水的波澜。

两只翩翩飞翔的白蝴蝶花团锦簇地随着凉爽的小风游过了野草丛生的沟渠。

四十六　蛙　声

小满后第三天傍晚，满是长叶的芦苇的水塘中响起清脆的蛙声——咕呱——咕呱——咕咕呱——

荷塘中没有蛙声，因为荷塘的水深。这种长着茂密的芦苇、飘着绿浮萍的浅浅的水洼才是青蛙的藏身之所。太阳落山之后、月亮升起之前，青蛙就会在绿荫下、水波间嘈嘈切切地啼鸣。

这田野之间的蛙声充满古意，使初夏的夜愈发宁静、清凉。

四十七　荷　叶

不知几何时，荷叶已铺满小池塘的水面。

绿莹莹的荷叶在水畔垂柳的飘拂下招摇，和着傍晚林中繁星般的鸟啼。

不知为何，小满后的鸟啼比立夏时多了好几种，有些像水雾一样细碎，有些像草茎一样尖而长，有些如才切的瓜果一样鲜洁。

夜幕降临，天变成深黛色的墨蓝。月光下招摇的荷叶间透出野鸭呀呀的叫声。

四十八　鸢尾花落

草丛中紫蓝色的鸢尾花今日落尽了。

今日是小满后第六天。

四十九 月

月如钩。

碧海般的青天里浮着一弯凉月。

这纤云不染的夜的天，今年夏季第一次出现。

它是我儿时记忆中的夏的夜空，撒遍暮色中沙沙的虫鸣似的闪烁的繁星。

这纤云不染的夜的天，今年夏季第一次出现。

五十 黄 叶

未到芒种，蔷薇的叶子已经黄了。蔷薇花已经谢了好多天，冉冉的枝条上一颗一颗绿琉璃般的果实也已经挂上好多天了，但我却是今天——距离芒种还有三天时，见到了蔷薇的黄叶。它从花丛中接近根的部位发出，在长长的枝上疏疏落落地垂着，而有黄叶的枝条较没有黄叶的枝条都稀薄了很多，远没有暮春时分的葳蕤与茂密。

盛夏还没有来，已有落叶的植物。我原先以为草木黄落秋天才会出现，可天地间的阳气尚未达到顶峰时，已有个别生物过了阳气的顶峰，处于衰落中，这实在是最可哀可叹的，像看到未成年便夭亡的生灵。

较早开花就会较早凋零，较早进入繁华就会较早谢幕。唯有像狗尾草、飞蓬、荠、田旋花等默默无闻的田间野草终年不曾盛开，却获得了持续的生机。

今日看到黄叶的蔷薇，我心有一点触动。

五十一 紫色花

长满稗草的荒坡上、飞蓬之下，开出一片紫色花。

不是紫花地丁，紫花地丁花期已过，这种紫色花的花冠像绣球，只有花生米大，好似草丛中的萤火，一霎一霎地闪动。

初夏走向仲夏时，野地上的紫色花仿佛流逝的岁月中电光一闪。

五十二 芒 种

紫薇花开了，盛夏已至。紫薇开花的月份是六月、七月、八月，老家的人们都叫它百日红，因为它的花期是夏季最炎热的一百天，立秋后开始凋零。今日芒种，紫薇花初开，浅紫红色、深紫罗兰色、月白色的锦缎似的花儿云聚在灌木丛中的树冠上。紫薇花的花蕊是米黄色的，又有米黄色的肥胖的蜜蜂嗡嗡地缭绕在这成群的花蕊上。

合欢花也开了。高大的乔木上披满密密的羽状复叶，其间显出一丝丝软烟似的红绒。

夹竹桃花也开了，深粉红色和雪白色的明艳的瓣儿衬着墨绿的披针形的长叶，幽微的香也在一味略含苦涩的沉静中漫出了茂密的草丛。

五十三　荷花初开

在荷塘边的芦苇丛中，一眼便可望见田田的绿叶之间开出两朵粉红色令箭一般的荷花，似天上瑶池中的一对熟透的仙桃一前一后掉在了人间的村落外。

这是今年夏天第一朵全开的荷花，其余都是嫩弱的菡萏，掩映在松松地褶皱着的绿色裙裾隙里。

红莲才打上花蕾时像一支长长的、有着尖头的木笔，半是水红，半是草绿，青碧中凝结着玫瑰紫。

满塘都是红莲花蕾，花头很小，小如一颗新结的红中带绿的桃子，花梗很长，长过了縠纹上高高的莲叶。

迤逦的翠波之间忽现三五颗砗磲珠子般莹洁的白莲，都没有开，仅微微张着皎月似的瓣尖。可我分明感到梦魂般的香气从那绽放了一分的花苞中流出了。

盛夏将至，荷花在弥望的水面上初开了。

五十四　夏天的雨

芒种之后，夏至之前，下了今年夏天第一场雨。雨并不猛烈，淅淅沥沥持续了三天，更像秋天天气转凉时分的雨，而不是盛夏那种雷电中夹杂着暴风的雨。

风起了，绿色的田野与树林飘荡着橘树的花香。橘树香味浓烈的白色的花簇雾一般笼罩着群木水汽迷离的云冠。

燕子和黄鹂在雨中啼叫的更响了，仿佛它们的歌唱经雨水洗过变得更清脆。

在雨水里，碧桃树结的桃子愈发沉甸甸的，压着弯曲的桃树枝向泛着涟漪的荷塘垂下。桃子浅绿色的表皮上已有一抹抹红晕，像太阳要升起时青天里的片片朝霞。

在雨水里，锦绣落尽的石榴树亮闪闪地缀着玛瑙球样的并蒂大石榴，杂红渗绿。

在雨水里，梨树上结的梨涨得滚圆圆，清甜的汁水仿佛就要爆出来。

在雨水里，海棠树上结的海棠透亮如玉钏攒起的翡翠珠。

在雨水里，紫荆树树枝上挂着的长长的豆荚愈发红得发紫。

在雨水里，核桃树捧出了麻嘴儿的生核桃。

在雨水里，苦楝树的楝子含着沙沙的味儿坠在重叠的羽状叶下。

在雨水里，久以凋谢的鸢尾花的花枝顶端摇摆着一粒一粒橄榄形的鸢尾果。

这些半熟的果实荡漾着青涩的生意，在从不到一竿高的低低的云层落到流光湿滑的草叶上的凉爽的雨花中。

五十五　荷叶上的露珠

细雨过后，荷叶上撒落粒粒露珠，晶莹剔透，似水晶，似珍珠，似碧天里的寒星。

传说从天上落到荷叶上的水是人间最洁净的水，它没有根，不曾沾地气，又经过清素的荷叶的净化，饮此水如吞梅嚼雪，如嗅旃檀之香，令人忘年忘月。

五十六　蠓　虫

恼人天气的傍晚，蠓虫飞舞，像一群群拍着翅膀的仙鹤，又像芦苇丛上缭绕的烟。

遇见蠓虫要赶快闭上眼睛，这小虫专朝人眼睛里扑。一旦它落入眼睛，眼睛就会酸痛。你若忍不住揉眼睛时，就把它揉在了你的手指上。这时你会看见它是黑色的蚂蚁大的小虫子，会吐出绿色的汁液。

老家鱼鳞状的屋瓦下、土墙的院落里，黄昏时节，常有蠓虫飞舞。

五十七　萱　草

金黄色的叶子长长的萱草花开了，在绿水倒影青天的荷塘畔。

这几朵吐着金黄色花蕊的金黄色的花儿，于深草丛中，烁亮一闪。

五十八　凌霄花

深褐色的树枝上悬挂的橙色的凌霄花是仲夏的花卉，它不知何时已开放，如今如散开的焰火。

凌霄花的长蔓攀缘着草木，似柔媚的手指牵拉着绿林的絮语。

继紫藤之后，凌霄是二次开花的藤萝。

五十九　光棍捉住

拂晓时分，我从窗外听到鸟啼——"光棍捉住""光棍捉住"，一声一声从树林飞来，穿越了我的窗棂。

少年时，我就常在麦草垛上听到"光棍捉住"，发出这种啼鸣的鸟在我老家叫做"角角"，是一种蓝灰色羽毛、红冠、土黄色的细细的腿、麻雀一般大小的鸟。这种鸟盛夏时常在田间出没，不经意间，陇上的荆棘中就传来一声它的啼鸣。

我不知它的啼鸣究竟怎样形容，只按音节勉强记为"光棍捉住"。

几声乱纷纷的"光棍捉住"又在我窗外的树梢响起了。

六十　夜气朦胧中的荷塘

夏至前第六天，一个无月无星的夜晚，我偶见荷塘之上白莲花开了，红莲的花苞也已丰润圆满。

在梦一般的水上、深沉的迷茫中绽放了几朵白莲花，同着游鱼在墨黑的静水中的细若游丝的颤动和荷叶暗色的雾霭中的风姿。

六十一　柿　子

柿子树结出了圆圆的小柿子，鸽子蛋那么大，青青的，泛着涩口的绿。

六十二　夏至前第五天

雨。

水幕一般从天上扯到地上的大雨。

六十三　夏至前一天

雨止。

乾坤宁静。

野草深深。

一窗浓绿之中，狗尾草从蜀葵玫红色的朵儿中间穿梭而出，飞蓬伴着浅紫色的五瓣锦葵迎风飘舞，沉黑的泥土上银灰的芨芨草如一支短曲。

六十四　夏至前一夜

明日夏至。

我在无月的夜半、墨色的树林中，看到沉绿的荷叶出水很高，仿佛也很茂密。似乎荷花到了盛放的时候。

在夏虫唧唧的鸣唱中，荷花将要盛放。

六十五　夏　至

海棠树小小的果实泛红了，像一簇簇攒丝的五彩石。

木槿树开花了，淡紫红色的朵儿伴着繁乱的鸟啼闪耀在幽树间。

桃儿滚圆，毛茸茸地缀在尖叶翘翘的枝杈。

紫荆的长荚一把一把，似密不透水的发丝。

石榴饱满若中秋之月。

正午的阳光中，吹来河水一样凉爽的风。

柳荫下蝉鸣点点。

池塘里鸭声嘎嘎。

六十六　夏至的荷塘

莲蓬，三五枝，脆生生地挺立在一丛湖色的荷叶上。

在薮泽的芦苇中，隔水望见暖绿色的莲蓬，带着嫩黄的莲蕊，露出了波纹起伏的荷叶的裙裾，像鱼儿在河藻中吐出的一串串水泡。

不知几时已出现了莲蓬，莲蓬是荷花花落之后才出现的。而如今，荷塘上的许多白莲和红莲还是新葩。只是，长梗的菡萏比夏至之前繁密得多了，从半开半闭到尖角才露，枝枝清丽，高低错落地插在水意霈润的荷叶间。只恐是夜深时，水中央满满盛开的那几朵红莲悄悄落瓣了，留下了这数枝莲蓬。素淡的涟漪之上不是漂浮着几片小船一样的粉红花瓣吗？

荷花六七月间最盛，立秋之后，逐渐凋萎，八月便余下残破的枯叶和莲子硕大的苦绿色莲蓬了。

而此时，白莲大都半开，像一捧一捧羊脂美玉琢的佛手柑，红莲朝霞似的莲瓣亦才舒展，似拂晓时分太阳即将喷薄而出时卷积的层云。

只有一朵完全开开的荷花，在池塘边的柳树荫下，是一朵红莲。它那重重叠叠的千百瓣含水的花瓣已因生命力的充盈而趋于莹洁的淡白，好像随着上升的太阳越来越亮的光线的照耀，朝霞的红晕褪去了的云彩，仅一点深粉色留在花瓣的瓣尖，玛瑙一样晶光灿烂，火苗一样熠熠生辉。嫩黄色的鹅脂一样柔软、蛋清一样明滑的莲蓬是这朵神妃仙子般的花儿的花心。若果真有传说中的凌波仙子、传说中的水神，应该就是这些不染凡尘气息的花儿。

凉爽的风中，莲瓣和莲叶风情万种地摇曳，与水塘中金鳞的唼喋、花梗间毛羽丰满的鹅鸭的游弋绘成一幅盛夏的丽景。

六十七　夏至的夜

从未见过如这般明朗而长的傍晚。将近八点，太阳已经落下很久，天边仍有云母般发亮的光彩，房间里也还可见物。往常这个时分，稀疏的星已在夜空中升起，房间里也已全黑了。

夏至这天是一年中夜最短、天最长的一天。在夏至之前，伴着春暖花开，昼一日一日增长，夜一日一日缩短，直至夏至达到顶点。古人视夏至为一年之内阴的开始，默认它是阳之极。而夏至之后到立秋之前的一个多月正是乾坤间阳气最盛的时节。

六十八 并蒂莲

夏至后才过一日，水塘上的红莲花便全开了，玉色的莲瓣中凝结着淡淡的琥珀黄，花心里的莲蓬也从鹅黄变成了水苍绿。

一些红莲已落瓣，十数瓣柔软的莲瓣堆积在带着露珠的荷叶上。一些白莲也已落瓣，这些象牙色的莲瓣没有完全舒展，像是绽开八九分的花瓣被急风从莲萼上吹落了下来，飘在静影沉沉的水面上。

荷花丛中有一支并蒂红莲，花冠分外硕大，连着一对缠绵的莲茎。

六十九 屋顶上的喜鹊

黎明时分，我听见叽叽喳喳的鸟啼，像是喜鹊的啼鸣，依稀还有拍翅膀的声音。然而，我没有看到鸟儿，因为我是在房间里听到的，鸟啼是在房顶上发出的。

这不曾出现的鸟儿让我在幻想中看到一排整齐的图案式的屋瓦，屋瓦之上是几只轻捷的喜鹊，玄背雪腹，有着橙黄色的尖尖的喙和麦秆一样细瘦的爪，灵巧地拍着它们秀挺的黑翅膀。

这几只我仅闻其声、不见其形的鸟儿是夏日里的精灵。

七十 雷

夏至后第五天，日昳时分，灰蒙蒙没有云彩的天上忽然响起了阵阵雷声，像九霄外有神人驾驶着滚滚的车辆前来。不一会儿，下起了猛烈的暴雨，如瓢泼水般的哗哗的雨声连着隆隆的雷声。

今日端午，端午这天降了今夏第一场雷阵雨。

我记忆中的少年时见过的彩虹、在盛夏的狂风中吃冰雹的清爽，都随着凉透的雨复苏了，好似被雨水淋过之后绿意重现的草坡。

七十一 雨后的芦苇塘

傍晚，雨后的芦苇塘中青蛙的啼叫声分外清空而响亮。

薄暮，湿的水雾中，蟋蟀沙沙的吟唱好似无数朦胧的繁星在闪烁。

环绕着水塘的那些宁静而优美的树林也在墨色的形影中透出如冰丝般窸窸窣窣的蝉的低鸣。

七十二　碎　记

灌木丛中生着好些发亮的石榴，团团如满月，红艳似明媚如画的桃瓣。

石榴中有并蒂的呵！一对、两对、三对、五对，在虬螭般的枝杈攒聚，仿佛草木也知厚意深情。

晚风送来荷塘的冷香。

水面上掠过一只嘎嘎叫着的野雁。

七十三　野　水

古池畔，青草密生，蛙声切切如露珠。

静谧之上，是夏夜蝉鸣窣窣。

七十四　莲　花

莲花和莲叶出水很高，没过了鱼儿和青丝样的水草。

莲花是那样美呵，美得无法用语言诉说。那是一种无法形容的美，好似澄怀观道时忘物忘我的心境。

莲花具有超世出神的美，仿佛不是凡间的景物。

荒滩水上的莲花仿佛是云霄中的飞仙落入了尘世。

七十五　雨

小暑之前第四天，日昳，下了今年夏季第二场雷雨。

七十六　枸

枸树的果实俗称毛枸头，小暑之前变红了，泥地上落得到处都是。毛枸头没有成熟时是灰绿色的、坚硬的，熟透之后是橙红色的，浆果一样柔软，吃起来有柿子似的浓浓的甜味儿。它们结在鹅掌形的粗糙的枸树叶丛中，像开了一朵朵红红的绒线花。

草本的龙葵此时也熟了，珠子大的软软的果实从青绿变成了深紫色。在我还很小、还没有上学、不知道龙葵叫做龙葵的时候，我叫它野葡萄，因为它的果实的形状和颜色都很像葡萄，只是小一些。而今，荒地上草丛里野生的龙葵又挂上了紫玉石般的葡萄珠。

水菊花谢了，花萼化为葵花顶形的黄绿色的小果实。

石榴已像最通明晶亮的红玛瑙一般红透。

七十七　小　暑

今日小暑，炎暑之中，蝉鸣萧萧，声如涛涌。

微风吹过荒地上杂生的莎草，吹开了九莲灯的红穗。

山间满是粉紫色的香气素淡的荆花。

七十八　小暑后第三天

瓦灰色的天幕之下，疾风含着水雾，浪涛般翻滚。

七十九　小暑后第四天

石榴红透了。

柿子全黄了。

雪白的梨儿累累垂在压弯的枝梢。

土墙外的鸽子蛋大的枣子才泛青。

八十　麦　气

麦田已经收割过好久了，原来是小麦的垄中都已长上一尺高的玉米。

可是，我仍嗅到麦穗的醇香，是从波浪般翻腾的青草地上飘来的。

这醇香与远远的深绿色的桐树林的寂静隔河相映。

八十一　田旋花香

粉红色的田旋花，像团簇的细纱，一串一串，开在蔓草的丛中。

薄阴微雨之时嗅到它苦涩而野逸的香气，从飞蓬与车前子的空隙里。

它是一只只粉色的蝴蝶，飘举着素淡的芳馨，在荒滩上翩翩飞舞。

八十二　绵绵的雨

小暑后第四天、第五天、第六天、第七天，一连下了四天小雨，天一直阴着而且凉爽了许多，如同初秋时分。

入伏前第二天，雨止了。

冷灰色的天空下，风正流过含水的长长的荒草。

八十三　入　伏

今日入伏。

海涛般的蝉鸣回荡在高柳乱椿之间。

八十四　野月季

入伏这日，河边牛筋草与燕麦的丛中，野生的月季花如锦如霞般灿烂地盛开着。五彩绚烂的花簇之上像新笋抽条一样发出了一长根一长根带有花刺的"雉鸡领"。

七彩的紫薇花和橙黄色的美人蕉花在浓荫如盖的槐树下废弃的小花圃中吐放芳馨。

仲夏阳光清亮，晴空万里无云。

浅滩上的芦苇丛中，一群群野鸭正穿过绿浪而来。

八十五　苦　艾

艾蒿，有着羽绒般细碎的叶片的艾蒿，于黄昏的凉意中生长在荒寂的河滩上。

艾蒿那么小，在杂草中难以辨识。

我却嗅到如新割的青草般的苦涩的气息，艾蒿的气息，沿着河面上吹过的风荡来。

落下的夕阳在暗沉沉的天边留下一抹华彩，艾蒿的气息，于风中荡来。

八十六　三伏天的雨

淅淅沥沥下了好多天的雨。三伏天本应是一年中最热的时分，可是直到大暑，连绵的阴雨都没有停，反而像初秋的气候。

大暑是天地的阳之极，各色草木和庄稼依靠大暑天气的高温多雨才能旺盛地生长，九月份才能结出繁茂的果实。往年，农田中的玉米会在大暑和立秋之间结出丰满的玉米棒，垂下五光十色的柔软的穗子。此时，玉米田中只有稀稀拉拉的雨滴沿着长长的草绿的叶片流到玉米秆下蟹爪一样的埋在泥土中的根上。河岸上的桃树结的桃子却全熟了，透皮是软嫩的乳黄。

八十七　中　伏

中伏第一天。

河岸的阴滩上芦苇摇曳，一个不相识的人正撑着晚舟中的钓竿。

八十八　小　树

泡桐树在没有长大之前只有一枝细细的绿竿，竿上有几片蒲扇大的茸茸的绿叶。此时，它还不到六尺高，一二年后，它会长得像草垛那样高，它的树干会从一枝绿竿变成臂环粗的褐色表皮的主杆，杆上会发出三五条旁枝，枝上的叶片会比原先细小但稠密很多。此时的泡桐树还没有长出木质部，但叶片上黏稠的茸毛已经褪去。叶片正面从水润的嫩绿色变为凝重的深绿色，光洁清亮，背面花粉似的黄绿，脉络分明。村中有很多这样的桐树，在每一家院落的矮墙后都能望见。桐树要过十多年才能长出可做家具的结实细密的木质树干，那时，它的树皮会如裂开的土地般粗糙，树冠亦如云朵般巨大。

我上小学时，校门口的麦田里有一丛桐树林。林中的桐树才过我的头顶，绿叶肥硕，鲜得可以掐出水来。我常在这些桐树苗连绵的绿荫下徜徉，幻想着从祖母和外祖母那里听过的仙踪与神迹。

而今，夏日蝉鸣中，我又在洛河的河堤上看到一株稚嫩的桐树苗，就像我梦醒时还能回忆起的童年印象中的那株。

在这株桐树苗旁还有一株拇指粗的榆树苗，从砾石的缝隙里破土而出，仅有三尺高。

小时候，我像农村中其他小孩一样养过蚕。一个纸盒中间架上几根稻草就是蚕宝宝的卧房，而蚕宝宝的主要食物是榆叶。一个小孩不可能得到在洛阳地区很稀罕的桑叶，在我能够得着的小榆树上采摘榆叶便成了我的不二之选。我把榆叶铺在纸盒底下，蚕宝宝吃了后变得又白又胖，不久就会在稻草上结出金灿灿银闪闪的茧。蚕宝宝结茧时我像过年一样欢喜。小榆树结不出榆钱，就像小桐树不会开出粉紫色的泡桐花那样，但单只它的叶片也给人许多乐趣。而小小的枸树也结不出红艳艳的毛枸头，小小的槐树也开不出洁白的槐花，这些可爱的幼树只是一棵一棵、一片一片地长着，在河滩上的杂草间、在土岭的沟沿、在菜园里未被犁铧犁过的空地上。

而今，杂生的各色小树又出现在洛河河岸的砂石间，与万千随风飘舞的狗尾草的绿穗和顶着白花花的茸毛的飞蓬的茎秆一起，重新揭开了我很久以前游戏时的心绪。

八十九　两只南瓜

开着白花的芝麻丛中的农家小院里有一个小瓜棚，一个由数根桐树枝搭建成的小瓜棚。

瓜棚上仅稀稀地爬着一根瓜秧，秧上挂着两只黑绿色皮的南瓜，像一对弯弯的勺子。

一株只有一枝枝条的柿子树——其实不能叫作柿子树，是扦插在黑泥里的一枝柿子树的枝——结了一个柿子，很肥硕，红彤彤的，蜜水仿佛要从带着白霜的表皮里溢出来。它对于它生长的细枝来说是太重了，悠悠荡荡在南瓜架下。

九十　洛河上的草虫

立秋前第二天，凉飒乍起，水一样的风吹过洛河深青色的河面，在长叶漫漫的芦苇荡划下圈圈涟漪。

洛河上的芦苇大多长在河心的狭长的岛屿上，也有一些长在临近河岸的水滨。此时尚无纯白的芦花，仅有逝水流年般纷纷冉冉的苇叶，一丛一丛，在清冷的细波间摇荡。

荷花开得正红，开在岸边风姿楚楚的杨柳的树荫下，开在绿玉花絮似的芦苇丛中的空隙里。荷花的花期很长，六月里开得正茂，七月里开得正艳，八月里开得正盛，直到九月里才会莲枯藕败。五月下旬，我就看见葳蕤的荷花花蕾的尖角。此时，洛河上萧瑟的芦苇丛间亦满是墨玉般的荷叶和丰润洁泽的莲花花冠。在伊洛平原一带，荷花的花期会像紫薇一样持续三个月，处暑过后才完结。

芦苇和红莲引来了很多野鸭，它们从很远的地方飞来，在洛河安了家，正成群结队地穿梭于青玉石案般的水上。

也许是因为昨夜的阵雨，我今日没有在河畔听到树梢上的蝉鸣，却听到芦苇丛中的草虫的唧唧声，仿佛发自地底。这细碎的水雾似的散逸的唧唧声在洛河中每一处邻水的草丛里明灭不定地出没。

九十一　寒　蝉

立秋前一天，凉意四涌，水天相连的乾坤泛起了青黛色。

黎明时分下了一阵雨，柳树上的蝉好似饱吸了寒冷的水珠一样，鸣啼中透出凄清。

淡蓝色的牵牛花的长长的藤蔓在林下的野草坡上攀折。

九十二　立　秋

立秋，夜半下起大雨，下到第二天午后。洛河水涨潮了，青色的潮水漫过青色的草坡涌向青色的天际。

蜻蜓飞舞的傍晚，一轮圆圆的满月升上河畔杨柳枝叶若画的树梢。

九十三　初秋夜里的虫鸣

临近处暑，接连下了好几场雨，火烈的阳气仿佛在冷雨中熄灭了。天地间处处是穿过泛白的青绿色树梢的凉爽的风。

立秋之后，乾坤由阳缓缓地转向阴。盛夏时常常见到的浓绿的树叶此时已蒙上一层冷灰色。深深的野草丛也流露出似火骄阳中未有的宁静。

而夜间的蝉鸣似乎比白天细碎了很多，像无数的水珠撒在暮色黯淡的树林里。林木蔚然，青草郁郁，蝉鸣在枝梢间、在绿叶底下闪烁，仿佛是幽暗的梦境中仙子手镯与臂环沙沙的敲击声。夹杂在蝉鸣间的是深蓝色的蟋蟀的鸣声，仿佛墨色的湖上荡起的夹杂在硕大的水珠间的细小的水珠。蝉的鸣声、蟋蟀的鸣声之外，似乎还有螻蛄的啼鸣，似乎还有远远的河边传来的一两声蛙鸣。

初秋无月的夜晚的静谧里，虫鸣像黑蓝色的海底的水花，翻腾在渐趋冷寂的乾坤中。

九十四　冷红色的荷花

荷花还没有凋谢。水雾沉沉的洛河上不见荷花花蕾，淡红色的荷花花冠在初秋的风中显得发冷，好似水面之上倒映的天上的冻云。荷叶绿得那样黑暗，那墨绿中仿佛吸足了水底冰凉的潜流，完全消去了初夏时的新鲜和仲夏时草绿色的明艳。风起了，阴郁的天空下，萧瑟的芦苇和凄苦的发白的岸柳在荷花荡旁摇曳。

远远地望去，洛河的对岸仿佛晕染的水墨，景物都化为冒烟似的青灰。

天地正在水流般的阴气涌起时变色。

九十五　早晨的虫鸣

早晨也有蟋蟀的鸣声，秋的确来了，以往的早晨只会听到热烈而焦躁的蝉鸣。而今，在洛河河滩上的草丛中，我听到星星点点的蟋蟀的鸣声，好似夏夜浓云抛下的雨丝。

早晨也有蟋蟀的鸣声，不如夜间听到的鸣声那样细碎，却更清脆。

早晨也有蟋蟀的鸣声。

九十六　无月夜半的沙沙声

黑夜里，无数细微的沙沙声像湖底升起的细微的水泡，破裂在我的窗棂外，好似墨色的沉寂的安眠中隐藏的尚未完全睡去的意念。

我想这是蟋蟀沙沙的鸣唱，只是比白日愈发细碎，如同一滴小小的墨汁落在水中化为许多更加微小的墨花。仿佛害怕打破夜的寂静，沙沙的鸣唱如水雾一般从河边远远的草丛中升起，潮水一般流到我的窗下，风烟一般散去了。

拂晓到来之前，无月无星的夜半似乎有秋虫的沙沙声。

九十七　处暑前一天

处暑前一天，夜里下了大雨，今晨刮起了萧瑟的风。

末伏未完，我已把铺在床上的凉席收起，空调和电扇也已经不使用了，早晚出门时也需披上线织的外套。

然而，洛河上的荷花还没有谢，紫薇花也还开着，粉色和白色的夹竹桃花似乎仍处于盛期。

只是河水涨了，在沿河的黄泥地上冲刷出一痕一痕细腻的纹理。连日降雨，碎叶攒动的菱花都像浮萍那样飘在水上。

九十八　处　暑

处暑时分，石榴红透了，高粱粒粒饱满，大捆的红薯和玉米从田间运到乡村的集市上。

九十九　荷花凋

风过，洛河水滨的荷花稀疏了许多，似乎荷花已经开始走向凋零。瘦纤纤的莲梗间，依稀可见下垂的冷红色的花冠，松松地缀着些莲瓣。

芦花和荻花却冒梢了，蒹葭丛中，白浪一样翻涌。

一百　秋天的夕阳

秋天的夕阳，在静寂的洛河上，仿佛一位美人于苍茫的暮色中沉入辽远的深思。

灰青的天流荡着葡萄紫色的暮云。

一抹抹橙色的晚霞像古老陶瓯上涂画的釉彩从天底映照到河底。

晚风送来蝉鸣与蟋蟀的唧唧声。

草滩上，一个背影瘦削的人正垂钓在白柳下。

一百零一　七　夕

今日七夕，洛河之上是银河，天在水，水在天。

一弯泠泠新月隔着银河与一颗耿耿孤星相望。

无云，无风，墨色的夜无垠似海。

一百零二　嘎　嘎

清晨的洛河畔，萧萧如涛涌的蝉鸣中，浮出两声嘎嘎的鸟啼，好像是从柳树的树冠里传来。

我没有透过茂密的树叶树枝看到那是什么鸟。我认为可能是喜鹊，也可能是滑翔过河水的白鹭——方才有两只白鹭张开翅膀飞跃了洛河河滩的芦苇荡。

在青白的小花于冷风中瑟缩地开的时节，我听到嘎嘎的鸟啼，就像初夏和仲夏时听到"光棍捉住"那样。

一百零三　芦　苇

野生的芦苇长出了土红色的高粱似的苇梢。此时还看不到白毛样的茫茫的芦花，隔水望去，是青叶间的一串串赤珠。

月季花却已结果，落瓣的花蒂下是橙红中含着橙黄的酸果球。

一百零四　圆月下的虫声

今日七月十五，天心月圆。

白莲花般的云朵盛开于碧空。

虫鸣，撒天箕斗一般，闪烁在高天下的寒草间。

一百零五　白　露

白露那一夜，暗黑色的空中滚动着隆隆的雷声，子时的风雨骤然席卷了天地。

一百零六　荆花落

山间淡紫色的荆花落下了，在白露过后秋分之前。

荆花落后的灌木丛泛起沉暗的灰黑色。

我在其中等待野葡萄成熟和野酸枣红透。

一百零七　红　果

杂生的树林中的那一串串红果，可是海棠树的果实吗？三五颗一簇，七八颗一掬挂在枝叶泛黄的灌木上。

果实像玛瑙石般坚硬，绀黄中渗透着桃红。

这山野风味的红果长在涧谷里厚厚的落叶之上。

不是海棠，不是海棠，它像我很早以前在一条沟壑的流水边寻得的野生枸杞，是另一种不知名的野果。

一百零八　黑色的豆荚

紫荆花树结的长长的豆荚已变成灰黑色，在冷绿的草地上水花般四散的鸟雀间。

雀儿叽叽喳喳的鸣唱像乱流，溅在添黄减绿的紫荆花树上。

柿子黄了，累累垂垂地缀满了柿树树皮粗糙的枝杈。

已近秋分，可天气还是那样炎热，我梦想中的蓼红苇白的河滩也尚未出现，清澄的水畔仅有这黑色的豆荚。

一百零九　无花的莲沼

秋分前一日，银杏树的树叶先黄了，而柳叶尚绿。

群木环立的荷塘中，红莲花与白莲花尽皆脱瓣，花蕊也无迹可寻，空澄的水上是泛黄的疏疏落落的莲叶和一两枝青黑色的莲蓬。

水岸阴滩上的蒹葭舒展着长长的絮穗，纯白色少，灰黄色多。

然秋风未起，草木尚且静立。

秋虫的鸣唱声却已不绝于耳，不像夏末，仅在傍晚和深夜才能听到。此时，只要来到旷野或走近树林、草丛，就会听到枝梢叶底的秋虫的沙沙声。这水雾似的沙沙声像红的果实、黄的落叶一样是秋的风姿。

一百一十　紫薇花凋

秋分这天，柔腻如细绢的紫薇花落尽了，紫薇树的许多叶片也呈现橙黄中晕染橙红的色泽。

泛黄的石榴树林中又响起我初秋时听到的嘎嘎的鸟啼，只是繁杂了许多。

一百一十一　紫色的莲蓬

仲秋，莲蓬已折断了莲梗，在枯黄的荷叶丛中，从仲夏时的碧绿、初秋时的黄绿褪为深紫色，皱皱的，含着灰紫中映现淡绿的莲子。

一百一十二　颜　色

春：鹅黄、嫩绿、粉红

夏：大红、草绿、鲜蓝

秋：淡黄、土红、冷灰绿

一百一十三　声　音

春：燕子来时叽叽喳喳

夏：麦熟时光棍捉住

秋：冷绿色水流中大雁和野鸭的嘎嘎

一百一十四　花

初春：迎春、玉兰、杏花

仲春：桃花、梨花、海棠花、紫荆花

季春：桐树花、蔷薇花

初夏：月季花、鸢尾花

仲夏：荷花

季夏：美人蕉、紫薇花

秋：桂花、菊花

一百一十五 水

春：柔绿、轻若鹅毛
夏：浓酽如翡翠、祖母绿
秋：空明、澄澈似天宇

一百一十六 合欢花凋

盛夏时满开在有羽毛状叶片的树冠的合欢花，粉红绒线似的合欢花，在秋分后落下了。合欢树上剩下一串一串淡黄色的长荚。

一百一十七 红山楂

山楂树林，枝叶粗糙，果实艳红，迷茫地飘来丹桂的奇香，却无处寻觅芳踪。

一百一十八 秋 风

傍晚时分，河畔的红树林中吹起一霎秋风。

这是今年秋天吹来的第一阵含蕴凉意的风。

春风如醇酒，夏风如酽茶，秋风则如清水，仿佛要使天地间的繁华随之流去。

傍晚时分的秋风，吹起了残荷，吹散了红树林中落下的红叶。

一百一十九 桂 花

秋分之后第五天，淡黄色的桂花终于开了。

我循着桂花的芳馨找到了深藏在密林中的那一丛柔如黄玉的花瓣。

桂花树的叶片很浓，花朵却很小，隐在冷绿色的榆树、泛黄的槐树、带翅的果实像枯叶蝶一样飞动的楸树间。

秋分之后第五天，桂花开了，开在橙黄橘绿之时。

一百二十　枫　叶

枫叶红了，是那种近乎熟透的蟠桃的红，深沉中透出甘美。

水畔的枫树稀疏如风拂过的残云。墨线一般的枝条上是片片红芳馥郁的鹅掌形叶子，似隔年的古园里尘封的花卉，又似绣凤镶龙的祖传服饰。

蓼花滩涂的残荷之上，有寒瘦中杂生古艳的红枫。

一百二十一　酸　枣

今日中秋，山上红玛瑙似的酸枣熟了，姜黄色的野菊花却还没有开。

酸枣的核又圆又大，金光闪闪的果肉里有糖丝。

带有苦涩香味的野菊花的花蕾只小米粒大，传说要到九月才开。

一种名叫"英"的草木结出了果实，果实像一个长长的弯弯的尖角。我小时候听老人们将这种草木叫做"英"。我甚至不知这个字怎么写，直到现在我也不知这个字是不是写作"英"，只是因为这种草木像蒲公英一样能吹出许多白茫茫的小伞，所以将它的名字模仿蒲公英唤做"英"，但它不像蒲公英一样是贴地的野草，而是一种爬藤，常缠在岩石缝隙里的酸枣树的树枝上。它的果实还没有成熟时是淡绿色，成熟之后是褐黄色，成熟之后果荚裂开，蒲公英一样的白茫茫的小伞就从开裂的果荚内随风飞出。孩童们在秋季常采摘这种"英"，扭开它的壳，将壳中银丝一样的小伞吹出来，雪片一样，羽毛一样飞在山间。这叫"放英"，是孩子们爱玩的游戏。此时，英的果实还是绿色的，是山里人的零食，能嚼出乳白色的汁水。

一百二十二　中秋无月

"八月十五云遮月，正月十六雪打灯。"小时候我常听老人们说这句话，意思是应当赏月的中秋之夜却往往乌云遮天不见月亮，应当赏灯的正月十六夜里往往会下雪，使赏灯不便。

人间美中不足我今方信，今年中秋夜，天色阴沉，暗淡无光的穹宇上并无一颗疏星。以石榴、苹果、手制月饼做贡对月许愿的人们正在庭院的天井里向这无月的天空祷祝。

洛河上风涛阵阵，滩涂间白茫茫的芦苇在模糊的夜景里随着流水翻腾。

此时芦花已全开，云朵似地浮在青绿的苇叶间。乱生在河岸上的杂草也已变得枯黄。夜的洛河因这褪色的绿意而变得深沉神秘。无月的苍穹使这深沉神秘充满凉意。

然而，烟花忽然在洛河畔的路灯之后的树林里出现了——烟花通常是在正月十六放，不知为何会有人家在八月十五夜里放烟花——烟花很小，从河岸上看只有一颗核桃那么大，却似迸射的彩珠，翡翠绿、孔雀蓝、玫瑰红、天鹅黄喷涌不绝，伴着远远传来的钝响，仿佛还有幽微的火药香。

河畔远处的那簇烟花成了无月之夜的中秋美景。

一百二十三　鸟　鸣

中秋之后第三天，结有姜黄色柿子的树林中鸟鸣如此繁乱，就像我在初春时嫩草青青的田野上听到的一般。

一百二十四　杂　记

红树林中的鸟啼里是桂花醉人的香味。

秋风吹，杨树的叶子沙沙作响。

一声鹈鹕。

一声鹧鸪。

一百二十五　寒露之前

寒露前四天，突降冷雨，天地骤寒。

白草黄柳——秋水蒹葭——

一百二十六　残叶残花

红枫的叶子将近落尽了，晓星似的一两片斜挂在凄淡的枝梢。

一二朵淡黄的美人蕉花，瘦纤纤地长在素净的秋水旁。

一百二十七　寒　露

寒露这天，淡紫色的木槿花落了，木槿树舒展的树枝上满是水珠般的细碎的叶，灰绿中带着微黄。

一只灰蓝色的小小的蝴蝶翩翩飞过花期已过的木槿花丛，漫长的花期，仲夏至秋末。

远方，黄叶间杂红叶的林中传来木樨的素香。

一百二十八　凌霄花落

寒露过后，从初夏开到仲夏，又从仲夏开到季夏，开过了整个暑天的橙红色的凌霄花不知什么时候不见了，丝丝蔓蔓的藤萝上是冷灰中透出褐黄的绿茵。

鸟啼为何这般响亮、繁多？好似春光里不曾完全唱出的鸟鸣都在韶华即逝之时完全迸发了。

池塘里一朵娇黄的睡莲，仿佛为迎冬至之前小阳春的天气开放。

一百二十九　石榴枯

石榴树的树叶全黄了，却还没有落。

黄叶间的石榴从绀黄中凝结丹红的色泽变成了煤黑色，像烧过的树枝。石榴熟透后没有人采摘就会变成黑色，而后皱缩在树梢，不会像桃杏那样落下，化为花泥。

石榴树黄了，已是深秋。

一百三十　霜降之前的雨

阴历八月三十，菊花未开时，天地间下起了凄冷的雨。

一百三十一　秋天的水鸟

秋天，悠闲地在清澄的河边扯着芦苇的长长的叶子，我忽然看见两只灰黑色的野鸭从长满蒌蒿的岸上游进兼葭丛生的河滨去了。

与此同时，一只脊背墨黑、头上带有白色雉领、金黄色尖喙的鸟儿扑地一声从芦苇荡里飞上河岸边发黄的柳树的枝梢。

另有一只褐色羽毛上印着珍珠色小白点的鸟儿在飘着芦花的草滩上跳了

几跳，掠过水面飞走了，草滩的软泥里印下一些竹枝般的小小的脚印。

木桥下的荆棘丛中，活跃着几只叽叽喳喳的麻雀。

一百三十二　鬼　针

这种野草，在我老家叫做鬼针，因为它结的果实像一根根黑色的尖针。每当有人从草丛里经过，鬼针就会像苍耳那样牢牢抓住衣裳。

鬼针有着羽毛样的细碎的叶，在秋初开出淡黄色的小花，秋末结出针尖样的果实。开花时，它在杂草丛中并不醒目，可那一团团针样的聚集的果实却很招眼。

一百三十三　九月菊花开

九月初一，桂花尚未谢，菊花已开，树叶却更黄了。

一百三十四　落　叶

霜降前一天，大风卷起了白杨树灰绿的叶片，飘落在发黄的狗尾草的草丛里。

石榴树的叶子全变成了淡黄色，在荷叶已枯萎瑟缩的河岸上立着。

古槐树的树冠也似乎稀疏了。

一百三十五　干荷叶

干荷叶，色苍苍，枯柄风摇荡。

洛河中的荷叶已大半枯黄，褐色的垂向水面的皱褶里夹杂着灰紫色的莲蓬。寥寥无几的数顶素面朝天的绿伞好像世代相传的绿松石的首饰，已在年轮的缓慢转动中磨得粗糙如沙。

两只毛羽灰黑、有着长长的雪白颈项的野鹅用它们姜黄色的蹼掌拨开干裂的莲梗间清澈的粼粼水波，向荷花荡深处游去了。

一百三十六　霜　降

霜降这一天没有下霜。以往凝结在草叶上的那种冰晶石一样多芒的霜没有出现，草丛中似乎也没有露水，只有嘹亮的阳光，箭一般地穿越万里晴空，麦秆样地落在草尚且青绿、树尚且枝叶繁密的大地上。

已是季秋，临近初冬，但我幼年时记忆中的寒冷天气没有出现。池塘里的睡莲几天前还开了几盏米黄色的纤巧的花，树林里的梨树还结着黄澄澄水汪汪的大梨，篱笆上的月季虽然花叶已稀，也还打着玫红色的娇羞的朵儿。

只是紫薇愈发稀疏了，叶片化为褐黄、赭石红，乱缀于苍白的树干。

梧桐树的树叶绿意将消，好似成群的枯叶蝶簇拥在树冠。

槐树叶已全黄，望去像灿烂的金子，风一吹便散得满园。

灌木丛中藏着无数不知名的红果。

一百三十七　红　柿

柿子红了，好像许多蜜甜的心愿，隐藏在暗绿色叶子簇聚的虬曲的树梢。

柿子那种红有一种形容不出的质朴与甘甜，它不像月季花、蔷薇花的玫红，没有冷味却有暖味，也不像橘子的桔红，热烈中带着酸涩，也不是大红，不是桃红。它的红中有一味温纯的泥土气，像一位年迈的阿婆透过冰雪梅花镂空图案的窗棂、在暖人的冬日阳光中剪裁的窗花。

小时候，我记得村后的麦田的土沟边生着几株野生的柿子树，每到秋天都结出红艳艳的柿子。乡亲们将这果实从树顶上摘下来，放在温水中浸泡数日，果实就会从里到外变成半透明的柿红色，薄薄的皮包着一口蜜水似的软烂的浆。这是村里百姓爱吃的果实，就像大枣那样，是农村最常见的果实。还有一种被称为"软枣"的柿子，很小很小，只有一颗蚕豆那样大，却有着柿子的形状和柿子那种赭红的颜色。软枣又名"柿胡烂"，常在草丛里落得满地都是，村里的姑娘们总挎着荆条编成的篮去捡拾。它和烧过的麦穗、烤熟的地瓜一样是乡村的零食。

霜降时分，柿子在沟边红了，同着黑褐色的槐连豆，还有那树叶间的风一样的漫天嘎嘎的鸟鸣。

一百三十八　彩　叶

地上全是彩色的落叶，像四散满地的红绿斑驳的石榴石。

山石上的藤萝枝枝蔓蔓地扯着的梧桐叶似的叶子，叶子上满布红黄绿紫的阑干。

桃树的叶也化为赭红夹杂土黄的颜色。

还有苹果树的叶、海棠树的叶、河边一些不知名的曾经结过红果而今红果已经落地的灌木的叶都化为了暖意融融的红黄。

一百三十九　重　阳

今日重阳，登高见衰草丛中开出几朵淡蓝色的野雏菊。

一百四十　虫　声

深夜，竹篱下未开的野菊花丛里，我又听到秋虫墨蓝色的唧唧声。

一百四十一　淡黄的野菊花

重阳过后第二天，忽起猛烈的朔风，卷起树冠上所有的黄叶，狂奔乱飘。白杨树打了蜡一般的表面光滑明亮的树叶在深秋化为褐黄中凝结土绿的颜色，间或有些黑褐色的焦枯的斑点，此时，已被大风完全从树冠上刮落下来，树冠上只剩光秃秃的墨线似的枝。龙爪槐树完全变黄的树叶也如急雨似地落下来，还有椿树的树叶、楝树的树叶、石榴树的树叶，还有一些不知名的树木的树叶。地上的沟壑不一会儿就被落叶拥堵。

野菊今日开出了几朵小花，每朵只有一粒豌豆大，淡黄色，散逸苦涩的芳香，大部分还只是米粒大的花骨朵。

在我老家，野菊花春天于荒草丛中发出稚嫩的绿叶，这绿叶是乡亲们爱吃的鲜蔬，乡亲们在山涧里、草坡上将野菊花的嫩叶掐下来，用盐和醋冷调，成为农家餐桌上清爽可口的野菜。盛夏时，野菊花淹没于茂密的绿叶间，默默无闻。深秋，百草黄落时，野菊花却绿得分外淳朴，并于千花过后，独自开出淡黄色的小花。

一百四十二　落叶中的乱雀

在桃树树叶全部干枯的桃林间，乱生着叶已全黄的紫荆，还有满地野蝴蝶般的梧桐的落叶撒在冷绿色的草丛中。

微风吹起，草丛里褐色的梧桐树叶之下忽然跳出许多灰黑背脊、尾巴像山鸡毛翎一样的鸟雀，好似一支宁静的歌曲中迸发出高亢的音符。这些鸣唱如爆裂的烟花般散射的鸟雀飞过树梢便不见了。

一百四十三　盛开的野菊花

重阳过后第四天，淡黄的野菊花全开了，开得十分茂盛。河流边的草丛内散逸着素纯的清香。

一百四十四　黄芦苇

芦苇尖尖的长叶全黄了，在白茫茫的芦花之下。

水岸寒柳冷绿的树梢一二片黄叶飘落，间杂仲夏乱蝉嘶鸣一样的野麻雀的乱啼。

河畔的芦滩上，茵茵绿草中开着些细绒似的浅黄色的野菊花。

一百四十五　桂花落

重阳过后第六天，桂花树上的桂花不见了。树林中的鸟啼却出奇得多，仿佛回到了初春燕子归来的时分。

一百四十六　立冬前一天

立冬的前一天，石榴树林里泛黄的树叶几乎落尽了。野菊花却还是那样黄，带着苦涩的清香。

柿子树黑褐色的树枝上叽叽喳喳的麻雀挤做一团，绀红的柿叶已全坠进柿树扎根的绵绵的水沟中，高高的梢头是二三颗红灯笼一样的红柿子。

暖日下的风卷起了河边垂柳的落叶，飘散满塘。

银杏的叶、丁香的叶、古槐的叶、榆叶梅的叶，在大地上遍撒金黄。

一百四十七　立　冬

今日立冬，未见凝结的霜，天地之间放晾着糖水一样的阳光。

枝叶稀疏的树林里，鸟啼如火如荼的繁杂，使干裂的龙爪槐树的槐角、长长的紫荆的黑豆荚、六棱八边的柏树的苍绿柏子啪啦啪啦地震响。

栌树开花了，雪片一样的花儿泠泠簇聚，温香散逸在草木依然丰茂的河滩上。

一百四十八　芽

立冬后第二天，紫玉兰树生出灰白色的毛茸茸的芽。莫非冬天还没有到来，春天已近了吗？

一百四十九　楝　子

楝子黄透了，楝子树的树叶也被秋末的风一扫而空。许多蜜蜡色的楝子挂在泥墙后的青灰色屋瓦之上墨线勾勒般的干枯的树梢。

好似歌曲音符的圆圆的楝子和一束一束纤细的伞骨状楝枝之后是晶蓝透明的天宇。

隔着泥墙上的木窗棂，能在探入窗口的楝树枝上摘到柔腻的楝子。在乡村里，秋末冬初是煮黄澄澄的楝子、以楝子水洗手防冻疮之时。

楝子初春时将从楝子树上落下来，楝子树随后会发出新叶。此时，是陈年的楝树叶落尽，楝子完全成熟的时候。

一百五十　冬天的果实

海棠树上的海棠鹅油般嫩黄，像一颗颗小小的蜜蜡珠子。

杏黄色的梨比鹅蛋大，从红红绿绿的树梢落进开着紫白色的细碎的花儿、花儿之间有蒲公英样绒毛的草丛。

漫山遍野褐红间杂着土黄、土黄里透着灰绿的植株缝隙里荡漾着纯白的阳光。

冬日已至，温暖的大地上仍有果实。

一百五十一　夹竹桃花

立冬后第四天，粉红色的夹竹桃花不见了，余下幽幽的披针形绿荫，满含衰飒。

夹竹桃花不是谢了——因为我没有在夹竹桃树下的枯黄的狗尾草的丛中找到落地的花瓣——而是像晚霞中的绯红的彩光那样，忽地找不到了。

在深秋，夹竹桃花还开了很久，在百花都已凋零之后。

群树树叶已泛黄、随风吹落时，粉红色的夹竹桃花儿仍然清冷地开着，与池塘中一两朵伶仃的睡莲、竹篱上花叶已脱尽、仅余一丛丛花刺上的小小的花头的月季，延续着大地上的生机即将进入没落时的最后的花信。

而今，立冬之后，夹竹桃花终于消尽了。

一百五十二　干枯的树枝

那片丛生的紫荆树，干枯的树枝上挂着寥寥无几的黄叶，正在寒风中哗啦哗啦作响。

河边的红树，在枯黄的芦苇之上，红叶伶仃，晃动着杈杈权权的树枝。

石榴树林褪了红、褪了绿，删繁就简，通明透亮。

风起，缠着红叶稀疏的藤蔓的岩石之上、耸立着黑褐色的头上顶着干裂莲蓬的长长的莲梗的水塘之上，成片成片干枯的树枝，在风中击荡。

一百五十三　桐树的果实

在隐秘的岩石之间，我看见桐树的果实，在立冬之后第六天。

我以为桐树的果实已经消逝了很久，因为桐花在夏至之前就谢了。

但初冬的冷风中，叶已脱尽、龙爪般的枝丫刺破青天的桐树上，仍有赭黄色的杏仁般的桐果。

桐果是苦涩的，不可食，沾满了赭黄色的花粉，粉紫色的桐花花心里的花粉，仿佛桐花的芬芳与艳丽都如一个从青春到老年终于萎蔫了的梦想一样沉默在了粒粒桐果中。

历经了夏、秋，在冬季出现的桐果像一个前世的梦，又在今生乍现。

一百五十四　晚秋的红艳

晚秋的红艳中有一种甘甜，就像春的红艳中有一种芳香，我在绯红弥望的林中品到这种甘甜，它是红柿中蕴藏的蜜，是金色的柑橘中的清芬，也是落入草丛的暖暖的橙色海棠果的淳汁。

整个秋季，红红黄黄的树林中都有繁乱的鸟啼，就像整个夏季，浓密的绿荫间都有如嘶的蝉鸣。

一百五十五　小雪前第五天

袅袅微雨，蒙蒙如雾。

满地黄叶堆积。

一百五十六　小　雪

天未雪，却呈现出欲雪的朦胧。

小时候，每当小雪之后，冰凌花将凝结的季节，天空就会显出这种湿润的暖灰色，仿佛低垂的云层中饱含着无数绒绒的雪珠。而只要一阵风吹过，它们就会化为晶莹的六出飞花飘落下来。

而今，冬季已成为暖冬，已不见窗玻璃上的冰凌花和屋檐下的钟乳石样的冰锥。只有这欲雪的天宇还和我少年时一样。

一百五十七　小雪后一天

小雪后一天，下起了冰晶般的细细的雨丝。

一百五十八　幽夜里浮动的菊花香

墨黑的林中飘荡着渺茫的菊花香。天际，一钩弯月昏黄。

我似乎不曾看到那似有若无的黄英，只在朦胧的深草丛里。

一百五十九　小雪后第二天

小雪后第二天，林中鸟啼戛然而止。

四下里一片寂静。

一百六十　迎春花

小雪后第六天，山坡上向阳的枯草丛中，开了一小朵鹅黄色的迎春花。

一百六十一　大　雪

今日大雪，我去湖上看冻结在薄冰里的落叶，但没有看到，因为没有冰，也没有雪。

只有湖水的颜色愈发深暗，像一只即将陷入沉眠的眼睛。

一百六十二　大雪后第四天

河流畔的荒地上那些枝枝蔓蔓的野菊花枯萎了，留下没有颜色的衰败的枝。

水岸的柳树，在群树枯黄之后仍如绿云的柳树，终于纷纷地飘落了披针形的黄叶。

一百六十三　黑暗中的声音

冬季的夜晚那样漫长，伸手不见五指的天地间，有一缕不可描述的声音，仿佛是无数的冰晶正在碎裂，化为迷蒙的雾霭。

夜半独自听到这种声音，仿佛是已经逝去的遥远岁月中的无名意念，像青苔爬上阴湿的土地，缠绕在此刻的心间。

一百六十四　冰

丛生着芦苇和枯荷的水面上结了一层薄薄的冰，冰下封闭着睡莲的绿叶。冰是那样清洁，透过它能看见水里暗藏的细流。

今日是冬月初一，大雪后第九日，腊梅树绽出了蜜黄色的花蕾。

披离的树叶间，呵，有三五粒蜜色的花蕾。

一百六十五　粉蓝色的天空

日出的那一刻，冬季的天空突然变成了粉蓝色，在暗金色的龙纹样的枝茎之后。

那一刻，河水静止了，倒映层林尽染。

一百六十六　腊梅花开

冬至前三天，腊梅树上淡黄色的花苞开花了，枯叶落尽、光明通透的树林中隐约有一缕幽香。

一百六十七 冬 至

冬至这天早晨，沉绿的草叶挂上了白霜。

遥远的河畔，那苍茫的树林中隐约有缥缈的梅花香。

一百六十八 冬夜的圆月

今日冬月十六，天上出现一轮圆月，被地上墨线似的干枝划过。

夏月是晶莹的，在清凉的繁星丛中。

秋月是深情的，在昏黄的云朵间。

春月如花气一般朦胧。

而冬月，却枯涩如水落后的岩石，崔巍、冷峻。

一百六十九 灌木丛间的雀儿

两只精灵似的山雀扑啦啦地拍着褐黄色的花翅膀，细细的麦秆似的爪勾住一丛干枯的灌木的长枝，小小的尖喙仰天酣鸣。

冬至过后的灌木丛已经全然没有了树叶，就像包围它的没有颜色的冬天，仅余荆棘般的枝杈。

然而，却有蛛丝一样的银色的细丝生在原先生长叶柄的那些蒂上，在冬日的阳光里晶莹闪亮。这灵动的游丝和那两只精灵般的鸟儿仿佛落叶上明灭的碎梦。

一百七十 朔风中的河水

北风多么冰凉，即使是在响晴的正午，阳光烈烈的时候。

冬至过后的风才像冬天的风，沉水一样冰凉，掠过你的面颊，寒冷刺骨。

风吹过河水，滚过深蓝色的滔滔洪波。

河岸上的芦苇都已干枯，变为金黄色，像丰收的麦田。这茫茫的金黄色的浪也在寒风中和那涌动的河水一起翻腾。

冬天的水比秋天的水更清澈，像黑色中的白色比青色中的白色更洁净，有一种秾酽过后尽是淡薄的韵味。

春天的水是柔媚的，夏天的水是明朗的，秋天的水是舒缓的，而冬天的水，却像一个默不作声的符号，哑然于天地间。

一百七十一　冻结的芦苇

枯黄、没有一点绿意的芦苇被白冰冻结在了河滩上。落满枯叶的黄草坡下的白冰中冻结着芦苇的根。

沉寂的水远比流动的水更易冻结。因而，河中央浪涛汹涌的水即使在二九天仍荡漾游弋，河滨水草缠绞的暗绿色的水上冬至后日日漂浮透明的薄冰，临近山谷的芦苇荡中的冰则结得很厚，像一层一层白色的云母。

深秋时漫游在芦苇荡间的野鸭、大雁、青鱼此时已不见踪迹，只有芦苇上飘落的灰白色的花絮一团团逐对成球。

一百七十二　冬天的树林

落叶遍满的山坡上是删繁就简、光明通透的树林。

冬日的阳光照耀着冬天的树林，树叶已全然落尽、没有花果的树木将长长的细影画在衰草丛生的山坡上，像没有颜色的纸张上画下的一道灰黑色的铅笔痕。

柳树的尖叶早已尽数被寒气吹入河沟中，万千细丝似的长条随着朔风的起伏狂飘乱舞。笔挺的白桦树立在坡顶，像一座一座庄重的大理石雕像。曾经风姿楚楚的桃树、榆叶梅、丁香和龙爪槐如今只以盘龙吐絮似的细枝打破山坡上直线的单调与安静。

隆冬时分，晴天的树林是寒冷中的温暖，若一块冰中的玉。

一百七十三　冰　河

小寒前三天，河流被一寸厚的冰封住了。

昔日的睡莲碧绿的叶片已沉没入漆黑的水底。伸展着一层一层贝壳似的纹理的冰面上，矗立着深褐色的干枯的莲蓬和枝梢没入冰下、正在冷水中腐烂的莲叶。

不见游鱼，大约已在冻结的河底安眠。

一个渔民用竹篙打破了冰面，从河里捞出一块冰，冰在坚硬的河面上摔成了碎块。阳光照射下，碎冰闪烁出水晶般的光芒，这光芒让人感到冰是那么洁净，结出这冰的水是那么洁净。我在水花漫过岩石的河畔、从汩汩的水声中听到过这种洁净。如今，它又在另一处时光中出现。

一百七十四　落叶的梅花

腊梅花蜜蜡色的朵儿全开了。

腊梅树淡黄中泛出浅绿的树叶却落尽了。寒风中摇曳的是纷披的树枝。

梅花一向以稀疏为上，清冷孤寂为美，没有叶片才显得寒素。

严冬的水滨，有孤立的一树梅花。

一百七十五　落日的天空

小寒之前，天空变成了暖灰色，比树梢还低沉，仿佛要下雪了。下雪之前就是这样的粉绒绒的天，没有云朵，丝丝细风。

雪不曾下，今年的冬天一直没有雪。

却有一颗柿饼一样的甜甜的红太阳沾在粉白中透出粉蓝的天上。

冬天的太阳通常都像残雪融化时留下的苍白的印迹，只有傍晚即将落入地平线下时，冬日才会显出绯红的暖意，而这谢了红、谢了绿的没有颜色的天地也会随之显得温暖。

今日，小寒前一天，绯红的落日出现在无雪的天地。

一百七十六　小　寒

小寒这天，一只灰黑色的雀儿轻捷地落在冰上，忽地穿过了冰上林立地冻结的枯荷梗。

一百七十七　小寒过后

小寒过后第一天，忽有煦暖的阳光从冰雪梅花格子的窗棂间，偏偏地照进泥土的房屋里来。

一百七十八　英

山坡上终于出现了那种能吹出朵朵银丝似的小伞的英，几个月前，它们弯弯的荚还是绿色的。如今，储藏银丝小伞的荚已变成土灰色，和土灰色的藤蔓一起缠绞在没有叶子的小榆树和小槐树的树梢。

正午的阳光中，英的尖荚因干燥而裂开了，银丝小伞如雪绒花一样飘飘荡荡在灰黑色的苍茫的山间。

而我少年时的回忆也随着那半空中的银伞去了。

一百七十九　喜　鹊

喜鹊立在白杨树的树枝上，长而俊俏的黑尾巴缀在浑圆的身躯之后，黑色脊背白色肚腹，小而灵巧的头正忽闪忽闪地摆动。

除了麻雀，喜鹊是冬天出现得最多的鸟儿。候鸟们都已飞走了，只留下褐色的麻雀与黑色的喜鹊。麻雀冬天都聚集在人们的屋檐下，钻进砖瓦的缝隙里取暖，有时会到窗台上啄食饭粒。喜鹊则筑巢于树林中。

冬天的树林仅有粗粗细细、丫丫杈杈的枝梢，像水流过后留在河床上的杂乱的纹理。

远远望去，一些树杈上有用小树枝编织得很繁密的鸟巢，那是喜鹊巢。通常，一片白杨树林或桐树林中总会有三五个雀巢，像荆棘丛中的一枚枯叶。而道旁的梧桐上，高处，也会有雀巢，偶尔能在匆匆的车辆上看到。

一百八十　野　鸭

三九寒天，忽然又出现了白云朵朵的蓝天和暖热的太阳。

昨日凛冽的风中结成的冰在河上融化，映着岸上无叶的枯柳和水滨一丛一丛的干芦苇。

野鸭，小船一样，在薄冰的缝隙间游过。河流被冻结后，它们已销声匿迹多日，如今，又像深秋时节天上的大雁一般时而排成"一"字形，时而排成"人"字形，在静水和碎冰间悠悠地滑翔。

一百八十一　腊月初一

云开日明，天地之间温暖了许多，仿佛已将近立春，虽然一年中最冷的时节——大寒还没有到。

一百八十二　腊月初三

骤然间，天气又寒冷起来，河上一片沉寂，太阳又躲进了灰白色的彤云后。

也许要下雪了。

今冬尚无雪，只有干冷的急风。

一百八十三　腊　八

今日腊八，乡村中仍保持着吃腊八粥的习惯。早晨，热腾腾的锅灶上已熬好了莲子、桂圆、花生、糯米、红枣、黑豆等杂粮混合的粥，豇豆红色的，吃起来软嫩香滑。本是四九寒天——乡村中一向有一九二九不出手，三九四九冰上走的说法，四九被乡亲们视为一年中最冷的时节——这一锅暖融融的粥却让我感到热闹的新年将要来了。腊八过后，年味儿一天天地浓了。

一百八十四　大　寒

大寒这天，深夜里下了些许雪珠。

早晨，仍旧是那样没有颜色的天，仍旧是那样没有颜色的地，一丝儿雪儿的影子也不见。

眼下便要立春，整个冬天都没有见雪。

听老人们说，二月里也会下杏花雪，三月里也会下桃花雪。

雪的清寒，仍是一个梦，流淌在冬天中的我的心弦。

一百八十五　柳树上的鸟巢

河边一株蓬头的柳树，没有树叶，铅线般的灰色的细枝间却架着一窝喜鹊的雀巢。

从来没有见过这样低的、贴近地面的雀巢，我以前看见的雀巢都在山坡上一丈多高的白杨树或河谷里插天似的槐树的树梢，而这个架在柳树树干顶端、树冠心里的雀巢，仿佛一伸手就能拾到藏在其中的雀儿的鸟毛。

雀巢中应该已经没有了喜鹊和喜鹊的蛋，因为我在树下不曾听到嘎嘎的鸟啼。喜鹊常将过去的巢舍弃，田野上的雀巢许多都没有鸟儿。

然而，对面河岸的浅滩上，不知什么地方，却响起嘎嘎的啼鸣。

一百八十六　冬日阳光下的流水

漫过枯黄的芦苇的静水深流，在河岸的草坡边缘汇聚，溶入了寒冷的河水里。

冬日正午聆听哗哗的水声，看着红木砌成的小桥下像长长的丝线似的顺水飘荡的绿藻，我似乎感到那一颗颗溅起的水珠在阳光中变得远离尘世般的晶莹。

冬日温暖的阳光中，有一脉瓜蔓样的流水。

一百八十七　立春之前

立春之前，柳树林忽地冒出霄烟味儿的淡黄，似有若无。

走近一看，才发现秃了一整个冬天的柳枝萌发出了淡黄色的新芽。芽儿很细小，像一颗颗尖尖的种子，贴在急待返青的枝上。

腊梅花树的花期已过，清香不再，枯涩的花瓣如残破的丝绸。

灰褐色的干草丛中，迎春花开出了五六朵，鹅黄色的娇艳的花冠缀在深红色的蔓藤上。

冰已全部融化。

河水汤汤。

一百八十八　春江水暖鸭先知

将近立春，洛河的水在日渐暖热的阳光中变成了粉蓝色。无叶的柳树林也消散了隆冬的寒意。

芦苇之后粼粼的水波间，游来游去的是成群的野鸭，似乎原先在漫长的三九、四九天气中睡眠的野鸭都因春的临近苏醒了。

一百八十九　小　鸟

一只蓝灰色翎毛、雪白肚腹、褐黄色翅膀的小鸟飞到了我窗前那完全干枯的丝瓜架上。

丝瓜架上没有一片叶片，仅仅吊着一只干透了的丝瓜，整个像一根焦脆的线，从庭院的这边扯到庭院的那边。

这只鸟儿不是麻雀，麻雀全身都有褐黄夹杂煤黑的花纹。它应该是一只从远方飞来的鸟儿。麻雀在冬天是不会迁徙的。这只鸟儿的出现预兆着春天百鸟飞还的时节将到。

一百九十　立　春

打春了，可还是那么冷。

绿丝丝的麦苗从四四方方的田地里钻出来。

山间尚未返青的草丛里是水泡似的虫鸣，此起彼伏，明灭不定。

嘎嘎叫着的鸟儿飞回了枝茎纷纷的林中。

一百九十一　祭　灶

今天是农历腊月二十三日，是过年之前第八天，是传说中灶王爷上天的日子，有小年之称。

这天，乡村中的百姓会把自家厨房中贴的灶王爷神像从墙壁上揭下来，放火烧掉，送灶王爷升天。传说灶王爷二十三日去，初一五更回。大年初一的早上再把新的灶王爷的神像重新贴在厨房的墙壁上，就是将上天的灶王爷重新请回家中了。祭灶这天要吃粘牙的灶糖，为的是粘住灶王爷的嘴，让他"上天言好事，下界保平安"；还要吃祭灶饼（其实是烧饼），饼中常夹些冷调的牛肉和切碎的黄瓜。

乡村中过年的集市往往在这个时候在两村交界的十字路口摆开，出售红红的对联、花花的年画、五颜六色的门花。集市上还能买到香炉、灶王爷像、土地爷像、财神爷像等，有时还卖金箔银箔。

集市中也有乡村土产的扫把，用陈年的高粱秆扎成；也有土产的矮凳，用竹篾编成；也有榆木、槐木、桐木削的擀面杖和锅铲，更有孩子们爱吃的大米、小米粘的花米糖，圆圆、小小、香香。

一百九十二　腊月二十四

二十四，扫房子。

腊月二十四这天，乡村中家家户户都会把屋里屋外打扫干净迎接新年。

炸牛肉丸子、猪肉丸子、老豆腐的炊烟和煮红烧肉、蒸卷煎和焖子的香气从红通通的灶台上浓浓地飘散。

一百九十三　腊月二十五

二十五，磨豆腐。

如今乡村里也不再磨豆腐了，只剩下这个说法。

一百九十四　腊月二十六

二十六，去割肉。

如今不用在这天特意去割肉，因为平时都有肉吃，只剩下这个说法。

一百九十五　腊月二十七、二十八

二十七，剃精细；二十八，剃憨瓜。

我小时候听我的伯父这样说，意思是腊月二十七这天剃头的都是聪明清俊的人，腊月二十八这天剃头的都是傻乎乎的人。这是乡村中的老人们为督促小孩子们在过年之前搞好个人卫生才说的话。早一日洗刷好，晚一日洗刷就糟了。

与此类似的还有乡村中流传的正月初七老鼠嫁女的话：正月初七这天晚上老鼠要嫁女儿，如果睡觉之前没有把自己的鞋收好，老鼠就会把鞋偷去给女儿当花轿，天明就找不到鞋了。伯父说，小孩们过年时都疯玩，正月初五过后就应收心了，老鼠嫁女的故事是想要小孩们夜间不再玩耍，清晨早早起床。

一百九十六　秋　千

母亲曾告诉我，她小时候，乡村中过年时总会竖起很多秋千，有可供八人同时起舞的八卦秋，也有跷跷板一样供两人一上一下游戏的推磨秋。

在我小时候，乡村中过年的味道淡了很多，这些过去年代的秋千都不存在了。老家庭院中唯一的一架秋千是伯父为我搭建的。伯父用一根废弃的屋梁架在老家辕门里相对的土墙两头，又用两只拴马的嚼子套在屋梁上，再将一块木板两端打眼，用一根绳子穿过打的眼将木板吊在马嚼子上，便成了秋千。我小时候老玩这样的秋千，从祭灶那天玩到正月十五。

如今，老家的旧瓦房已经拆掉，原址上盖起了二层楼房，无处玩秋千了。

一百九十七　腊月二十九

二十九，装香炉。

在我老家，腊月二十九这天要将春节烧香用的香炉备好。

乡村中的香炉小号的只有一只苹果那么大，大号的像一只甜瓜那么大，都是粗瓷塑的，有些刷了褐色的陶釉，有些涂了金粉，圆圆的肚腹，两耳三足。香炉的炉膛内填充细沙和草木灰，安置在天王爷像、灶王爷像、土地爷像、祖宗灵位之前，等待初一早晨吃完饺子后上香。

而此时乡村中的集市上也堆起了成垛成垛的柏树枝，苍绿色的，带着土灰，等待年三十贴花门时插在窗棂和门楣。

一百九十八　豆馅馍

在我老家，馒头、烧饼、包子、烙饼都叫馍，享用这些食品都叫做吃馍。

我小时候，总有磨剪刀的、补锅底的老汉推着一辆小推车到村庄中做活。这些满面苍黑、头发花白、十指全是老茧的老汉们随身带着一个小包袱，包袱里装的就是他们当中饭吃的馍。日照当空时，他们放下手中的活计，打开包袱，啃一些馍，再喝些开水，就是中饭了。

如今，村庄中没有这样的做活人了，馍却还保留着。

有一种豆馅馍，过年时才蒸。它形状椭圆像一颗鸡蛋，里面填充着蒸烂了的红豆，吃起来甜丝丝的。这种豆馅馍就像顶上打着红点的尖圆的馒头、捏成带叶仙桃形、莲花形、用红枣点缀的枣花馍那样，过年时必吃。

年三十将近，家家户户又开始蒸豆馅馍。村庄中的瓦屋顶上飘起白色的炊烟。

一百九十九　年三十

年三十，贴花门。

一大清早，村中的百姓就用面粉在铁锅中熬好浆糊。在墙壁上刷过浆糊后，开始贴对联："出门见喜"贴在门口，"满园春光"贴在庭院中，"水星在此"贴在井沿上，"树木兴旺"贴在树上，"槽头兴旺"贴在牲口圈上，"步步登高"贴在楼梯上，大大小小的金灿灿、红艳艳的"福"字乱七八糟贴得四处都是。窗户上也贴了写着"福""禄""寿""喜"，刻着"年年有余"的窗花，门扇上也贴了关羽、张飞、秦琼、尉迟敬德等古代名将的大红大绿的像做的门画。

对联贴完后，就要放鞭炮。乡村里过年期间鞭炮放得最响的时候，除了除夕夜里零点钟声敲响时之外，便是贴完对联后。

而后安神，即将香炉在各处神像前摆好。

在我老家，年三十中午是吃饺子的，号称吃元宝。初一早晨也是吃饺子的，饺子里还要包一个钱币，吃到钱币预示来年的福气。三十的饺子要先在祖宗灵位前、天王爷前、灶王爷前供过再吃，传说这是为了来年吉祥。

二百　春　节

昨夜凌晨未眠，鞭炮声四起，直至今朝拂晓。

在我老家，除夕之夜都守岁——一夜不睡，迎接新年到来。小时候，老家的亲戚们在堂屋里围着暖融融的火炉，嗑着瓜子，有说有笑地度过这个一年中最喜庆的冬去春来之夜。

我老家的年饭不是除夕之夜的年夜饭，而是大年初一正午的全家聚餐。那是一年中最丰盛的一餐，要有整条的蒸鱼，象征年年有余，还要有整只的烧鸡，象征大吉大利，红烧肉、卷煎、焖子、丸子、酥肉、八宝饭等偃师地区的老式特色农家菜肴也少不了。吃年饭的时候是全家团聚的时候，外地的亲属都会跋涉千山万水赶回家中，只为了围着饭桌、举起酒杯说"新春万事如意"等祝福的吉祥语，似乎没有吃上年饭这一年就没有过回家。

村中那些平时锁着门的奶奶庙、老君庙这天都会开门，一直开到正月十六，门楣上会挂上大红灯笼，香炉里会烧上香，还会有村中的婆婆、媳妇们将金纸、银纸编的元宝在神像前焚化。

在大年初一这天，乡村小庙前多有跑旱船、担花篮（一名妇女肩上挑着一根扁担，扁担两头各挂着一只纸做的花篮，来来回回笑着闹着奔跑。这种民间娱乐如跑旱船，在偃师县乡村很普遍）、舞彩扇等表演，有时有人唱戏。似乎这些平时关闭的矮小房屋、无人问津的塑像，连同那些没有疏通的废井、古老的大树、巨大的石块、绕着瓦屋、流着绵延的水的河沟、打谷场上堆放的柴草垛都要在这一天、在鞭炮的钝响中、在红红火火的对联中过新年。

今年立春在春节之前，如今距离雨水还有一段时间，春耕还没有开始。

新年中，乡亲们正等待百花盛放的时节临近。

宸翰时轮

我将为我工作的地点郑州——这座有王者之都气息的城市描绘一幅画卷，画出灯红酒绿中的寂寞与孤独。

我不是在山林、不是在田野、不是在乡间，而是在都市的车水马龙中、在繁华热闹的人群里感到了真正的孤独。就像乡村中的树木可以婆娑、旁逸斜出，都市中却只有修剪地整整齐齐的阅兵似的道旁树，都市中，多姿的生命、七彩的时光、杂乱的心绪都被化为了符号，整理好顺序，甚至注册登记。走在街道上的你会发现自己只是一架庞大的机器上的一颗螺丝钉，只有在夜深人静时、在属于自我的狭小一隅中才能听到久已迷失的呼唤。

我孤寂的心已在火柴盒一样林立的高楼、笔直的一眼望尽的马路、千篇一律的银行与超市间流浪了很久。流浪中的絮语连缀成这篇宸翰时轮。

2月26日　星期五　雪

已过雨水，将近惊蛰，却又下起了雪。紫荆山公园里新开的杏花披上了雪，金水大道两旁新开的紫叶李花披上了雪，粉白的花心里含着晶莹的六出冰霰。

一个冬天都没有下雪，却在正月十五元宵节这天下雪了。

都市里的元宵节显得那样寥落，就像都市平时的寥落。在都市里，即使春节都显得像一个大一些的星期天，如果不是单位放假，许多人都要忘记那天是春节，更不要提元宵节了。今年因为政府提倡就地过年，各个单位都在大楼的入口处贴上了红红的对联，在楼房与楼房之间的通道上挂起了一串串红红的灯笼，还显得有一点年味儿。下雪了，雪落在红红的灯笼上，打湿了红红的对联，又让我依稀想起了小时候的春节，在乡村老家过的那种年味儿十足的春节，仿佛是对那种充满我童年记忆的春节的影子的拙劣的模仿，仿佛是借助一个水中的倒影又看见了水面上的景物。

在我老家，不过十五就不算过完了年，十五之前出门就是没过完年离家了。而都市中的元宵节，往往要一个人度过。有些在都市中留守的人春节也要值班。

因为下雪，天是阴天。虽然元宵节这天雪停了，仍是阴天。正月十五的夜本应看到挂在树梢的天上圆月——这也是与闹花灯一样的乐趣——如今却只有灰蒙蒙的天。

2月27日　星期六　阴

今天是农历正月十六。在我老家，正月十六号称"灯节"，意思是玩花灯的日子。正月十六灯节和正月十五元宵节同样热闹，乡亲们往往在村庄打谷场的空地上竖起一根"老杆"，然后围着"老杆"搭起四四方方的木框——这便是放焰火的架子了。月亮升起之后，彩色的焰火随着轻微的钝响爆裂，撒天箕斗一样散在墨蓝色的空中，有些橘黄色像水花一般，有些翠蓝色似一串宝石穿成的珠链，有些朱红色若开屏的孔雀，有些如羽扇，有些如高树上的合欢花。而放焰火的时候是正月十五、正月十六这两天中最热闹的时候，小孩们老早就挤在自家后院门外，提着纸扎的公鸡形、南瓜形花灯等待看焰火。我也和其他小孩一起等待焰火，就像除夕之夜等待新年的鞭炮声那样。焰火放过就是正月十七，在乡下人的心里，过完正月十六到了正月十七才是过了年。

都市中的正月十六却无声无息，就像一滴水落进海面、一个人走进熙熙攘攘的人流那样无声无息。

正月十六这天的郑州市几乎和平时没有差别，人们照常上班，公交车照常开，一样的鸣笛、一样的灯光闪烁、一样的例行公事般的简洁话语。只是，正月十五那天还能看见的大红灯笼被从树梢、铁杆上摘了下来，似乎都市要完全进入工作状态，而这些东西会成为障碍。

都市永远是乏味的，由于禁放烟花爆竹的命令，都市中的过年几乎是令人难以觉察的。

只有街头红色的、绿色的彩灯像糖块那样、像水果冰激凌那样鲜丽地亮着，还有一点新意。

2月28日　星期天　雨

金水路和未来路的交叉口、金水河的曲折处，紫荆树和核桃树下有一小段矮墙。

都市里的墙壁通常都是竖立的瓷砖或打磨得很光滑的马赛克，像一场望不到边的劳役一样冰冷，像伸手抓不住的空气那样让人心惊。就连都市里的公园都像几何图形一般，由运动场跑道似的路径和修剪得整整齐齐阅兵式的树木拼凑而成。

可紫荆山公园这一段有趣味的矮墙，却是粉壁黛瓦之间一扇花格空灵的绮窗。

这种布置在江南园林中常见，碧竹掩映的花墙之上镶嵌旖旎的空格，透过它可见墙那边的美人蕉或榆叶梅。有时，还有枝枝蔓蔓的藤萝——杂生着黄的小花或红的珠果——爬过墙头，垂挂在绮窗前。眼前书册纹的格子窗如一面展开的西湖纸扇，一些迎春花的花枝从窗格中探出来，开着疏疏落落的鹅黄色迎春花，似乎是国画中大写意勾勒的几笔彩墨。

然而，却有一辆鸣笛的轿车急速地驰过，溅起许多泥点，也打碎了我沉浸的梦。

这一段矮墙刻意模仿江南园林，却做作、不伦不类，像一句被人拆穿的假话。

我曾在甘肃省兰州市、张掖市、武威市见过模仿江南园林建造的公园，无不让人感到拙劣、虚假。没有了江南的自然环境与文化环境，没有了苏州、扬州等地醉人的风情，园林就像无源之水、无本之木。

而今，郑州市金水河边的这段矮墙又一次让我感到了这种断裂。

就像移栽到闹市中的树木无论怎样伪装成野树，最终还是人工打造的树木，都市中的园林总是突兀的。

3月1日　星期一　晴

昨日雨后，杏花落满地。

农历正月末，乡村中的杏花已在泥墙根前开了，都市里的杏花也在柏油马路两侧的花带里开了。杏花不似寒梅清冷，又不似桃花艳丽，温婉中有一味儿粉白的润泽。此时的郑州杏花开得最盛，玫红的花萼缀着玉色的花瓣，似众多五叶珠贝灿若堆锦地聚在初春的树梢。

而一夜风雨过后，杏树已红稀香少，原先花瓣簇拥的云冠放眼望去仅余黄玉色的花蕊。

花瓣如雪片，都落在了柏油马路间的草丛里。

有些草丛里居然开着紫花地丁，不知是不是人工种植的。乡村里的草丛在这个时候还没有返青，仅开着榆钱大小的孔雀蓝色的婆婆纳花和碎屑样的白色荠菜花。都市里水泥环绕的花带上却有紫花地丁，平添了野趣。

我无端地相信这些紫花地丁是天然生成的，就像都市里无人顾及的垃圾堆旁的叶片形如鹅掌楸的藤蔓是天然生成的那样。在一切人工忽略的、未能企及的缝隙里都会有天然的趣味存在。只是这野趣在乡村里表现明显，在都市里往往被掩盖了而已。

在都市中的高楼间，我也曾听到拂晓时分的鸟鸣，只是很快就被车轮和汽笛的声音淹没了。

3月2日　星期二　晴

都市中高楼间的紫荆花像超现实主义抽象画上横竖穿插的线条与色块。

紫荆树在花落之后才会生出叶片，而此时，紫荆花还没有开，花苞很小，似洒在披皱上的墨点。

紫荆树粗糙的茎与错乱的枝像是在有意打破耸立的楼房那些笔直的线条与千篇一律的平面。

没有花与叶的紫荆树成了单调的都市中一种枯槁的分解。

3月3日　星期三　晴

经一路和纬二路交叉处的经纬广场上开着一树一树月白色的木笔花和红紫色的辛夷花，没骨画般冰清玉洁。

玉兰以将开未开时最美，完全绽放后就要落瓣，从而损害了花的韵味。

经纬广场上的玉兰树正值半开，花冠饱满，丰腴雍容。

在许多尚未发芽、干枝萧索的树木间，白玉兰一捧雪似地开着。

3月4日　星期四　晴

河南中医药大学第三附属医院后院有一隅百草园，很小，像撕下的一小块绿色的碎纸片丢在鳞次栉比的高楼后边。

初春，野草未返青，无叶的树木才萌发出尖尖的新芽。百草园里却有数株结香开花了。

结香花如同玉兰花那样，在植株尚未生出叶片时开放，花落之后，才会生出叶片。不同的是，结香的植株很矮小，花都开在枝梢最端上。结香的花似一嘟噜毛线攒成的绣球，内里是鹅黄色的，外面是乳白色的，香气很淡。惊蛰前后，结香花开在横纹竖织的杈丫间。

我曾在浙江杭州、西湖边的江南园林中看见结香，如今，它又在这一座陌生的城市开花了。

3月5日　星期五　晴

燕庄地铁口的毛白杨落穗了，黑褐色的毛茸茸的杨穗落在四角菱形花纹的水泥地上。

燕庄广场后的居民家属院中种植了一些毛白杨。整整一个冬天，这些掉光了叶子的枝干干枯的树木都在凛冽的寒风中，用它们僵硬的梢划拉瓷砖和马赛克砌成的高墙。惊蛰这天，楼房缝隙里的毛白杨落下嫩绿色的杨穗。它们映衬的整齐图案式的门窗也不再单调。

3月7日　星期天　晴

清晨，在都市的一隅楼角，我听见窗外传来熟悉的鸟啼，就像很久以前在乡村田野上听到的那样。

一秒钟后，"9路无人售票车开往桐柏路口"，这段公交车中传出的声音便淹没了它。

3月8日 星期一 晴

河南中医药大学第三附属医院后百草园中的一株梨花开了,满树碎玉,皎若月华。

此时尚是正月,梨花本是清明之前才开。正月梅花开,二月杏花开,三月桃花开,海棠花、梨花大致与桃花同时开,桃花落后才是紫荆花开。可都市中的花儿都开得太早了,正月里杏花就开败了,桃花也已开出三五朵,垂丝海棠已含苞,梨花也开了,大约是都市中的地气比乡村中暖的缘故。

反时令的草木荣枯总是令乡村中的百姓惊惧,可是在都市中,似乎没有人注意这些。也许是因为都市中的人们对于万物的轮回早已很迟钝了。

3月9日 星期二 晴

天欲晓,深深的窗口外传来鲜花盛开的藤蔓般缭绕的鸟啼,就像很久以前,我小时候在春天的树林中听到的那样。

3月10日 星期三 晴

黄昏的丁香,在金水河岸上橘黄色的路灯下,飘散馥郁的芬芳,像沉迷中的梦境从心的深处浮现,带来了已被忘记的故去的幸福。

我从金水河畔居民小区的铁栅栏里,看见了笔直的铁柱那边,朦胧的紫丁香花,那渺远的香气是从一丛一丛叠叠的碎叶灌木中逸放。

3月11日 星期四 阴

金水河边陈列着各种运动器材的广场上,出现一位推着自行车的面目黧黑的老汉。老汉的自行车上挂着两个塑料袋,塑料袋里装的是野菜。一袋野菜名为"白蒿",是一种长在阴湿的河谷里的、类似茱萸的草,因叶上有白毛、味微苦得名白蒿;另一袋野菜名为"葫皮菜",叶长而肥厚,常生长在麦田里。不少人出于好奇围着老汉的自行车、扒拉袋中的野菜。

春天正是挖野菜的时候,郑州市周围有许多农村,都能挖到野菜。城里人吃的野菜就由这些村庄中的农民送来。

前几年,政四街左右两旁的商铺前每逢春三月都会铺开许多地摊,卖野菜。除了白蒿和葫皮菜之外，还有开着白色小花的荠菜，乡村人俗称"呼啦啦"，还有摘下来的椿树叶，生在长长的叶柄上。有时，地摊上也出售野生蜂蜜，大块、金黄色、状如蜂蜡、甜香诱人。

如今，政四街已翻修，地摊不再出现了。城里人对野味儿的向往却依旧吸引了许多乡村人。

3月12日　星期五　阴

河南中医药大学东明校区家属院中一座锁闭的车库红漆的铁门前放着一大捆砍下来的榆树枝。都市中的树木都要修理得像电线杆一样规整，像都市中的草坪要剪得像绒毯一样平坦那样。因而时常有砍下来的、粗细不一的白杨树枝、法国梧桐树枝、椴木枝、榆树树枝堆在街道上、旧车库旁、储物房旁。

出奇的是，这些砍下来的榆树枝上居然生着榆钱。今天是农历正月二十九，还没有到榆树发芽的时节，可这些榆树枝上却生着嫩嫩的榆钱，豆大，绿茸茸。

没有榆叶的榆树枝上，梅花般点缀着簇簇榆钱。

榆钱和白杨树落地的灰黑色杨穗一起，被忽起的一阵干冷的风刮去了。

3月13日　星期六　阴

郑东新区金水东路道旁树下的草地上贴地长着许多返青的蒲公英，绿意盎然的叶子盖住了经冬的苔藓。

蒲公英正开着一朵朵绒线样的淡黄色的小花，好像料峭的春寒中的大地的笑语。

我从未见过颜色这样纯、这样艳的蒲公英花，朵儿又是那样大。平素那些长在墙角、过道缝隙里的蒲公英花朵儿都很小，像纽扣一样板结、瑟缩，充满苦涩。这些蒲公英花却很舒展，笑靥盈盈，活泼多姿，仿佛是被春风吹开了的返青的土地一般。

垂柳的碧丝和紫叶李的红云下，是无名但热烈地开着的野生蒲公英。

3月14日　星期日　阴

桃花开了，在杏花还没有落的时候。

紫荆山公园里紫荆湖岸的桃花已经开了，翘翘的桃枝横在水波上，滟滟欲语，青青欲燃。

今日是正月二十九，可是桃花已经开了，尖尖的五瓣粉瓣杂着尖尖的嫩绿新叶。紫荆花也已开了，深粉紫色的花串连同琳琅满目的干的花枝矗立在陇间水滨。垂丝海棠花也开了，前天它尚是嫣红的蓓蕾。白丁香花和紫丁香花也在树冠上开至八分。似乎春天所有的花卉都在这几日内争先恐后地挤进大化的浪潮。

也许是都市里地气暖的缘故，乡村中的春天徐徐缓缓地到来，花儿次第盛开，都市里的春天却一下子就到了。

3月20日　星期六　晴

今日春分。金水河边的紫叶李花残了。

如烟的垂柳之后，已望不见粉红的轻云。紫叶李树上只有姜黄色间杂褐绿色的树叶。树下满地堆积，是寒雨中洒落荒草上的花瓣。

3月21日　星期天　晴

金水河边有一株白玉兰将近花谢，残雪般的花瓣间生出碧玉般的花叶。金水路旁的一株白玉兰却正值盛期。经纬广场上的紫辛夷一株已残，三株开得正艳，两株花苞尚小。

紫荆山公园入口的马路边的雪白的寿桃花已全开，弯弯的桃枝粉堆雪簇一般；紫荆湖边粉红色有五瓣尖瓣的会结果的桃花稍微稀疏，似乎有落瓣堕在水上；紫荆山上的碧桃不久前才结出深红的蓓蕾。

3月22日　星期一　晴

河南中医药大学第三附属医院后园中的结香花将近凋零，花冠已从乳黄色褪变成青白色，花梗上也长出了青青的尖叶。

园中的牡丹和芍药也已含苞。

3月24日　星期三　晴

金水东路龙子湖岸边长出些许米米蒿。这种野草开淡黄色的小米粒一样大小的花，因此得名米米蒿。它的叶子很细碎，比合欢树的叶子还要细碎。春天的田埂上常会生着许多米米蒿，散发着淡淡的香气。米米蒿的根是木质的，白色，会渗出有甜味的水。乡下的孩子们常拔起米米蒿，嚼烂它的根，吮吸其中的甜水。春分过后，米米蒿又在城市里开花了。

3月25日　星期四　晴

几日不见，龙子湖边的蒲公英花已谢了几朵，原来是花头的地方结着几团银白的茸毛，只等风一吹，就飞过湖面去了。

3月26日　星期五　阴

河南中医药大学第三附属医院后园里的油菜花开了，一片金黄。

在乡下，油菜花总是和桃花、梨花、海棠花一起开，白白、红红又黄黄，煞是好看。而都市里的小园中只种了一小片油菜花，在林立的高楼的夹缝里和已经开败的桃花相衬，围绕着它们的是一辆一辆并排停靠的电动车。

似乎还有一种开粉紫色花的油菜花，长在三附院后园的铁栅栏旁。这种油菜花乡村里没有。

3月27日　星期六　阴

河南中医药大学第三附属医院后园里的牡丹花的花蕾已有一两颗将开，嫣红硕大。

3月28日　星期天　晴

河南中医药大学第三附属医院后园里的一株紫牡丹开出了七朵红芳重硕的牡丹花。小时候，我曾听说，牡丹花有一种药材的香味。我俯身向那株紫牡丹，鹅黄的花蕊果然溢出如深山老林里古艳的仙草一般的药香。

与这株紫牡丹相邻，一株粉色的牡丹也开花了，瑞光叶叶，千瓣重重。

牡丹开花应在清明之后，四月最盛，五一过后方才开败。都市里地气暖，未至清明，牡丹便已开花了。

3月29日　星期一　晴

我印象中的三月，那杨柳扶风、春意融融的三月，已在都市里丢失了。

未至清明，丁香花已经开败了，剩下毫无趣味的树梢。

桃花已经开败了，桃叶尚未繁茂的桃枝伶仃地横在水上。

海棠花已经开败了，洒落满地乱红。

梨花已经开败了，月白的花瓣被吹落在黑泥中。

紫荆花枝上也已发出嫩绿色的尖叶——这是花儿将要衰谢、绿叶将要成荫的征兆。

仿佛还没有赏春，春便匆匆地跑过去了，像赶公交车的人来不及看车外的景致。

不过，紫藤花开了。紫荆山公园的一株柏树的树冠上缠满紫白色的一捧一捧的藤花。紫藤的花期很短，只有不足两个星期。这一年中只开一霎的花儿却给了匆匆结尾的春天无限的繁华与喜悦。

3月30日　星期二　晴

紫荆山公园里孩童游乐场的旋转木马之上，一棵很高很高的榆树垂下了一长串一长串葱绿的榆钱。榆树的树叶还很稀疏时，榆钱就已结得密密匝匝。榆钱和槐花在乡村里是将近四月底才长出来的，可都市里的一切都很迅速。

粉红色的榆叶梅未至清明便已凋零了，粗糙的榆叶间瑟缩着揉皱了的丝绸似的暗红花瓣。

仲夏时方才繁盛的石楠也在假山前开出了草绿色的小花。

3月31日　星期三　晴

芦苇冒出了水绿色的长芽。

紫荆山公园里水塘中的芦苇整整一个冬季都干枯如龟裂的土地，初春时仍是纯白色的风毛，随着也是纯白色的柳絮飘去。清明之前，寂寂的水上却突然冒出了新鲜的绿芽，翡翠般纯净，映着暖融融的阳光，空明清透。

水中玛瑙红色的锦鲤波光闪闪地游过。

4月1日　星期四　晴

小时候，我听说有一种鸟儿叫白头翁，头上的羽毛全是白色。

我从没有见过这种名叫白头翁的鸟，却在河南中医药大学第三附属医院的后操场上见到一株树冠全是白色的树。在我心里，它就是白头翁的形象。

这株树木应当是毛白杨，只是它的穗子长满棉花样的白毛。它比其他的毛白杨结穗都要迟，当有着黑褐色杨穗的杨树和有着灰绿色杨穗的杨树已落尽杨穗、长出白花花的树叶时，它的树冠才被白毛挤满。它立在操场上的铁栅栏后，像一只立在电线上的白头翁。

4月2日　星期五　小雨

清明临近总是要下雨的，似乎天地间的阴气会上升。郑州市里也因之冷了些。

河南中医药大学东明校区操场边的桐树开花了，粉红一片。这些桐树齐齐整整地立在操场里的主干道两旁，不像乡村里的桐树那样纵横崎岖，似乎笔直的线条天然就是要与单调的、机械切割式的高楼相配的，而曲曲弯弯的线条应与形状不规则的茅舍相配。这些桐树的花是粉红色的，不像泡桐树的花是粉紫色的，花朵儿也比泡桐树小很多，只有一朵早晨开在篱笆上的牵牛花那么大。

这些桐树花落下的时候我也曾见过，像一朵朵飘在水上的玉色的莲。

这些桐树花往往在春天里下起阵雨的时候被风从枝上吹落，因而落下时便在水洼中。花儿飘在澄清的水上，仿佛碧天里的白云。

桐花是春天里最后开放的花卉，桐树花开，春天便要结束了。

未到清明，都市里的春天便要结束了。

4月3日　星期六　阴

华北水利水电大学后园有一面红墙，墙上缠着火红的藤蔓，叶像法梧桐，又像楸树。

穿过墙上的铁栏杆看到墙后灰色的砖石地面，我一下子想起了小时候的校园和我曾在其间游戏的操场。

这忽然的一瞥唤醒了我久远的回忆，也许是校园里同样的气氛温暖了我，也许春天的和风催开了我的心。还是那样的毛白杨树，还是那样的落地的杨穗，还是那样的泥土，只是换了名字。

4月4日　星期日　阴

今日清明，龙子湖边开了一大片白牡丹花，单瓣、红心、素丽，远远散逸沉寂的药香。

与此同时，大红色的童子面茶花也开了，一树一树，热烈而浓艳。

4月5日　星期一　晴

龙子湖边一座土堆的高低不平的坡上锦缎似地盛开了粉红间杂粉紫色的海棠花。

很少有开得这样茂密的海棠花，葳蕤地生长在整个山巅，仿佛一片暖阳光照中的云霞。

尤其出奇的是，海棠树下的砾石缝隙里长着许多野豌豆。平素，野豌豆像杂草那样，绿茸茸地盖在山巅，与黄瓜苗、灰灰菜、荠菜等野菜难以分辨。可暮春时，野豌豆开出了紫色的小花，三瓣，樱桃那么大，就能很容易在草丛中认出它。它就是古人所说的"薇"，一种清水一样朴素的野菜。而今，它遍生在都市里人造的公园内。

4月6日　星期二　晴

天一湖岸盛开着柔柔的粉色八重樱。

此时已柳絮漫天，火烈的樱花盛开的时节已过，但八重樱似乎还要开很久。

4月7日　星期三　晴

纬二路公交车站上有一株紫藤花，不知什么时候栽种的，只见它细弱的蔓挂在马路边的铁杆间隙里，垂下一房一房紫白色的藤花。藤花花期很短，花落之后才长出叶，如今，藤花正值短暂的花期。

车辆的轰鸣中似乎有嗡嗡的响动，那是成群的蜜蜂缭绕在紫藤花的花房中。

4月8日　星期四　晴

都市里的蔷薇花都种在马路两旁的铁栅栏底下，而后，蔷薇在生长中会将枝叶沿着铁杆延伸上去，翻过栅栏，便形成一堵堵街道花墙。

这个季节，蔷薇未开，仅有碧绿色的纤巧的花苞。

然而，河南中医药大学第三附属医院后院的蔷薇花墙上却有一朵深红色蔷薇花开了，妖艳如霞。她在浓绿的花墙上、许多密密层层的枝叶间首先绽放，像清晨的小园中花木复苏时倾吐的第一缕浓香。

4月9日　星期五　晴

何等的芳香！发自密林深处，仿佛春天里酝酿的米酒，刚揭开坛盖的那一刻。

河南中医药大学第三附属医院后园的竹林后，有三株长着尖而长的刺的灌木，它们的叶很坚硬，墨绿色，花淡黄而细小。那香气就是这些开花的树冠散发的。这种花像冬青花，也有五瓣，但花心里多了些丝线般的蕊。它的香气越过了草地，穿过了竹林，蜜意浓酽。

4月10日　星期六　晴

金水路花带里的鸢尾花长出了宝石蓝色的蓓蕾，映照绿的透明的长叶，云母般地发亮。

牡丹花已经到了最繁华的时节，紫荆山公园花圃里的紫牡丹花全开了，天一湖岸碧桃与紫叶李间的白牡丹花全开了，经纬广场花坛里的深粉红色牡丹花全开了。

4月11日　星期日　晴

仅一天，昨天打苞的鸢尾花便开了，开在金水路燕庄地铁口旁的花带里。与金水路相交的未来路花带中种植的月季也生发了嫣红的蓓蕾。

4月12日　星期一　晴

紫荆花树的花儿全谢了，一霎的繁华之后，是不引人注目的平凡。

4月13日　星期二　晴

河南中医药大学东明校区操场边的一株枝丫杈错的槐树上有一个黑乎乎的喜鹊巢。

时至暮春，这株槐树仍然只有稀疏、细小的新叶，好像刚发出来的那样。树枝上的鸟窝却分外显眼。

都市中很少见到鸟巢，即使街边的法梧桐树上有蓬蓬的喜鹊窝，也常会被连同树枝一起砍下来。乡村陌上的那些搭在荆棘丛里的小鸟巢更不会出现在水泥墙间。这个罕见的鸟巢唤起了我久远的回忆——十多年前，我在乡下的时候，我所住的那间小屋的白铁皮的烟囱里多出了一团稻草，稻草中夹杂着几根灰白色的鸟毛——这便是鸟巢了。令人惊奇的是，其中还有一枚樱桃大的鸟蛋，蛋黄和蛋清已凝固成蜜蜡状。我很惊喜，鸟儿会来我屋檐下筑巢。眼前这个暮春的鸟巢又让我想起了很久以前的那个没有鸟儿的鸟巢。

4月14日　星期三　晴

清明过后第六天，河南中医药大学第三附属医院后园中的牡丹花全谢了，花坛中满地紫红色和深粉红色的落瓣。

我从未想过牡丹的花期会如此短暂，因为紫藤花还开得很盛，牡丹的花期一向比紫藤长，大约都市中地气暖的缘故。

芍药花此时尚是豆大的新蕾，连着修长的花茎。

春天初生的新绿已变成夏季浓酽的绿。春天的绿透着嫩黄，像一曲轻灵的歌，夏天的绿却透着墨蓝，像一盏浓厚的茶。清明过后，春天的绿沉淀为夏天的绿。

4月15日　星期四　晴

紫荆山公园中紫荆山上的一株蔷薇花儿全开了，淡粉红色的花朵儿顺着长长的枝蔓垂挂在陡峭的崖壁上。

紫荆山很矮，仅比周围围绕着它的桐树和楸树高出一点，而这株蔷薇花就长在紫荆山的山顶上。初春时，它寂寂无闻。如今，它的花儿的粉瓣落在了山下的草丛里，游人们方才看见它开花了。它的花儿有一种无法形容的甜美，仿佛是从酣畅的梦中醒来时不愿离开梦境的那种依恋。

蔷薇的花期很短，并不比紫荆长。紫荆花谢后，这一株蔷薇在金水路等街道上的蔷薇花开花之前开花了。

4月16日　星期五　晴

农历二月三十，紫荆山公园紫荆山上的一株槐树开出了新切开的木板一样洁白的槐花。

槐花是五月才开的，都市里的槐花却在此时开。紫荆山上这株槐树很矮，像一根发出绿叶的槐枝插在崖壁上的石缝中。

紫荆山上的枸树在这一天也都垂下了绒绒的枸穗。

4月17日　星期六　晴

抚子开花了，夏日的花卉。

紫荆山下芦苇塘畔的草丛中，纯白色和水红色的抚子花儿悠闲地开了。

4月18日　星期日　晴

一夜急雨过后，河南中医药大学第三附属医院百草园中的芍药花蕾肥大了许多，青色的油光表皮的萼瓣间绽露出些许深藏的红蕤。

湖色的幽兰在烈日炎炎的浓荫下郁郁葱葱地盛开。

五颜六色的蔷薇开成了一堵一堵的花墙，从经纬广场、燕庄小区、金水河畔一直绵延到未来路和金水路交叉口的曼哈顿广场上。一枝一枝珊瑚珠一样的深粉红色的蔷薇花枝从街道两旁的铁栅栏缝隙里伸展出来，花朵过于繁重，压得花枝微微发颤。许许多多浅粉红色的蔷薇花朵儿也像芙蓉玉一样缀在低矮的、枝叶茂密的花墙上。在这些多瓣千层的朵儿之外，蔷薇花中另有一种月白色单瓣的，淡黄色的花蕊，每朵五瓣，花朵儿小而成簇，如葡萄架下挂着的一串一串白水晶葡萄。也有色泽浓烈、大红似火的蔷薇花儿和鹅黄色的状如奶酪的蔷薇花儿，朵都很大，比粉红色的那种大多了，间杂在深粉红色和浅粉红色的蔷薇花墙中，似朵朵层云的天上忽现一两片霓霞。

月季花树也在金水路道旁的花带里开花了。月季是郑州市的市花，郑州市的许多街道上都有修剪成伞形的月季花树，主杆粗壮矮小，树冠巨大，发亮的枝叶间生着朵朵硕大的月季花，金水路附近多是艳红色的。

后日谷雨，未至立夏，夏花盛开的时节却已来了。

4月19日　星期一　晴

紫荆山公园里飘荡着槐花香。几枝开着洁白的槐花的灌木从紫荆山山顶的水泥石洞间丫丫权权地长出来。不过几日，槐花便开得如此繁密。

迎夏才打上了小麦大的米黄色的花苞。迎夏开的花很像迎春花，只是呈五角星形。此时，紫荆湖岸上瀑布般垂流直泻的迎春花已尽数落去，唯余深绿色的长长的枝蔓，而迎夏就要开花了。

4月20日　星期二　雨

今日，紫荆湖岸曲廊柳榭间的碧桃花尽数谢了。

微雨之中，原先深粉红色的云冠忽而绿树成荫子满枝。

4月22日　星期四　雨

细雨如绵，曲径中传来楝子花的花香，像春末夏初时粉红色的梦。

楝子花细碎，如瀑布飞溅的水珠，浓郁的芬芳藏在毛羽般的复叶间。

以前，我总是在乡村中瓦屋后看见楝子树，而今，紫荆山公园和金水东路的花带里也生着楝子树。谷雨时，都已开花了。

4月23日　星期五　阴

幽花暗地明。

河南中医药大学第三附属医院百草园中桃红色的芍药花八分开了，锦缎般的花瓣与牡丹一样柔软。

与芍药一起开在花圃中的还有淡黄色的虞美人和宝石蓝色的鸢尾花。

谷雨过后，正是野生杂花盛放的时候。百草园的墙根生出一些开着粉紫色花儿的地黄。我小时候，农村里常见这种地黄花。我将它叫做"蜜罐"，因为它形状像一只小小的水罐，花托里藏有一口蜜。百草园的畦上、篱笆前还开着许多柠檬黄色的小花，一株一株、一片一片，我不知这种野花的名字，只记得它也开在农村的田间陌上。在荠菜的白色小花开败后，这种花就会大放。与牡丹芍药等观赏花卉的明媚相比，野花显得十分幽暗，好像躲在高树下的阴影中。鲜丽的花儿在野花的烘托下夺目如云朵中的朝阳。

立夏之前，野花衬着芍药花开了。

4月24日　星期六　阴转晴

不知什么时候，我窗外的道旁，法国梧桐树树冠间传来美妙的雀鸟啼鸣。
紫荆山公园里石崖上的那株粉白蔷薇谢了。
桐花落。
满地槐花堆积。

4月25日　星期日　阴

河南中医药大学第三附属医院百草园中有一隅三角形的小小的水塘，水色深暗。从去年深秋到今年仲春，除了落叶，水塘中空无一物。今晨，却突然生出许多圆圆的睡莲的叶，一丛一丛，好像给水塘添上了些许花饰。离睡莲盛开的时间还远，这些明滑的绿叶却能繁茂很久很久，从春末，直到仲夏，直到初秋。

百草园中的月季花也开了，朵儿比蔷薇大许多，二月豆蔻般粉红的花瓣边缘浮着一串艳红。

碧桃树已经结果，浓荫中桃实清圆。

4月26日　星期一　阴

金水河畔的大柳树枝上飞来一只黄脸颊、黑白羽冠的鸟儿。它有土黄色的毛羽的背脊、一枚修长削尖的花喜鹊样的尾巴，竹枝般的灵巧的腿在鹅卵石铺的小路上跳跃，忽而，又扬起它的尖喙脆生生地啼鸣。

这清晨骤然的一瞥，让我看见这只鸟儿，它仿佛是柳树林的精灵。

4月27日　星期二　阴

紫荆山公园里的紫荆湖上开了几朵白睡莲，宛如一粒粒玉珠，又如碧天里的星星。

荷花未露形影时，紫荆湖上开了几朵白睡莲。

4月28日　星期三　阴

清晨的金水河畔，鸟啼若水花四溅。

古槐树新生的绿叶间，我听见细细的微语。

草丛里粉红蔷薇盛放，如岸芷汀兰。

4月29日　星期四　晴

日潋滟。花气浓。淑鸟声频。

4月30日　星期五　晴

三附院百草园中芍药花开到十分了，深粉红色的花瓣艳若堆锦。

暮春的花圃中深粉红色的丽影像是一个从古旧的书册中飞到今日阳光下的仙子梦。

5月7日　星期五　晴

立夏这天，蔷薇花谢了，郁郁的枝叶间结着颗颗翠绿色的果实。

三附院百草园内片片彤云似的深粉红色的芍药花才落尽，蒂上尚有淡薄余香。

火焰般的虞美人花在浓荫里盛放。

水塘中开出第一朵白睡莲。

5月13日　星期四　阴

立夏后第九天，三附院百草园中的夹竹桃花打苞了，披针形的长叶间攒聚一捧一捧淡绿色的晶锥状的蓓蕾。

第一朵白睡莲谢了后，百草园的水塘中开出第二朵冰雪般莹洁的白睡莲。

5月14日　星期五　阴

金水河边火红的石榴花树开遍了。

柳浪间闪烁着鸟儿的啼鸣。

与初春时懵懂的鸟啼相比，初夏时的鸟啼分外细碎、小巧、清脆，仿佛是一根柔嫩的绿芽经过了仲春和暮春，变成了一枝水灵灵的长满长须与鲜叶的绿茎。

5月15日　星期六　阴

紫荆山公园里的桃树结桃儿了，青绿中蕴含乳黄的圆球尖顶有一痕酒红。

龙子湖岸边的核桃树也结上了绿滋滋带有麻味儿的核桃。

5月16日　星期天　阴

水菊花开了，在燕庄小区幼儿园前的花带里，浅粉红色的也有，深紫红色的也有，墨红色的也有，一枝一枝，和粉紫色的天竺葵花、淡黄色的樱草花一起生在花期已过的蔷薇的藤下。

水菊花学名叫做蜀葵，但我还是喜欢叫它水菊花，因为这是这种夏花在我老家的称呼。它总长在河沟边，果实像菊花的蒂，才有这个名字。

迎夏如满天的星斗一样开在公园里的草坡上。

圆圆的荷叶刚从蒲草和芦苇间的清水中冒出来的时候，是水菊花在都市里盛放的时候。

6月1日　星期二　阴转雷阵雨

子夜的风雨，夹杂着隐约的雷声，在我窗外的暗夜里响起，像盛夏的烈怒袭来。

6月2日　星期三　晴

河南中医药大学第三附属医院百草园中开了一树荆花，淡紫色的细碎的朵儿在成堆的粉黛乱子草之间闪烁。

在我老家，荆花都开在山坡上或洄水绵长的沟壑里，于芒草杂树间散发着山野的土香。荆花之取名荆花是因为它的树枝是农村里制作荆条的原料。乡村里的百姓们将荆树柔韧的枝砍下来、去皮、晒干，就是浅灰色的荆条，可用于编提篮。我小时候常见婆姨们挎着荆条编的提篮，篮中盛着麻糖、油馍和扁食。如今，农村里也很少荆条编的提篮了。荆花却和石榴、橘树一起种植在了都市中供游赏、休憩的园林内。

6月5日 星期六 晴

今日芒种，麦熟，是收麦的时候了。

在乡村，收麦的时候，每天清晨，都会听到一种鸟啼——"光棍捉住"。我不知那种鸟啼该怎样形容，便按照声音将它记为"光棍捉住"。我也没有见过这种鸟儿，只是在麦田中桐树下听到过它的叫声——"光棍捉住"。这种"光棍捉住"的叫声会持续到小麦收完、打谷场收拾干净、整个收麦季节都过去的时候。

如今的都市里，却听不到"光棍捉住"的声音了。

在居民家属院中长出青绿色葡萄的葡萄架下，听不到"光棍捉住"的声音了！

在花带里的无花果树结出碧莹莹的无花果的广场边，听不到"光棍捉住"的声音了！

在金水河岸上火红的、照眼明的石榴树丛中，听不到"光棍捉住"的声音了！

在盛开着玉一样的白睡莲、玛瑙石一样的红睡莲的湖上，听不到"光棍捉住"的声音了！

在淡黄色的五瓣迎夏花已落的公园里，听不到"光棍捉住"的声音了！

在干裂的马路上扬起尘土的车轮后，听不到"光棍捉住"的声音了！

6月10日 星期四 晴

今晨，我在金水河畔看见一只白颊花翎冠的鸟儿，它跳跃在盛开得似火的凌霄花下。

6月11日　星期五　晴

紫荆山公园紫荆湖上褶皱的荷叶间冒出一二枝红莲的花苞，与此同时，白莲嫩弱的菡萏也在芦苇和开紫色花儿的鱼腥草下含葩。

6月12日　星期六　晴

紫荆山下芦苇塘边开出一树嫣红的紫薇花。

紫薇的花季是每年七月和八月，此时开花的应是今年夏天第一树紫薇。

6月13日　星期日　晴

紫荆湖上开出数朵红莲，莲瓣轻如罗绡。

这是今年夏天第一次开放的莲花。

莲花的开放意味着盛夏的来临。

6月14日　星期一　阴

端午，无人吃粽子。

摩天大楼之下有人分发绛红色香炉形和金黄色葫芦形的香包。

天气闷热，街道两旁的柳树叶片打起了卷。

绿草地如洒过胶水一般萎蔫。

6月15日　星期二　晴

粉紫色的紫薇花开了。街道两旁的花带中新栽的马尾松的稀疏的枝叶下盛开着一树一树纱罗般柔媚的粉紫色紫薇花。

6月17日　星期四　阴

小风吹起，天一湖畔盛开一树垂垂的马缨花。

野葛的藤蔓蔓延在水沟边白色的长廊上。

碧绿的葡萄清凉。

不知几何时，无花果树的果实已浑圆，粗糙的叶片间冒出甜香。

石榴花也已落尽，虬曲的枝杈缝中的石榴果都好大了。

6月21日　星期一　晴

夏至。萱草花开。

疏林中鸟声细碎。

6月22日　星期二　晴

紫荆山公园里荷花满湖，红莲与白莲开满了静澄的水面。

6月23日　星期三　晴

河南中医药大学第三附属医院百草园的花圃中开出几朵紫茉莉。我老家叫做"添锅花"，又叫"烧汤花"，因为这种花是在乡村里烧早饭或者晚饭的时辰开在灶台附近。如今，它在都市里塑料制成的路灯旁开放了。

6月24日　星期四　晴

昨天开出烧汤花的路灯旁又开出了九莲灯花。九莲灯是一种开紫红色穗状花的草本植物，在我老家，能长到玉米株那么高，总是在荒地里一滩一滩地簇生着。如今，一枝像狗尾草那样高的九莲灯，垂着仅有的一枝紫红色的花穗，长在路灯旁。

6月25日　星期五　晴

三附院百草园中一些槐树结上了槐连豆。槐树都很小，矮得像一株株飞蓬草。在我老家，这种小槐树和小榆树、小枸树、小杨树一起长在沟沿上。三附院出于药用的目的将小槐树培植在水泥护栏后。

6月26日　星期六　晴

燕庄小区居民楼下开垦出了两块菜地，都只有几米见方。不知什么人从什么地方捡来一些干枯的柴棒做篱笆将这两小片菜地围了起来，又捡来几根长竹竿搭起了花架。青青的长豆角和碧绿的黄瓜穰便顺着那花架攀爬。黄瓜穰上米黄色的四瓣花儿还没有落，花柄就已鼓囊囊地成了水灵灵、脆生生的黄瓜。豆角原来开浅紫色的单瓣花儿，这个时节花儿已落尽，鲜嫩的蔬食垂在花架下。

6月27日　星期日　晴

夏至过后，蝉鸣起。

黄昏的金水河畔，柳树树梢，昏沉的雾霭中隐约透出一声尖而细的蝉鸣，像是一根尖而细的、发着幽隐的光的钢丝，被抛入茫茫的深渊。

又一声尖而细的蝉鸣，此起彼伏。

月亮升上了碧海般的青天，白莲花般的云朵间荡漾着水一样的青光。

6月28日　星期一　小雨转阴

鸽子飞来了。

紫荆山公园的广场上飞来许多白色的鸽子，停在果实清圆的枸树树枝上。

几天前，枸树的果实还是涩口的绿，今日忽而化为富含果浆的橙红。我从没有见过枸树开花，好像在初夏的时候枸树上会结一种浅绿色的穗子，那应该就是枸树的花。枸树的果实俗称为毛枸头，像是一团团用毛线攒成的绣球，没有成熟时是深绿色的，成熟后是橙红色的。当枸果变成橙红色的时候，就是它要落下时候了。此时，紫荆山公园的水泥地上、盆栽的荷花之间聚攒着落下的毛枸头。

6月29日　星期二　中雨转晴

深夜中夏虫的唧唧声，像是我小时候在树林中捕捉过的黑背知了，透过墨蓝色的沉寂，拍动了薄如纱罗的翅膀。

6月30日　星期三　晴转雷阵雨

傍晚时分，雷声隆隆，闪电撕裂了灰色的卷积云。

这是今年夏天第一场雷雨。

7月1日　星期四　晴

河南中医药大学第三附属医院百草园中的蓝铃花开了。

7月2日　星期五　阴转雨

闷闷雷声，潇潇微雨。

7月3日　星期六　阴

燕庄小区居民楼下深粉红色的绣球花开了好久。

7月4日　星期日　晴

金水河畔紫色的线兰开花了。

7月5日　星期一　晴

未来路花带中珊瑚红色的夹竹桃花和雪白色的夹竹桃花全开了。

7月6日　星期二　阴

紫荆山公园里处处开满葳蕤的紫薇花。

7月7日　星期三　晴

水菊花花期已过，原来是绛红色的、深紫色的花瓣的蒂上结着向日葵一样的果实。

7月8日　星期四　晴

木槿花不知何时已落尽，绿荫在公园的群树中隐没。

7月9日　星期五　晴

炽热的中午，蝉声如涛涌，在高树间。
傍晚，暑气退，蝉鸣于紫薇花盛开的林中。

7月10日　星期六　晴

小暑，果荚叠叠的梧桐树下，蝉声尖细。

7月11日　星期日　晴

小暑后第二天，河南中医药大学操场边的龙爪槐树落下了淡绿色的槐花，水泥路上微尘细细。

7月12日　星期一　晴转雨

夜半，骤雨忽起，风声凄厉。

天晓，骄阳如火。

日昳，大雨滂沱，沟水漫延无尽。一声闷雷。

傍晚，雨止，屋檐下水声滴答。

7月13日　星期二　晴

紫薇点点。

红莲片片。

乱蝉声中暑气渲。

7月14日　星期三　晴

傍晚，柳荫间，蝉嘶如击碎的光闪闪的薄玻璃杯。

7月19日　星期一　雨

暴雨。

暗夜，窗外急流，似滚滚涛声。

7月20日　星期二　雨

大雨持续一天一夜。

街面上水流成河。

7月21日   星期三   雨

黄昏，雨止。

河上水落，芦苇重现，莲花不曾落瓣。

柳荫间的蝉声如无数尚未成形的心思四散洒落在幽暗的夜空中。

7月22日   星期四   阴

大暑。

雨后凉爽的树林中，蝉声像一根根颤动的细细的金丝。

在这金丝的海中，我仿佛又听见很久以前在山谷中听见的那种蝉鸣——

V——V——V——V——V——

V——V——V——V——V——V——V——

7月24日   星期六   雨

平旦，微明中雨声淅沥，蕴含秋叶的孤寂与冰凉。

7月26日   星期一   晴

暴雨过后，燕庄小区居民楼阳台上嫣红的凤仙花盛开了。

公园里背阴的草坡上零星地开着野生的七彩太阳花。

7月27日   星期二   晴

蝉声，在旱柳树的树梢间迸散，如山崖上突然坠下的飞溅的水沫。

草坪上，明珠般的五瓣白兰始开。

7月28日   星期三   晴

夜色浓郁，都市里的车轮间传来蟋蟀沙沙的嘶鸣。

7月29日   星期四   晴

我又在都市公园里的小树林中见到了小时候乡村里捉知了的情景。

薄暮的昏沉中，有人用手机打着光在草丛里搜寻，希望能碰上知了挖在泥土里的洞。鳞次栉比的树干间便微茫地多了几道淡黄色的光束，映着黯淡的人面。

知了在地下挖洞，钻出泥土，爬上树干，在树干上脱去褐黄色的外皮，而后便张开双翅飞上树梢，度过阳光下歌唱的一个夏天。

小时候，一到夏季的傍晚，我就去村舍间、田野里的桐树和杨树上寻蝉蜕，金黄色的，很好玩。有时，我和村里的小孩们也会提着水桶灌树根的洞穴——这样知了就会从窝里爬出来，我们就能将它们捉去烤着吃了。知了的味道很香，尤其是肚子里的籽和前胸的那一疙瘩肉。我小时候吃过粉红色的棉花心里的虫子、绿色的蚂蚱的大腿，但最好吃的还是知了。如今，岁月已逝，我也不记得多久没有吃过那些小时候吃的山野食物了，只有找知了的记忆还没有在我心里褪色。都市中这些找知了的人们又让我想起了过去。

7月30日　星期五　晴

燕庄小区居民楼前的无花果熟透了，软软的青绿表皮凝结着深紫色，和枇杷一起被采食。

8月4日　星期三　阴

龙爪槐树是这个季节开花的，花谢后会结出白色的槐米。
街道两旁的龙爪槐树都开满了淡绿色的小花，水泥路面上也落满了淡绿色的花雨。

8月5日　星期四　阴

昧爽时分，下了一场细雨，立秋之前的雨。
天地间泛起忧愁的凉意。

8月7日　星期六　晴

今日立秋。
唯唯的蝉声中出现一种奇怪的鸟鸣："嘶咕嘟——嘶咕嘟——咕——"
听乡下的老人们说，这种鸟鸣只在初秋时出现，就像"光棍提住"只在麦子熟时出现那样。天晴时，鸟儿叫"嘶咕嘟"；天阴下雨时，鸟儿叫"嘶咕嘟——咕——"。

8月10日　星期二　晴

立秋之后，清晨的草丛中响起蟋蟀的吟唱，像无数明灭的萤火虫。

草丛中另有一种轻薄地颤动的虫鸣，如蜻蜓或蝴蝶的透明的翅翼在风中抖。

8月14日　星期六　薄阴转晴

今天农历七月初七，车水马龙间已听不到蝉鸣。

清晨的薄雾中却有蟋蟀的沙沙的叫声从街道上花带里的草丛中传出。通常，蟋蟀的叫声是傍晚时出现，戌时最烈。而今，沙沙的叫声却取代了V——V——V——的蝉鸣，水沫一样，终日荡漾在绿云般的龙爪槐树的树冠、苗壮的法国梧桐的枝叶间、嫣红的盛放的紫荆花枝下。

8月21日　星期六　阴

明日中元。

湛湛碧空中月轮将圆。

黑夜里，都市街道花带的冬青树中传来尖利的水晶针、耀眼的芒硝石般的蟋蟀的鸣声。

8月22日　星期日　雨

今日中元，寒雨缠绵，淅淅沥沥滴到明。

8月23日　星期一　晴

处暑，冰簟生凉。

9月4日　星期六　雨

秋雨密密如织。

天渐凉。

池中萍减绿，荷叶添黄。

沿街的栏杆上，稀疏的蔷薇枝挂着黄橙色的圆圆的蔷薇果。

9月5日　星期日　阴

莫非是桂花已经开了吗？鳞次栉比的高楼间飘荡着熟悉的醇香。

秋虫的鸣唱不分昼夜地此起彼伏。

那些铁栅栏圈起的楼房之后，那些耸立的水泥墙之后，行人看不到的地方，可有初开的桂花吗？散发出这样蜜合色的甜香？

9月6日　星期一　晴

桂花开了。

河南省公安厅家属院院落中央的花坛里一株矮矮的桂树开着淡黄色的米粒大的花儿。

往年桂树开花都是在九月末十月初，城市地气暖，桂花便在九月初开了。

在车轮奔驰扬起的尘土中，桂花开了；

在熙熙攘攘的鸣笛声中，桂花开了；

在层层围绕的铁皮后，桂花开了；

在不是桂花开放的时节，桂花开了。

9月7日　星期二　晴

桂花的甜香里有一味糯米红枣糕似的芳醇。在桂花的故地——江南渔村——以邻水的桂花最美，累累垂垂的金枝照着水分外清亮，如骤雨才过的荷叶。而今，它却不合时宜地出现在了都市里尘沙灰土掩盖的街道旁。

河南省水利勘探设计院内有桂花香，是从隔壁的河南中医药大学第一附属医院中溢出的。一附院住院部病房楼前种了一株桂花，此时开得正盛，青绿间缀着鹅黄。我在街道上闻见的桂花的芬芳便来自这个本应充满酒精和消毒水气味的地方。然而，药水的气味沉淀了，花香却浮泛在笔直的马路上。

桂花旁还有一株枫树。秋天本是枫叶红时，即使在初秋，季夏翠绿的枫叶上也有些许红晕，深秋则红得浓艳通透。这株枫树却挂着雾般的灰蒙蒙的冷绿色叶片，许多已干枯，似乎都市中的地气阻碍了它生长。

9月8日　星期三　晴

白露，紫薇花凋。

金水路花带中的紫薇花树仅余零星的淡红色的朵儿，像狂风过后天上的残云，完全不见八月间怒放的炫彩。

紫薇树的果实是一捧一捧浅绿色的圆珠，每颗珠子都有四到六瓣，五角星形，吐着爬山虎样的卷丝，花谢之后缀在冷灰的树丛中。

紫薇花叶已经开始变红了，厚重的土红，凝结在水味儿的寒绿中。

9月9日　星期四　晴

一枝淡紫色的玉簪花，长在紫荆湖上独木桥畔的石缝中，在败落的残荷间散发一缕孤寂的幽韵。

草丛中的五瓣白兰也开了，一起开的还有极淡极淡的紫色细珠聚成花朵的线兰。艳红的美人蕉花凋谢后，素纯的玉簪和线兰就会开放。

9月10日　星期五　晴

紫荆山下的荷花池中新近种了一株王莲花，近仲秋时，开出一朵淡色的水红莲花和一朵深色的紫红莲花。花朵比秋夜晴空中的满月还要大。

好生意外，此时还有盛开的莲花。

好生意外，能在睡莲和挺水荷花之外看见叶如碧玉罗伞般巨大的王莲。

9月11日　星期六　晴

秋虫唧唧的鸣声像海滩上的沙粒，响在雾霭迷蒙的草丛中，无时无刻。

沙沙的鸣唱间，水塘边的芦苇摇曳绛红的长穗，公园里的柿树结出橙黄的柿子，儿童游乐场的旋转木马浮荡着丹桂的芬芳，海棠树上的海棠果红得鼓圆圆，莲蓬裂了，紫色的无花果因熟透而落了。

9月12日　星期日　晴

天气乍暖，金水路的花带中烂若碎锦地绽放五彩斑斓的太阳花。

太阳花的花儿很小，每朵只开一天。在我小时候，曾见学校里的阿姨们将太阳花种在月季或芍药的花盆里。它像护盆草一样附着盆沿垂下来，娇软，艳丽。我记忆中，太阳花开放的时节是盛夏，炽热的季节才应该有这样烂漫的花。

然而，都市里的太阳花却在秋初开放了，绿草地样成片成片，使清肃的秋褪去寒意。

9月13日　星期一　多云

深夜，高天暗，新月如钩。

紫荆山下墨黑的树林中，唧唧虫声在纤削的芦苇丛间透过清凉的积水，幽梦般四散。

9月14日　星期二　多云

夜晚蟋蟀的唧唧声和早晨秋天的斜阳之间，有一丛长叶的牛筋草，长在金水路街道中央的护栏上。

在我老家，牛筋草长在麦田的陌上、玉米田的青纱帐中。都市的花圃中很少见到这类乡村的野草。然而，金水路与未来路交叉的十字路口的几个小花坛却因荒芜而长出许多牛筋草，在初秋的艳阳和凉爽的微风中摇曳，泛着黄叶般素朴的金光。

9月15日　星期三　多云

半玦橙黄色的上弦月，浮在墨蓝的高天上，金光晶莹。

远风送来修剪过的蔷薇枝下、圆圆小小如绿珠般的蔷薇果间的唧唧虫鸣。

9月16日　星期四　多云

拂晓时分的虫鸣，若璀璨的星辰落在银河中，穿过街市的喧嚣，透进我的窗棂。

9月17日　星期五　多云

鸟啼盈掬，饱满如朵朵重硕的白剑麻花。

夕阳下的鸟啼是那么丰腴，不似白露过后桂花树间的纤风，也不似秋日里常听到的细碎的虫声。

傍晚，莲花已落的紫荆湖畔绽放一片片鸟啼。

9月19日　星期日　中雨

秋雨带着彩虹色的梧桐树叶落下了，

带着黝黑的砾石子般的柏树籽落下了，

带着披针形的柳叶落下了，

带着褐黄的松针落下了，

带着无数不知名的红黄的杂叶落下了，

染黄了公园里假山石边的书带草，

染橙了游乐场边叶片发亮的柿子树冠的柿子，

染紫了街道花带中紫荆树的长荚果。

公园里盆栽的荷花已经搬走了。

几只白鸽子飞上柿子树的树梢，

几只灰色鸽子掠过芦苇丛生的水面。

9月21日　星期二　晴

今日中秋。

平旦，我的窗口便响起了繁密的雨点般的沙沙的虫声，直至黎明，被汽车轮胎和喇叭的鸣动淹没。

都市里仅放假一天，一切都像昨天那样，似乎中秋节已与这个繁华的地方无关。

日落之后升起的八月十五的满月显得十分平庸，像街道上众多昏黄的路灯之上一盏较高的路灯。

9月24日　星期五　小雨

秋分。

几只灰蓝色的小蝴蝶在衰草寒烟下细瘦的野花间翔舞。

9月25日　星期六　中雨

子夜，轰雷突然落在了我的窗外，巨响隆隆。

楼道里的声震灯炸裂一般全亮了。

密集的急雨撒在电梯的铁皮顶上，像一个苏醒后哭闹的孩子。

9月26日　星期日　小雨

雨雾蒙蒙。

经纬广场草丛里的树窠中，有一缕孤零零的猫头鹰的叫声，分外凄清——咕咕——咕咕——咕——

9月29日　星期三　晴

河南中医药大学家属院停车场边种的几株木芙蓉开花了，粉红色的朵儿，两簇，在一丛萧疏的五瓣叶间。

10月1日　星期五　晴

蟋蟀的唧唧声仿佛在远方，又仿佛在都市里拥挤楼角间的我的窗外，于黑夜里响起。晨曦中，它薄雾般消散。

10月12日　星期二　阴

寒露。

天乍冷。

风起，满地落叶堆积。

金水路停车场铁丝网后的白芙蓉花开了数朵。

10月14日　星期四　阴

重阳。

不见菊花。

街道上树叶已黄。

10月16日　星期六　阴转小雨

秋雨打散木芙蓉花，红白相间。

瑟瑟秋风吹乱木芙蓉树鹅掌形的叶片，墨色的浓绿飞舞在趋于寒冷的天地间。

10月19日　星期二　阴

许是将近霜降，很久不闻虫鸣。

长叶秋草在冷风中。

10月23日　星期六　阴

霜降。

乱鸟扑腾在冷灰色的树丛中。

10月26日　星期二　晴

金水河边的爬藤——不知是不是凌霄——叶儿红了，像红透的枫树的叶。深秋才会有这种红色，斑斓地夹杂着玫紫与柑黄。

静谧的风穿过水泥墙上爬藤的间隙，在河上飘。

10月27日　星期三　晴

聂庄小区外长满蔷薇的铁栅栏上挂着一簇又一簇赤珠般的红果，蔷薇的果实。

月季还瘦骨伶仃地开着的时候，蔷薇碧绿色的果球已在苦寒的枝杈间红透了。月季的果实有樱桃大，橘黄中凝结着深红，蔷薇的果实小如一粒粒豌豆，一色的紫红。它们的果实都是花瓣落后从纺锤形涨到鼓圆圆的花托。冬季，无花的时候，常能见到月季红黄的果球在都市里街道两旁枯叶披离的花坛上。而今秋末，月季近花期之尾，蔷薇的红果一意繁密。

10月28日　星期四　晴

木芙蓉花盛开了，在燕庄地铁站停车场旁的草坪上，在河南中医药大学三附院门外的水泥道旁，在经一路与政四街交叉的小广场里，雪白或酒红，仿佛不是秋末冬初的明艳，遍洒于纷纷坠叶飘落的柏油地上。

10月29日　星期五　晴

政四街上一些树木的黄叶霎时落尽了，灰蓝色的天上画着一根根墨线般的干枝。深秋中已显出冬的气象。

10月30日　星期六　晴

紫荆湖岸上一株树木桃形的树叶红透了，红得那样深沉，仿佛一颗久经沧桑之后仍火热的心。

不知这是什么树木，总之不是枫树。紫荆山公园里的枫树都长在湖心岛上，此时观赏荷花的季节已过，湖心岛已封闭。这株树木应是桃树或丁香树。深秋时分，一些树木会意外地显出红色，如紫薇和柿子树能生出红色的叶，大概丁香和桃树也会。

而紫荆树——紫荆湖上春天里开花最多、花期最长的树木——如今尽是深黄色的乱叶和褐绿色的豆荚。

石楠树结着土红色的果珠。

芦苇丛白了。

11月1日　星期一　阴

早晨，城市从夜中醒来，柏油路上干叶丛积。

日光隐匿，天空呈现隆冬时才有的暗灰。

三附院百草园内的银杏树叶全黄了。

金水路花带中的鸡冠花因干透而分外浓艳。

街道上种植最多的法国梧桐树的树叶变得琥珀般半透明，褐红色中间着土黄色，好似云母片里的花絮和阑干。

11月2日　星期二　阴

许久不闻虫鸣。今日，东明校区家属院停车场中盛开红红白白的花儿的木芙蓉树下的绿草丛中，有荆棘一样尖细的一两道虫声传出。

11月3日　星期三　阴

鸟啼似乎是属于初秋的，中秋时已甚少，深秋更是稀了。

立冬之前的第四天，居然有早春黄鹂般宛转的一两声鸟啼，花鬘似地缭绕在四四方方的水泥楼房间。

11月4日　星期四　晴

野菊花开了。

将近立冬，我第一次看见了淡黄色的野菊花，一丛一丛，悄悄开放在龙子湖岸上蕴积的落叶中。

11月6日　星期六　阴

立冬前一天，三附院百草园中两畦向日葵完全枯败了，原先的金黄与碧绿转眼黯淡。在那满挂残叶的篱笆之后，是弯弯曲曲的枣树，枝杈近秃。

寒冷的墙缝里开着一朵小小的素黄色蒲公英花。

一双灰蓝色的蝴蝶从衰草间飞过。

11月7日　星期日　小雪

夜里，北风吹得窗户哗啦啦响，忽地一声炸雷，像是要将天震裂。

早晨，刺骨的寒气扑面涌来，校园里的水泥路上淌着些清冷的积水。

我以为下了雨，却是下了雪。风卷着一些儿盐花似的雪丝从灰茫茫的天顶飘下来。

郑州已经许久没有下过雪了。去年十二月份还没有下雪，今年却在立冬这天下起了雪。

11月9日　星期二　晴

冬日的夜墨一样漆黑，奇怪而沉重的天空，仿佛要将无穷远方的一切全都压在四沿被水平线封住的凝缩的地上。

一弯新月，余一颗寒星。

11月12日　星期五　晴

风日清和，气淑天霁。

立冬后第五日，燕庄小区里种的木芙蓉花谢了，原先锦缎似的瓣儿萎缩成了褐绿色的结。

11月15日　星期一　晴

河南中医药大学东明校区操场旁一栋年深日久的灰黑色水泥楼下，不知哪一处砖瓦的缝隙中，传来仿佛来自地底的猫头鹰的咕咕声。咕咕——咕咕——在寒冷的冬日里，分外深沉和凄清。

很久以前，我老家的乡村土屋里常有屋瓦间的缝隙，成群的麻雀将巢穴安置其中。在候鸟们都飞走之后的冬日的清晨，麻雀叽叽喳喳的大合唱便在老屋的屋檐下回荡。似乎是猫头鹰发出的咕咕啼鸣又让我想起已忘记的岁月里那阵麻雀的歌声。

11月16日　星期二　晴

正午时分，操场上干枯成土黄色的狗尾草丛中又响起一线一线金属丝般颤动的尖尖的虫声。

11月22日　星期一　晴

小雪。

熙日朗照，晴空瓦蓝。

11月26日　星期五　晴

圃冷斜阳，喜鹊与麻雀的啼鸣如雨点撒落在龙子湖岸荒滩的枯叶上。

不时有一缕苦涩的淡香飘来，是野菊花的香气，虽然小雪已过，野菊花的花丛早已只剩干涩的花蕊与暗红色的败叶，但仍有一缕野菊花的香气游丝般飘在冬日阳光通透的树林中，仿佛是已消逝的花儿的芳魂仍在这渐趋沉寂的天地间徘徊，不忍离去。

月季还有一两朵冷暗的红朵儿。每年冬天，月季总是最后才消逝的花儿。如今，她那瘦骨伶仃的花头还在寒风中峭立。

12月3日　星期五　晴

大雪将至，紫荆山公园里成堆的落叶间浮泛起似有若无的桂花香。桂花已经凋谢很久了，冬梅还没有花骨朵。这不知从何处而来的桂花香像是很久以前凋谢的往昔，又随着晨光的熹微游走在梦境与现实的边缘。

12月5日　星期日　晴

大雪前一天，紫荆山公园里的腊梅树打起了绿豆大的鹅黄色花苞。

这株腊梅树去年结的梅果还在黄叶纷披的枝上，此时已完全干枯，像一只只绀色的蚕茧。

我摘了一颗，揉开，其中有两粒绛红色的种子。而那封存了一载的清香沾染我的指尖，又随着抛掷的果壳沉没在了落叶下。

梅树就这样，年复一年，新的果实覆盖旧的果实，新的花蕾从旧的沉暗中破翕而出。

12月6日　星期一　阴

大雪。无雪。

池上柳叶尽黄。

12月11日　星期六　晴

雾霭散后，隐隐有腊梅花香。

12月15日　星期三　晴

紫荆山公园沿湖一带土坡上干枯的草丛中开出几朵小小的五瓣黄花。鹅黄色的，在干涸的长茎之下、龟裂的黑土之上，二三朵。

12月16日　星期四　晴

芦苇此时才完全枯黄了。在此之前，还有零星的绿，浮在紫荆山下莲枯藕败的水塘上。

盛夏的芦苇是鲜绿的，如一片碧色的青春。

初秋的芦苇结出了含有红籽的穗。

深秋的芦苇白茫茫似飞过的大雁的羽毛，但根梢还有些许深绿，连着那冻结的池水。

隆冬，芦苇才全黄了，像是荒野中倒塌的大树下压着的积年的干草。

12月21日　星期二　晴

冬至，交九第一天。

可都市里的阳光仍那么亮煌煌，池水仍松松地褶皱着。正午时分，甚至有些炎热，丝毫见不到冬天的影子。

我老家的人们冬至这天总要吃饺子，据说，这天不吃饺子要冻掉耳朵。这个民俗从名医张仲景时开始。传说张仲景曾在冬至这天熬祛寒娇耳汤给百姓们喝，以讹传讹，就变成了冬至不吃饺子要冻掉耳朵了。都市里，农家节日都几乎可有可无。若没有电子表上日历的提醒，人们都忘记了今天是冬至。

紫荆山公园的树林中，有荆棘里丛生的杂草一般的乱鸟啼鸣。

12月24日　星期五　阴

今夜平安夜，明天圣诞节。

冬至过后天气骤寒，似乎是因为最冷的节气小寒、大寒要到来了。

郑州市的圣诞节没有显出节日的热闹，匆忙的人流仍像往日一样慌慌张张地乘公交车去上班。只有超市的玻璃窗上贴上了尖尖的纸片做的雪松形的圣诞树，店员们也带上了塑料制的玛瑙红色的驯鹿的角，暗示圣诞降临。

12月31日　星期五　晴

二九天。

沉绿的积水上结了一层晶莹剔透的冰。王莲花腐烂的花梗都在冰下时隐时现的暗流间颤动。冰上枯黄的芦苇夹杂皲裂的刺槐树的干枝。

荷花荡那边的冰却很薄，玲珑如六边形的雪珠，在黑褐色的残叶底凝成长长的尖利的冰针。

阳光照射的湖面，尚有融融的水波，在暖暖的湖心，明油般滑润。

1月1日　星期六　晴

元旦。

三附院百草园内两株腊梅寒素的枝梢开出了三五朵淡黄色的花儿。

很老的小白菜爬在杈枒稀疏的枣树下冻僵的土埂中。

阳光单薄。

结香没有树叶的枝顶结上了青白色的茸茸的花蒂。

无风。

玉兰树灰线似的秃树枝冒出小小的尖尖的绒芽。

1月4日　星期二　阴转小雪

日昳，冷灰色的天穹飘下零星的雪丝。

龙子湖岸边混浊的水沟旁，清寒的一丛红花开了，不知何以名之，唯见寥落的朵儿似霜冻中的枫叶。

1月5日　星期三　大雪

小寒。

今冬第一场雪。

昨日黄昏，雪下得越来越紧。

夜半奇冷。

今晨，推门出去，雪压残枝。

1月6日　星期四　阴

雪已化，远近无雪痕。

大雾迷漫。

草树含滋。

1月7日　星期五　晴

树窠里的雪也全融化了。疏林中鸟声细碎，让人以为是春风抚嫩柳的淡宕天气。

三附院百草园中，一株粉红色朵儿的不知名的花开了，蕴积满树缤纷。

数枝腊梅琥珀色的半透明的花瓣在清澄的天宇下，孤逸料峭。

一棵玫红色山茶火热地盛放数不尽的蓓蕾，香气远远飘过百草园后那一片假山石围绕着的斑竹林。很早以前，我在江南的时候，见过隆冬大雪时仍不凋谢的茶树。那里经常能看到白雪压着桃红色茶花瓣的奇景。今日，我也在远离江南的北方找到雪中盛开的红茶花。

1月8日　星期六　晴

那些枯草上的白霜，于灰蒙蒙的晨曦中，在冻结的操场上蔓延。

昔日蚱蜢、蛉虫等草间精灵出没的绿莹莹的草丛，小寒过后已全黄了，积有秋末法梧桐树落下的褐色的叶。寒冷的清晨的霜，覆盖在这贴地的干草和皱缩的枯叶上。

1月9日　星期日　晴

都市里没有过寒的地气。

已是三九，明日腊八，仍有飞溅的水珠似的鸟啼，在金水河岸上霄烟般的柳树林中到处洒落，仿佛冬天里也有春天。

在青丝瓦盖顶的曲折的矮墙根前，跳跃着轻盈而清灵的鸟啼。

1月10日　星期一　阴

腊八。

群鸟乱啼，在灰蒙的天宇下，如烟尘雾霭中的碎琼廍玉。

1月20日　星期四　阴

大寒。

天阴至重，沉若冻云。

传言暴雪将临。

窗外寂寥的小院，刺骨的风中，有娇黄月季一枝，尚在四九天气开放。

1月21日　星期五　雪

大寒过后一天，天地间下起纷纷扬扬的雪粒。

凝固的花带里，冻土间枯萎的花根上，积有些许细碎的雪粒。

1月22日　星期六　雪

飘飘雪花。

房间内的映照温暖炉火的窗户玻璃结满隆冬的寒气。

日映，风止，雪压四季桂枝。

1月23日　星期日　雪

雪化了一点，房檐下回响着叮叮咚咚的水滴声。

1月25日　星期二　晴

祭灶。

天气和暖，熙日融融。

雪已化尽。

春节将至，高楼的玻璃窗都贴上了印有大红大绿的金龙、老虎等图案的窗花。

我小时候吃过的乡村糖房里制作的芝麻糖，都市里已经找不到了。那种黏糊糊的芝麻糖是用玉米熬成糖浆、烘干、粘上白芝麻制成，和蜜三刀（一种乡村老式点心，因每一块点心都被三刀切成四瓣得名）、兰花根、大头酥等乡村土法做的点心一起摆在厨房里贴的灶王爷的画像前，当供奉灶王爷的贡品。祭灶通常在农历腊月二十三日，那天，我老家的百姓就会吃这些土点心，并吃土法炕的硬面烧饼（乡村里叫祭灶饼）。祭灶糖是一定要吃的，传说祭灶糖能粘住灶王爷的牙齿，让灶王爷"上天言好事，下界保平安"。农历腊月二十三日夜里，要把灶王爷的画像烧掉——送灶王爷上天——大年初一早晨，灶王爷的画像会被重新贴在厨房的墙壁上——传说灶王爷"二十三日去，初一五更回"。

都市里装修精致的厨房已经没有粘贴灶王爷的地方了，那些云集四海货物的超市也不曾有土里土气的芝麻糖出卖，祭灶在此只剩下一个名称。

1月26日　星期三　雪

农历腊月二十四日，正午时，空中飘起一点儿小雪花儿。

二十四，扫房子。乡村里在这天都会打扫房屋迎新年。

1月28日　星期五　雪

农历腊月二十六日，一日放晴过后，天空又落下扑簌簌的雪花。

月季的绿叶又挂上晶莹的水珠。

横七竖八的电线像雨中的蜘蛛网一样，横亘在沾湿的房舍间。

1月30日　星期日　晴

今年没有年三十，明日农历腊月二十九日便是除夕。

往年，除夕之日，郑州市常常还没有放年假，只在除夕之夜，也即大年夜，年假才开始。今年，除夕之日是年假的开始，超市里的理货员、公交车司机、快递员明天都歇息了。

今日腊月二十八，都市中无张灯结彩的景象，只是超市比平时热闹多了，人山人海，挤满了争抢购买糖果、干果、橙汁、瘦肉等年货的顾客。

1月31日　星期一　晴

年三十，贴花门。今年没有年三十，年二十九就要贴花门。

都市里的对联都是机器统一印制的，大同小异。在乡村，对联由家中会写毛笔字的伯伯、舅舅蘸了浓墨、在庭院中的八仙桌上写成。我老家的乡村里还有门花——一种五彩纸张镂空刻就的带有"寿""福""禧""春"等字样的剪纸艺术品。通常，门花都贴在对联横批的顶上，有时也贴在窗棂上。都市里没有门花，似乎门花这种古老工艺已退出当代人们的生活了。都市里只有塑料纸印的窗花，批量生产、价格十分低廉。老家的乡亲们贴完对联后，还要在门框左右各插一根柏树的青枝。都市里也无处可折柏枝。即使有处可折，不锈钢的门框上也无处可插，不比木门的门框、泥土的、红砖的墙壁之间总有空隙。在乡村，贴对联是一家一年到头来最隆重的喜事之一，贴完对联后，家家户户都要放鞭炮。郑州市早已禁放烟花爆竹了，各家各户的对联便寂静地贴完，好似没有贴过一样。乡村里贴完对联后还要"安神"——在贴在庭院中的玉皇大帝的神位、贴在入门处的土地神的神位、贴在厨房里的灶王爷的神位、贴在堂屋里的祖先神位之前烧香。可是，都市里连卖香炉的地方都很难找到，烧香更是无从谈起了，便很少有人贴这些神像，贴对联一事变得十分简陋。

而郑州这大都市的对联也比乡村里少了许多种类。乡村中常贴在庭院内的吉祥语"满院春光"、常贴在谷仓上的吉祥语"五谷丰登"、常贴在棚上的吉祥语"白花满棚"、常贴在迎北墙上的吉祥语"出门见喜"都已买不到了。都市里贴得最多的是"招财进宝"。郑州市街道两旁的店铺都只是把大红的"招财进宝"贴在已经紧闭的拉闸门上或玻璃橱窗上，或将烫金的"福"字贴上，很敷衍地完成了贴花门的民俗。因此，都市里的街道即使贴完了花门还是甚少过年的气氛，几乎让人以为年已过去那么冷清。

往年，公园、体育场等娱乐场所此时都有人敲锣打鼓，还有吹糖人、卖棉花糖、扎气球、堆沙画等大人小孩都爱玩的活动，今年却和平素无别。似乎只有日历提醒人们今日是除夕、今夜是大年夜。

如果有雪，新年还像新年。可是，雪已在几日前停了，只留干枯的灰褐色树枝伸向辨不出蓝色的天空。

2月1日　星期二　晴

正月初一。

远远地，隐约有鞭炮声。

从前，大年初一这日的鞭炮声是在零点辞旧迎新时最激烈，震耳欲聋，因为零点家家户户都要放鞭炮。而后，鞭炮声一直持续一夜，早晨七八点钟分外响亮，似乎要把睡梦中的人们惊醒，提醒新年来了。

如今，郑州市已禁放烟花爆竹多年，大年初一这天格外安静，那些隐约的鞭炮声是从围绕郑州市的农村传来的。

大年初一的早晨要吃饺子，饺子里还要包一枚钢币，传说咬到这枚钢币的人这一年会有意外的福祉。而第一碗饺子是要先端到祖宗的牌位前、灶王爷的神位前、玉皇大帝的神位前供奉的，还要在神位前烧香。都市里这些都省了，寂然饭毕。就连中午的年饭——一家人一年中吃的最隆重的一餐——也只有三五个菜、一瓶橙汁或葡萄酒等饮料而已。

街道上的店铺大半都歇业了，平时车水马龙的景象此时已不见。

公园里比昨日多了些玩花花绿绿的氢气球的小孩和一些舞长长的龙形彩带的少女少妇。数位老汉也在公园的冬青树丛边，用青绿的草叶编织小巧的笼子装叫蝈蝈把玩。

2月2日　星期三　晴

正月初二，都市里无甚可记。

淡黄色的腊梅花将要开过了，枝枝交络的腊梅树上尚残留一两点芳若猗兰的朵儿。

后日立春。

2月3日　星期四　晴

正月初三，无甚可记，仅公园里多了些玩碰碰车的孩童和拉单弦唱戏的老年人。

2月4日 星期五 晴

正月初四，立春，天气十分寒冷。鳞次栉比的楼栋前，一些老年人在水泥墙根底下晒太阳。

今日是乡下老家的人们送穷的时候。送穷，是把家里的穷命鬼送走。乡村中的老人们认为穷命鬼藏身在灶台下的煤渣中，只要在正月初四这天晚上把家中的煤渣倒到野外，便把穷送走了。煤渣倒完后，还要在倒煤渣的地方烧三炷香，放一小挂鞭炮。返回家中的时候，再在田间地头拾几块石头，就是把元宝拾回家里了。

郑州市里早已不烧煤，没有煤渣了，也早已禁放鞭炮，人们在正月初四晚把家中垃圾扔到马路上便是送穷了。

2月5日 星期六 晴

正月初五，乡村里称为破五，也即过了初五是过了年的意思。破五这天，要煮饺子，供在祖宗牌位和灶王爷、土地爷的神像前。

城市里的初五，无甚可记，连公园里玩耍的人们都少了很多。大概年休假已结束，各行各业都开始上班了。

2月6日 星期日 晴

正月初六，一切如常，无甚可记。

2月7日 星期一 晴

正月初七，老鼠嫁妮。

老家的人们传说正月初七是老鼠嫁女儿的日期，老鼠会把小孩床底下的鞋拖走给自家女儿当花轿，所以，孩子们这天早晨要在太阳没出头之前起床、穿上鞋子，以免鞋子被老鼠偷去了。我的爷爷告诉我，这是老一辈为了防止孩子们贪玩编的故事。过年了，小孩们日日玩闹，天天睡得很迟，起得也很迟。腊月三十到正月初七，已闹过好几日了，该有所收敛。

如今，爷爷已经去世六年了，我现在所在的都市郑州正月初七这天一切如常，无甚可记。

2月8日　星期二　晴

正月初八，一切如常，无甚可记。

2月9日　星期三　晴

正月初九。

在我老家，正月初九是玉皇大帝的生日。这天，乡村中的小庙都会挂起大红灯笼，庙门口还会有吹吹打打的跑旱船、担花篮等娱乐活动。农家妇女们都擎着红绸糊的彩扇载歌载舞地在庙门外唱啊跳啊，欢声雷动。传说这天玉皇大帝会从天上降临人间，而玉皇大帝从人间返回天上的日子是正月十九。正月十九这天，年便过完了。乡村中的过年是从腊月初八吃腊八粥开始，到正月十九玉皇大帝升天完结。

都市里，一切如常，无甚可记。

2月10日　星期四　晴

正月初十。

公园里落满灰尘的陈旧树丛中传来我旧时熟悉的圆和的胡琴乐曲与快板的噼啪声。

2月11日　星期五　阴

正月十一，一切如常，无甚可记。

2月12日　星期六　晴

正月十二，立春后，正值七九。

地铁站附近的广场上枯涩的干灌木枝条上生发出嫣红色的嫩芽。

2月13日　星期日　晴

正月十三。

紫荆山公园里尚未从沉睡中苏醒的红梅树零星探出些许深粉色的花苞，好似冷寂的海底岩石上一粒粒珊瑚珠儿。

2月14日 星期一 阴

正月十四。

淡黄色的迎春花开了几朵，在冬日里干涸的长长的茅草叶间。

2月15日 星期二 阴

昨夜传闻有雪。

今朝却见地面空空如也。

往年，正月十五这日总有喧天的锣鼓，唢呐齐鸣，舞狮、舞龙、舞麒麟、跑旱船、跳花篮的人群像春天四月里的花一日之间突然绽放了那样涌上街道，花红柳绿地飞动。乡村里还会蒸枣花馍——把面粉捏成长条、再将长条粘成五瓣莲花、寿桃、双喜字、吉祥结等寓意福祉的形状并在花蒂和打结处嵌上红枣，上笼蒸熟。这种馍馍吃起来很甜，和素馅饺子一样，是农村里元宵节的特色食物。在我的记忆中，元宵节是吃枣花馍、晒花灯、在鞭炮和鼓乐声中看耍狮子的热闹节日。

都市里，元宵节这天，出奇地安静。

一个没有鞭炮声的元宵节在没有发芽的柳树间。

一个没有鼓乐的元宵节在没有新绿的灌木丛中。

一个没有元宵食品的元宵节在按部就班、井井有条的超市里。

一个没有活跃的娱乐的元宵节在千篇一律的广场上。

一个寂寞的元宵节在看不到十五月圆的阴空下。

去年的元宵节尚且有雪，今年却连雪也无。

日落后，一些小孩提着塑料花灯出现在了公园里的七色的旋转彩灯间。其中一种大红的塑料花灯是圆圆的南瓜形，内装弹珠大的小灯泡，模仿古代的蜡烛，照得灯体暖烘烘地发亮。另一种桃红色的塑料花灯像一只折叠的风筒，外壁画着一枝猩红色的梅花。

已经很久没有见过花灯，我记忆里元宵节花灯是纸糊的，其中点着一根像小孩手指那样粗的红油蜡烛。我小时候提过的一盏元宵花灯——我印象最深的那一盏——是一只姜黄色纸板黏合的公鸡，有着红红的鸡冠和彩凤般的鸡尾，提绳穿在隆起的鸡背上，圆圆的肚腹正好装点燃的蜡烛。我曾提着这盏花灯到邻村看正月十五、正月十六夜晚燃放的暖人心怀的焰火，也曾提着这盏花灯从泥土的小路回到老家庭院中取暖的红彤彤的炭火前。今夜看到的塑料花灯唤起了我对从前那盏花灯的淡薄的追忆。

2月16日　星期三　阴

正月十六早晨吃饺子，就像正月初一早晨吃饺子那样，要先在祖先神位、玉皇大帝的神位、灶王爷神位之前供奉，还要为这些家神再烧一次香。

可是，都市里的机关单位都已经开始上班了，高楼间只有匆忙的人流。过年的景象已一扫而空。

远方，越过沉沉的夜空，传来几声烟花燃放的钝响，似乎来自辽远的乡村。这暖黄的路灯照亮的道旁树间回荡的烟花的爆裂声又让我想起乡村土沟中红绳绑扎的正月十六放爆竹的花台和小时候看过的星斗间的满天烟花。

四 季

　　记下这一段勃勃的生机，从早春月季新发的红芽到谷雨过后盛开的满湖莲花，在夏季正午炙热的阳光和浓郁的暑风之前记下它，在秋季深红的叶和绛黄色的果实之前记下它，在隆冬秘密火焰一样埋藏在地下的暖流之前记下它。

——起首语

一

　　正月底，花坛开出了一丛又一丛明黄色的迎春花。

　　这个时节的花卉只有腊梅、红梅、红山茶和迎春，其中迎春是地气转暖新开的。红梅花儿因正月初开，尚有鲜泽。腊梅像在箱柜底下放了很久的发黄的纸张。红山茶的花瓣好像已洗过多次的、褪了色的绸缎。

　　树木仍是一片片萧疏的寒枝。

　　还有那些苦绿色的没有返青的草地，在盈耳鸟语中寂静地沉默。

二

　　又是结香开花的时候！

　　结香就像迎春，在叶片没有生发之前开花。花落后，才长出叶片。结香的花儿就像一团团毛球，长在花枝乱颤的茎端，好似有香气，又好似没有香气。结香一年中最引人注目的时节便是早春开花时，那是结香的节日。那时，万木萧条，百草暗淡，一两朵花分外醒目。在结香花落时，地上草木都已郁郁葱葱，长出一些平凡的卵形长叶的结香树就淹没在了绿天深处。

　　每一株草木都有这样短暂的花期，那是它们的节日，就像埋藏在地下数年的蝉拥有夏日高歌的短促时光。

三

融融春水上一池粉色的梅花瓣，好似早春的絮语，芬芳旖旎。

四

九九杨落地。

二月初一，清冷的寒梅将凋谢，醉人的杏花就要含苞时，毛白杨树结出了褐色的杨穗，那颜色很醇，像熟透的可可豆一样可人。

在树木尚未生芽、草丛还没有返青的时候，毛白杨的穗子垂垂生发。

五

二月二，荒地上荠开花了。

荠花是白色的穗状花絮，一串一串，微风中晃动在野草间。乡村里将开花的荠唤作"呼啦啦"——因为它会结出许多黑绿色的坚硬的果实，这些挂在花梗上的小小黑珠在风中击响时会发出如风吹过木窗格的呼啦啦的声音。

荠还有一个名字，叫荠荠菜。在它没有开花前，它是一种乡村常见的野菜，像雪蒿、马齿苋那样，有着肥厚的绿叶。荠菜可摘下来冷调，也可煮食。而在荠开花后，茎和叶就会变得干涩、枯槁，不宜食用。

通常，荠开花总在仲春，今年早春便开花，故而提笔记下。

六

惊蛰。柳绿了，草坡上野花淡黄。

淡黄、浅绿和粉白一向是早春的颜色，淡黄是迎春花的颜色，浅绿是新发芽的柳枝的颜色，粉白是杏花的颜色，柔软、轻盈、新鲜。

往年早春，柳树发芽是和杏花开花同一个节气，都是十九。今年九九，杏花未含苞，柳树便提前发芽了，软烟一般风致地飘洒在色泽尚且沉暗的天地间。

那新开的野花似乎也不是迎春，而是一种绿蒿，瓣很细碎，香味微苦。这种无名的小花寂寞地开在早春田畦的黑泥上。

七

河边那一树白玉兰花开了，莲瓣似的花冠间流云般逸散出淡紫色的芳香。

与它同时开放的还有杏花，花枝稀疏，穿插在滩涂上墨线样的没有绿叶的枯枝缝隙中。杏花的花瓣粉得发白，香味轻灵而甘醇。它和玉兰、迎春都是春季里开得最早的花儿。腊梅开过是红梅，红梅开过便是这些轻盈而芳馨的花儿。

早春的林间草地上也如雨后春笋一样冒出许多小小的白荠菜花和嫩蓝色的婆婆纳花。

八

早春树林里的云烟，像鹅毛般浮起的粼粼春水，给间杂淡黄与浅绿的树枝、树干和树下草甸一味暖暖的醉意。

我站在早春的河畔，眼望这生意萌动的早春的树林，仿佛又看见了儿时阅读过的小人书上的画图，那丝丝绿柳、轻捷的燕子、融融的桃花和油菜花。春的树林那样新鲜，如清晨花蕾刚从夜间绽开时流溢的香气；春的树林那样动人，如田间陌上走来的鬓角编着纯纯的麻花辫、采摘野花的十六七岁少女。

九

二月二，龙抬头。在我老家，龙抬头，是春天到来的意思。

二月三，惊蛰，即蛰伏在地下的昆虫和穴居动物都从冬眠中醒来，开始活动。惊蛰也意味着春天的生机真地发动了。

二月十二，花朝，神话传说中百花的生日。也许是因为此时田畦间山野里的花树多已开花，古人依此想象出了天上的百花圣诞，就像三月初三时桃花盛开，古人便想象出了天上的蟠桃大会那样。

在惊蛰与花朝之间，些微泛起绿意的河堤上有许多放风筝的人。二月初的暖风里，铮铮纵纵地飞着许多五颜六色的燕子风筝、黄莺风筝和龙风筝。这些风筝便是春天的美丽音符，在这支方才开始的温暖而明丽的乐曲中，跳跃欢腾。

十

早春的鸟啼，在初开的玉兰花树间跳跃，迎春一般明艳的黄。

和着微风中新发的绿丝似的草，玉兰温润又肥厚的瓣儿寂静地落下，在素纯的野花之上。

这是二月初，万木梢头才生红芽时。

十一

早春的田野是一望无际的长有葱绿色麦苗的四四方方的土畦。

陌上杨柳鹅黄淡绿，似烟若雾，映照着树林间鲜明的积水。

群树尚未发芽，枯线般的枝杈划破蔚蓝的天空。数缕炊烟从乡村农户屋顶整齐图案式的屋瓦间蒸腾上升。

听说油菜花已经开了，可是，村落里却看不到金黄色的油菜花。仅有冬去春来之际从远方飞回的两三只燕子，像乐谱的音符停在横七竖八的树梢上。

十二

惊蛰过后，绿梅与红梅都枯萎了，花色暗淡。

却有一种花树开放明黄色的花儿，好似迎春，又好似新生的绿芽。它没有香气，隐约地浮现在去年没有落叶的深灰绿的松柏和冬青间。

池边垂柳比前几日添了些绿意。

古老的杏树虬曲的枝上杏花粉白，零星若风吹过后碧天中余留的卷积云。

十三

荆树，发出灰绿色的新芽，笨拙、重硕，像一根根弯曲的长满老茧的手指。

荆树之上，有一树雪白中透着淡绿色的花儿，看起来像梨花，但梨花要在清明之前才开，此时不应有梨花，此时开花的应是杏和木笔。

这种不知名的花树，在一个初春的中午，繁乱纷杂的鸟啼中，盛开着。

十四

干枯了一整个冬天的灌木上，又发出嫩黄色的新芽，在寨寨窣窣的枝杈间，好似大地上醒来的生机，凝成了寂静的金火花。

在春日午后的阳光中，翻新过的黑泥地之上，在墨颊雪腹的燕子的跃舞中，是一株株新发芽的灌木。

十五

春天的鸟鸣听起来那样细碎，水钻一般，花蕊一般。

在小院里竹篱笆围起的房舍前，一两株金黄色的油菜花开了。

在茅草盖顶的矮墙的墙头，数枝粉白色花瓣、娇红色花蕊的杏花探出了弯弯曲曲的长枝。

鸟鸣在这新开的花儿和新发的绿芽之间响，带着蜜色的香气。其中细碎的，听起来像燕子和黄莺的叽叽喳喳；体量较为巨大的，听起来像喜鹊或鹧鸪的咕咕。完整的鸟鸣的旋律像是绿水中涌出的一朵莲花，将四周的水浪推了开去。

春天里似乎没有虫声，焕发生意的便是这盎然的鸟鸣。

十六

春天的夕阳在黄昏的柳树梢上显得分外大而圆，温煦的暖光为河水对岸的天边染上柔柔的淡黄色霞影。

新柳濯濯，纤细的柳枝在遥远的天上拼出一幅怀旧的图案，就像春天夜里桃花或海棠花树粉红的花枝下那圆圆的鹅黄色的满月，春天傍晚的斜阳一样柔美而温暖。

十七

拂晓，我听见从深远的石巷中传来的鸟鸣。我想那应该是燕子或麻雀的叽叽喳喳，琐碎、欢快，微带着一点躁动。

幻想中，那燕子或麻雀的巢应垒在对面筒子楼的屋顶上。在春风中，群鸟醒来，对着新开的花树歌唱。

十八

杏花开满枝头，无限的繁华与喜悦，粉白、空灵、纯净。

紫叶李也生发小小的、尖尖的红叶，稍稍开了一两朵粉花儿，花冠比杏花小许多，香味也淡。

前几日还是枯枒的道旁树，在渐渐转暖的地气中冒出些许黄绿色的新芽。

十九

原来这种雪白的花，这种与杏花同一时间开的花树，状似梨花，是栗子花。

它有五瓣玉色的花瓣，皎若明月。在埋在地下的牡丹和芍药的根从土里冒出嫣红的嫩枝时，栗子花开得正好。

二十

结香花的香味是这样甘甜，好像从古老的陈年莲蓬中搅出的蜜浆。

一颗颗米黄色的绣球沾在没有树叶的虬曲的枝顶，而在春日中愈发浓烈的香味便从那绣球的蕊中散逸。

二十一

紫荆花结上了花蕾，紫叶李花全开了，桃花的花蕾才豌豆大。

我昨天从沟壑里的陌上路过，看见金黄金黄的油菜花开得正盛，而前几日尚且发出细芽的柳树分外绿。

我好担心——这春天来得太快，花儿开得太猛，好似大地底下埋藏的生机突然全部喷涌而出一般——我好担心春天会迅速逝去，就像一个挥霍无度的人会很快耗尽自己的青春。这么迅速，花儿便几乎全开，让人感到似乎明天就会开败。

已将近春分，古人言清明过后花稀少，十五过后月光暗。难道再过十多天，众花的花期便要过了吗？

古时候，芒种节是送花神的日期。芒种本意是要种下小麦等有芒的农作物，从此以后，炎热的盛夏便要来临，百花盛开的时节要逝去了。所以，人们送别花神，希望花神明年再来。与这个节气相对应的是农历二月十二花朝——传说中的百花生日。这一天在惊蛰过后不久，是万花盛放之始，故而古人将其视为百花生日。大约在古人看来，一年中花儿怒放之时是从花朝开始，到芒种完结，这也是大地阳气回升之时。若大地的花期果然从二月初持续到五月末，我幸甚至哉。但是，似乎到四月末，花儿便已稀少，花儿——尤其春花全开，只是三月而已。

真希望能拖住这春天的脚步，使粉红色、月白色、鹅黄色的万花不至于那么快开过。

二十二

美丽的香椿树的芽在枝梢萌发了，它娇黄的颜色好似一句春的醉语。

海棠树新生的嫩叶间也生出一颗颗柔软的红花蕾，胭脂般的娇艳。

与此同时，活跃在大地上的是盛放粉红花云的紫叶李树林和香风馥馥的杏林。柳树绿了。榆树也发芽了，形若榆钱。

二十三

春雨贵如油，又浓似酒，催开了一畦一畦连翘花、一树一树桃花、一株一株紫荆花、一丛一丛丁香花，楼房间的花园和街道上的花带中乱作一团。

和着前几日盛开的月白色的梨花、淡紫色的辛夷花，还有才冒出花蕾的海棠花，春日最旺盛花季已到。春日最富于生机的花季是春分到清明之间，如今这个绚丽的短暂时光已至。

清明过后，花便会败落，让人有叹不能留春住之憾。

此时，正是春花最妙时。

二十四

不几日，杏花已谢了，仅余红蕊在初生绿叶的枝上。

不想杏花去得这样快，似乎惊蛰刚过时杏花正满苑，群蜂还在蜜甜的粉瓣间嗡嗡歌唱。

而今，杏花已过，桃花正开。桃花的瓣儿比杏花尖，色泽也更红艳些。杏花比红梅暖，却比桃花寒。相较杏花，桃花更有仲春的芳艳。

与桃花同时开放的是美人梅，花形与花色都很像桃花，几乎令人难以分辨。

紫花地丁也开得满地都是，在新生的野草之间到处蔓延，数也数不清。

明黄色的蒲公英也开了一两朵。

二十五

春天的红是乱花渐欲迷人眼的绚丽，流溢芬芳。

紫叶李树的粉红花儿十分细碎，总是和暗紫混合墨绿的新叶间杂，好似秋季天空的疏星。杏花的粉浓吸了乳白，圆圆的花瓣儿有一味甜香。桃花的粉红与美人梅的粉红胭脂般秾丽、娇艳。那些不知名的灌木丛中开的嫣红的花串若玛瑙石、珊瑚珠一般，颗颗醉心。

春天的绿是新生的青春的炫然，蕴含无限生机。绿在刚发出嫩芽的月季花的枝头，绿在才翻的泥土中返青的草甸，绿在枯树上缠绞的藤萝，绿在池水畔柳树的长发，绿在榆树惊蛰之后长的豆大的榆钱。

春天的白是梨树开的月色的花，没有雪的寒冷，没有冰的孤峭，只是清新的素丽。

春天的黄是土坡上奔腾的迎春花的瀑布，是与木兰树一起开花的成片的连翘，是闪耀在粉紫色的紫花地丁丛中的蒲公英。

二十六

紫叶李花这几天便已由盛转衰，原来如粉色云彩一般的花冠稀疏了许多，暗红中间杂墨绿的树叶在日渐淡薄的花云之后潜滋暗长。

不想紫叶李花的花期这样短，杏花、玉兰都比它长些。

而在紫叶李开花的这几日内，又有许多树木发出了嫩绿色的新芽，其中有杨树、龙爪槐树、榆树、梧桐树、石榴树。返青最早的柳树已绿风拂拂，翠枝飘扬。

海棠树枝上的珊瑚红的花蕾又大了些。

木芙蓉尚未生芽。

我时常感叹着众草木的花期太短，杏花只有惊蛰前后，不过十天，玉兰也只在惊蛰到春分之间开一个节气，紫藤前后开花不过一个星期，牡丹的花期也只有四月底五月初，似乎只有桃花才开将近一个月，莲花、紫薇花花期较长，能开三四个月，时常开花的仅有月季。

然而，天地之生机永不熄灭，一种花开败之后另一种花便会开放，生生不息，永不衰败，好像滚滚的浪涛在大化间奔流。梅花开过后，是娇黄的迎春花和浅紫色的辛夷；迎春开过之后，是粉白的杏花；杏花开过之后，是花瓣细碎、粉中带紫的紫叶李；紫叶李开过后是粉红色、艳红色、乳白色的各类桃花，月白色的梨花和娇红的海棠花与之前后相错；然后会开放暮春的藤花和桐树花，然后是初夏的石榴花和五彩缤纷的蔷薇，然后是新出水的莲花，然后是仲夏的紫薇花，然后是秋季的木芙蓉、桂花和众菊花，似一幅幅绚丽的图画在四季轮回中绽开，又似风起云涌的光轮在乾坤间跳荡。即使一枝花凋谢了，生机的洪流依然汹涌不息。

在花期将过的紫叶李树之前，这些沉思涌上我心，故而做记。此记也为打着花蕾的海棠树后尚在枯萎凋零中、尚未泛绿的木芙蓉树而做。

二十七

我向往那春天的鸟啼，在新发芽的树冠间，那样清脆，呖呖溜圆。

今晨，我在新芽方才萌发、树叶尚未长成的嫩绿色的树林中，又听到雀跃的鸟啼，好似缭绕在干枝上的花蔓，又似撒落在丝丝绿绒的草地上的珍珠。其中蕴含无限生机，正欣然跃动。

春天的鸟啼就像春天的新绿那样，新鲜而醉人。

春天的鸟啼和春天的深粉红杂着浅粉红的花海一起荡漾在流行的乾坤里。

二十八

春天的树林中，有一只白颊黑翅土花尾翎的鸟儿"唿"地飞去了，惊醒了沉暗的深绿色草丛。

我在河边见到这只冠翎精巧的鸟儿时，缠绵在低矮的粉墙上的藤萝才发嫩叶，一树寒冷孤峭的红花——像是美人梅——正寂寞地开在阳光背后的柳荫里。

二十九

晚霞中那一抹紫红，在烟霭朦胧的树梢，好似春天的柔情，落在了池塘对岸的丁香树林间的天空。

春天的傍晚有紫荆，一枝枝花串向着葡萄灰的薄云。

春天的傍晚有丁香树，才长出紫色的花苞。

春天的傍晚还有等待吐芽的蔷薇、生涩的尚未返青的桐树和楝子树，伴随大地上粗糙的土石。

三十

春月朦胧，映照暖黄色夜幕中粉灰的桃花林，像一盏甘甜的蜜浆，又像一杯美酒。

我想起那深秋芦苇丛生的湖上月射寒江的夜。

我想起那仲夏荷塘上深蓝色的夜。

春月是温暖的，像童年的回忆。

三十一

今日春分，清晨起来便听到灿若群花的鸟鸣，在碧蓝色的晴空中跃舞。

海棠花初开。

三十二

那片盛开木兰花的树林，在晨光中舒展，粉红与粉紫，歌曲般轻盈。

木兰花儿开得茂密，一树一树，伴着缭绕的鸟啼。

春的淡黄伴着春的粉紫，春的粉紫伴着春的嫩绿，春的嫩绿伴着春的娇红，还有那春的月白，春的湖蓝，尽在这木兰花林中，似七彩云霞般渲染，好似未化开的蜜浆，又似梦中的朦胧的美妙。

三十三

春分，阴阳各半，阴渐衰，阳渐进，大地回暖。

花儿都开了。

草儿青了。

成片成片的树林生出新鲜的绿叶。

池塘里的水也格外明净。

榆钱将要熟透，丁香将要绽放，碧桃的红胭脂般娇艳。

还有那一树一树的紫红色紫荆花与白色紫荆花，连理交错，美得如霞如虹。

三十四

柳树长出了黄澄澄的绒花，也称柳穗。

河边石拱桥上，柳树的树枝横过水面，枝上生出淡黄色的绒穗。穗子很短，那是柳树开的花，沾满雪白的花粉，没有香气。

春分过后，柳树开花了。

在酽酽的绿水之上，细枝轻叶的垂柳开花了。

三十五

柿树生出了新鲜的绿芽。

从没有见过这样的柿树，我以前所见的柿树都有红红黄黄的叶，和金灯笼似的柿子。柿树最引人注目的时节是深秋，四围的树木都落叶之后。初春的柿树隐藏在万木返青的林中，并不醒目。

然而，春分过后的今天，我却一眼看见了河边那几株柿树。因为一片如火如霞的紫荆花开在才发芽的柿树周围。

仲春的紫荆花那样浓艳，那样纯净，富蕴新生的蓬勃。

在交交鸟语中，柿树绽放清露般的绿芽。

三十六

丁香树花才开，园中浮动着淡紫色的芬芳馥郁的雾霭。

丁香树的花开不了很久，大约过了清明、将近谷雨时，花期就会过去，留下满树桃形叶片。

这不到一个月的花期是丁香树一年中最绚烂的时候。立夏之后，丁香树便和其他平凡的灌木一样，淹没在了绿海里，就像一位名士过了生命中的盛世，黯然退出喧哗的人间那样。

许多树木的花期都很短，如紫荆，如垂丝海棠，如连翘；许多藤萝的花期也很短，如紫藤和白藤。花期过后，便只余下无迹的绿叶。一霎的荣华，只在春天。

三十七

丁香花的香气那样醉人！在春日正午的阳光下，绿玉屑般随风吹落的片片榆荚中，盛开着白丁香和紫丁香。

细碎的鸟语在暖风里，伴着生机正富的丁香与紫荆。

三十八

一树胭脂一样秾丽的碧桃花蕾结出，在荷塘边的石拱桥上。

从未见过这么艳丽的红，似燃烧的青春的心愿，又似生机勃勃的仲春里大地的喜悦。

碧桃花是所有春花中最红的，杏花发白，紫叶李带紫，海棠花的红也比它淡薄。而夏花的红总是过于热烈，似火焰，碧桃花的红方才鲜艳、富足生力，似暖风。

三十九

微风吹起，吹落满地花瓣雨。

在一簇簇艳红的碧桃花和深粉红色的人面桃花之上，是紫荆树的葡萄色的灰紫与柳树鹅黄的新绿。

海棠多么繁盛！硕大的粉红花朵压弯了花枝，在暖风中颤动。

紫叶李已开过，零落的粉瓣衬出一树暗红的碎叶。

紫藤长蔓上的绿芽也生出了。

四十

兰芽短浸溪。

前几日河水中枯黄发白的芦苇忽然间不见了，取而代之的是数枝尖尖的绿芽，长在渌水流过的岩石缝隙中。

每逢盛夏，这些石头缝隙间都会开出许多明黄色的菖蒲花。这些绿芽应该就是那菖蒲花的芽，不久，便会延伸为长长的浓绿中凝结墨蓝色的叶。

睡莲和王莲尚未发芽，水面上还很寂静，只有金鱼草在水下的暗流中游动。

四十一

春雨昨天下了一日，低垂的蒙蒙彤云间落下细细的雨丝，滋润如酥。

今晨，草地上的蒲公英花开了几朵，嫩绿托着金黄。荠草的小白花一串一串。

三月的天空，飞起曲折游走的蜈蚣风筝。

四十二

意外看见枯萎了许久的紫薇花树生出了橘黄中带着桐绿的新叶，在柳穗纷纷干枯、落下的时候。

已经清明，葱绿鹅黄的树叶风吹云一般四散，草丛中开遍紫花地丁。

紫叶李已无花，一树树红紫的树叶矗立河岸。

粉红的海棠花儿才过盛期，纷纷飘坠。

榆荚丰茂。

绛红色的石楠花儿刚在墨绿的枝梢绽开。

四十三

桃花谢，丁香花开，香雾如云。

鸟语繁丽，青草间玉兰落瓣。

春水荡漾，肥硕的野鸭欢腾。

四十四

野豌豆苗的花儿是紫红色的。野豌豆苗的花儿正是清明之前开。草坡上那一片野豌豆过了谷雨之后就会结出鼓圆圆的豆荚，可以摘食了。

春天里还有另一些野菜，如蒲公英。草窠中有一株蒲公英金花已落，头上是绒绒的白伞。才几日，蒲公英花的花期已过，留下果实与轻盈的种子。

一些不知名的花树的花蕾在微风中含着珊瑚红的柔瓣。

四十五

风中飞起雪花般的柳絮，四月阳光和暖，鸟语盈耳。

梧桐树长出豆绿色的雏叶。

一树一树的茄红色的花朵开得正艳，瓣儿好像枝上敛翅的蝴蝶。那红，似令人沉醉的玫瑰酒，甜蜜芬芳。这种花树在海棠和碧桃之后开放，长在发出许多新鲜绿叶的冬青树生长的园囿里。

四十六

晚霞中那一地紫荆花，不知从何方飘来，流散芳淳的香。

那是四月黄昏的醋畅，是枝干才生新绿的槐树与桐树的絮语，是春色深深处鸟儿的啼鸣——抖落的乐符。

四十七

八重樱花初开的时候，云杉生出细细的松针。

满架蔷薇枝叶茂盛，苹果绿色花萼包裹的小巧玲珑的花蕾隐藏在修条密叶下。月季也生出许多绛红色的叶。

正午渐渐炎热。

木芙蓉树长出黄绿色的新生的叶。

四十八

栅栏上的蔷薇长出了嫣红的细枝，那是新生的花苞，在草绿色的厚密的叶上。

每当清明，蔷薇和月季原来疏落的长枝就会密密地生出许多明油般发亮的叶。清明一过，浓艳的月季花科植物的花儿就要开放了。月季与蔷薇热烈的色与浓厚的香都与即将到来的初夏十分相称，而成群的蜜蜂也会围绕着这鲜艳的花树的园囿尽情弹唱，在阳光灿烂的正午。

丁香花谢后，月季和蔷薇如雨后春笋般生起。

四十九

我是否应给那树美丽的石楠，和它开的绿白色的花儿，谱一曲新歌？为了这初夏的静谧。

河岸上柳絮飞舞，椿树的新叶在枝上生长。

在这蔷薇花初开的时候，在这益母草纷纷涌出葳蕤的绿地的时候，石楠花茂密地盛开着。

五十

蔷薇和月季花蕾含苞未开时的那种娇黄和嫩红是我见过的最芬芳的花色，蕴含着最甜美的蜜意，而盛开之后，花色就会变得淡薄，仿佛一句埋藏在心里的情话比一句说出的情话尤为动人。

清明过后，栅栏上的蔷薇才长出豌豆大的花蕾，些许一二朵开了一分，鲜绿色的萼间就露出那种娇艳的颜色。

群蜂在花丛中嗡嗡絮语。

煦暖的阳光使花栅下的泥土也散发着醇厚的香。

在这初夏的时光中，正是生机雀跃的时候，在椿树和槐树的新叶、垂柳雪花似的柳穗间唱出青青的歌。

五十一

夏季是从立夏开始，按照节气。

夏季又是从六月开始，按照日历。

但在我心里，夏季从清明过后便开始了，在海棠、紫荆等以粉红淡紫为主色调的春花凋谢后。

清明过后，绿得发红、红得发紫、大红大绿的蔷薇花和月季花就要开放了，叶片浓郁、花儿银白色的石楠也要开了。这都是夏天的色彩。春天是温馨而轻松的，夏天却是浓稠而热烈的。因而，在我的心里，清明过后的四月，已是初夏。

而五月石榴花开时，红艳无比，便是盛夏的到来。

夏是那么长，从月季花长出饱满硕大的花蕾一直持续到莲花落、紫薇花谢的时候。

之后是秋，我不知道秋持续到什么时候，似乎立冬了，木芙蓉还在开花。大约小雪过后树叶落尽，才有冬的景象。二月初杏花含苞时，又是春天。

五十二

正午时分，我看到高树上的榆荚变白了，桐花才开。

传说牡丹花正在盛放，但墙外的我无法看到，只见前几日灌木间的酒红色的花儿全谢了，花叶变成明艳的绿。

流荡的风含着初夏的清透。

梧桐的树荫中是四散的鸟声。

这是在草地上捡拾落地的粉紫色桐树花儿的时光，于花园中的篱笆上开放的白荚花的浓香中。

五十三

蔷薇花开了，在灼热的正午，朵朵玫红色的葩儿，馨香袭人。

四月正是蔷薇花的花期，篱笆墙上深粉红色、浅粉红色、娇黄色的朵儿簇簇若盖。

在大片的蔷薇丛尚绿时，这几枝玫红色的蔷薇花儿先开了。

五十四

密林里的绿荫下开着数枝宝石蓝色的鸢尾花，像朦胧中的星辰，熠熠闪烁蓝紫色的纯净的光。

鸢尾花的长叶呈现一种透明的淡绿，与之相比，花的颜色反而深暗，不同于叶暗花明的桃花、海棠花等初春花木，又加之鸢尾花常开在树荫下，愈发显得幽邃清凉。这紫蓝色的花瓣带着白色斑纹的花卉多如汀兰一般长在河岸上，伴着暑热中凉爽的流水。

鸢尾花初开的时节也是紫薇长出新叶时，经冬后干枯的紫薇树的枝条上又发出红绿相间的明亮的鹅蛋形叶片。

而紫荆花已落，八重樱仅余些许褪色的粉瓣，隐约出现在浓绿的树冠。

春花已过，夏花的盛世将至。

五十五

雨中，桃树伸展粗糙的叶，滴滴答答的水滴顺着已结出鸽子蛋大的草绿色桃实的木枝落地。

花蕾饱满的月季，细雨湿润她明滑的叶，四溢蕴含的馨香。

一丛丛蔷薇苹果绿色的枝叶上滚动着白色的晶光透亮的水珠。她们花苞小巧，萼瓣的缝隙中露出一两片粉红。

另一些蔷薇花在雨水的浇灌下盛开了，娇黄色的明艳的花儿朵儿在夏的浓郁中吐芳。

雨水也浇开了石楠花，前几日还是一色清素的树木忽地白花满放。

五十六

雨后的树林常有一味水汽淋漓的浓绿。暗夜里，那浓绿越发厚密，好似泼墨画中浓淡深远各异的没骨景致，又蕴含夏的凉爽。

高天上一轮冰月，仿佛浮游在墨蓝色的空中。月的寒光射向大地，让这花时已过、绿叶成荫的地宁静优美深沉。

初夏的夜还没有盛夏时的满天繁星，仅有细碎如水珠般的鸟啼没入沉黑的草甸，在树丛里四散。

五十七

一阵浓香的芳踪，随着飘扬的杨絮飞来，在洒落满地桐花的谷雨时分，四月将尽，五月将至。

我想应当是楝子树花开了，虽然隔着层层土墙，看不到那粉紫色的香云。

但这醇厚的香气确是楝子花的，桐花落后开的花儿便是楝子花，和紫藤一样，楝子花是春天开在最后的花。楝子花谢后，春天就完全过去了，池塘里小荷尖尖的新芽就要从水纹底下探出。

楝子花的浓香在金色的夕阳里伴随南风流荡。

五十八

谷雨这一天，楝子花的香气分外浓郁。

百鸟缭绕的歌唱是金色的晨光中轻盈的乐章，在深绿的树冠间四散，茂密初夏。

桐花谢尽，虬曲的枝梢上新叶将生。

海棠花谢尽，

樱花谢尽，

丁香花谢尽，

一片绿。

五十九

我没有看到那只蚱蜢，它有着蓝绿色的荧光闪闪的眼睛和鲜绿色的翅膀，一对薄翼，轻捷地飞来飞去，像一只草丛中的精灵。

和它一起，还有一只草丛中的金龟子，细长的忽灵的触角，圆滚滚的背脊上有发着金光的厚壳。

一种类似蜻蜓，却比蜻蜓小得多的飞虫，翅膀薄如纱罗，颜色粉青，总是停在带有浓烈气味的野草野花的叶梗上，有时三五成群，有时两只一并。

草丛中常有生着翅膀的蚂蚁，红黑色的，在低矮的绿茎间来回穿梭。

蓝蝴蝶今日也没有出现，平时，比白蝴蝶小许多的蓝蝴蝶多在贴近泥土的草丛上翔舞，像小风吹落的蓝花楹的花瓣。蓝蝴蝶很小，一只蝶翅仅有一粒青豆那么大，而且它飞得很低，不像彩蝴蝶那样能飞越花圃中的玫瑰与蔷薇的花丛。因而，有时被误认为是野草开的野花。

今日的草丛里多了许多发白的荠菜的果实。荠菜的果实我老家俗称"呼啦啦"，因为它是并排许多长在一枝长长的茎上，风吹过时，果荚会互相拍打发出"呼啦啦"的声音。"呼啦啦"果没有成熟时是草绿色的，熟透以后变成苍白色。这时，荠菜也老了。初春时，荠菜开出一串一串纯白色的米粒大小的花。花落后，结出绿莹莹的芝麻样的果实。春末夏初，便只余下苍白的种子、已飞散的果壳了。它是这一带最常见的野草。

除了茅的白梗，草丛中还开着淡黄色的小花，一蓬一蓬，含着苦味。

另有一种名叫"刺角丫"的草，浅紫色的群丝攒动的花头，叶缘生满尖刺。

另有数枝矮小的飞蓬，扑闪闪地晃动细叶结聚的梢。在田野间、荒坡上、山谷里，飞蓬都好几尺高，枝叶蔓延得巨大。而在草地上，飞蓬就像蒲公英那样贴着地面。

一株小小的枸树苗也在草丛里。园林里的枸树能高过围墙，沟壑边的枸树也能长得像冬青等灌木一样。这棵枸树苗却只有二枝三寸长的枝，杂草一般藏在荠菜中间。

最多的仍是牛筋草和野稗。

草丛里忽而有一枝燕麦样的细梗，钢丝似地矗立，开着一串紫白色的小花。这种不知名的野花，在我的想象中是童话里拇指姑娘的家。从绽开的花瓣间跳出来的拇指姑娘便住在这些垂着花饰的细梗间，深蓝的夜色之中，人会听到她的歌唱。而传说中的那些精灵，便以草丛为它们的宫廷，张开细纱似的翅膀，在月光下飞翔，夜风会送来他们演奏长笛和铃鼓的声音，只要你在宁静的黑暗中细听。传说中的精灵便是我见到的这些昆虫，不然它们还能是什么？就像容颜不老的仙女是四季盛开的月季和金桂；和青山一样古老、一样永驻的山神是千年以来常驻山巅的轻巧敏捷、双眼发光的羚羊、野牛；云端的信使是叫天子和云雀那样。对于昆虫，这片草地就是它们的世界、它们的宇宙。它们在其中演绎着它们的故事，像一篇一篇神话史诗，其中有月亮似的小湖，有仙女失落的水晶鞋，美得不可方物。

当你走近这片草地时，便接近了那个幽美的天地。你在其中聆听，便会感到它的节奏与旋律，就像夏夜里感到繁星的沙沙作响。让这精灵的旋律与春天里新芽出土时破冰的声音、夏日里荷花花瓣初绽的声音、秋季黄叶底下红艳艳的果实的蜜语、隆冬结满透明的窗户玻璃的晶莹的冰凌花说的话一起，永远流传在乾坤间。

六十

月季花丰满的蓓蕾后是粉红色蔷薇的花瀑。在四月的阳光中,肥大的蜜蜂于散发着蜜甜的香气的娇艳的花瓣间嘤嘤嗡嗡。

难以形容月季花的那种红,它像胭脂,又像醇酒,衬着丝罗似的花瓣分外芳馨。谷雨才过,月季三分开,正是红得最动人时,红得不冷又不暖,艳丽而不火辣。若月季全开,花冠的红色就会变得稀薄,掺杂些许偏冷的紫色。

蔷薇中已有些先前开的变成紫红色,粉红色的花朵儿都是才开的。蔷薇花中也有乳白色五瓣、绣球一样攒心聚簇的,也有明黄色柔而雅的,全开在矮墙的墙头和矮墙前的栅栏上。缀满繁丽的粉朵的花枝攀上墙头,又从墙头垂落,像喷薄而出又从天空中洒落的绚烂的焰火。蔷薇花的粉色很轻很白,似透明的芙蓉玉,是诸类蔷薇中最多见的一种花色。

暮春,蔷薇花云盖在公园里的石山上、街道旁的篱笆上、居民小区的围墙上,香雾芸芸。

又是一年蔷薇花盛时,月季将开,丽绝牡丹芍药。

六十一

窗前那株桑树,不曾荫满中庭,只将生着粗糙树叶的三根短枝在花期已过的紫藤架下延伸。

早春时,分辨不出这皮若谷壳的矮木是什么树。而今,暮春,它那三根低矮的短枝上结出了青涩的桑葚,可知它是桑树。桑葚成熟后是黑紫色的,味道酸甜。此时,这些才长的新桑葚在砖石缝隙里杂草开的黄花之上,昭示糙木芯中溢出的鲜绿。

六十二

庭院中那株桑树上结的桑葚变成了玛瑙红色,垂垂欲滴。

燕子张开剪刀似的尾巴飞掠晴空。

野麦青绿的穗在荒烟蔓草间的黄花上挺起。

一声鸟啼,

满园飞絮。

六十三

傍晚融金般的日落中，楝树花香像凝固的黄澄澄的蜜糖，又像流淌的浓稠的蜂王浆，在夜风里芬芳。

远远地看不到楝子树，只有风送来楝子花粉紫的香。在初夏来临时，它随着鸟语起落，也吹开了我痴痴的心。

六十四

雨后溪流边碧绿的葡萄藤的细丝像一缕缕缠绵的思绪，在水味的空气中四散。

林丛含烟。

河水于树木间的柔草根下缓淌。

一颗颗湿润的水珠正沿着河边柳树细长的绿叶和丰美的草丛上的紫叶李树鹅蛋状的红叶落下，落在花期已过的低矮的桃树和杏树上，滴答——，叮咚——

雨后的天地总是分外清新，好似乾坤都被洗过了一般，无尘灰烟火气息。

而此时的葡萄藤在微风中摇摆纤细的新枝，让人生起遥远的回忆，好似多年以前宝石一般藏在心的朦胧里放光的那些情愫，经过春风吹拂、春雨洗淖，重新发芽开花。才生出小小的碧绿花蕾的葡萄藤比花蒂上已结果实的桃李新鲜，也比不会结果的野葛的藤蔓多些富足。它嫩绿的叶若纯净清透的云母石，素丽而蕴光，在水润的阴空下、众绿之中，显出春末夏初新发的生机。

丰沛的河水在葡萄藤和野葛藤舒展的根须下哗哗地流过，含着湿润的回响。

六十五

当我凝望花坛里那几枝醉蝴蝶花的时候，心中泛起遥远的回忆。

我回想那座很久以前的小村，童年读书的那所小学，干草和泥土堆垒的小教室前的水泥花坛中盛开的粉红粉紫的醉蝴蝶花，长长的卷丝，好似翩翩彩蝶飞翔在碧绿的叶上。背着五颜六色的书包的孩童们，若春风卷起的野花的瓣儿，奔跑在开着醉蝴蝶花的花坛之间。

我依稀记得，那所小学中还有一株木棉花树，也是在春天开深粉红色的花，繁丽如云霞一般。

传说有一头大象埋在那株木棉花树下。那是一头想回家的大象，可是，它没有能回到老家，却倒在了回家的路上，就倒在那株木棉树扎根的地方。人们埋葬了它之后，在它的坟头上种了那株木棉树。木棉树每年开一次花，大象每年就回一次家，木棉树开花的时候就是大象回家的时候。

而那几株醉蝴蝶花，传说有花仙子住在它们彩色的花瓣间，绚丽的花瓣便是仙子的宫廷。花仙子会在黄昏时给孩子们捧出一大箱晶莹剔透的七彩玛瑙，或一大串太阳一样金黄、月亮一样银白、星星一样闪耀的珍珠。白天，花仙穿上霓裳，"啊呀啊"地唱着歌曲，飞往九天之上。每当将清凉的水珠撒在醉蝴蝶花上的时候，据说，便能得到花仙给的一大筐金子、一大箩银子，或一大串珍珠。花仙还会赐给饮而长生不老的玉液琼浆，在初春水流过新生的醉蝴蝶花根时。

记忆里这些如撕碎了的故事书的彩页般的片段，在我凝望初夏花坛中盛开的醉蝴蝶花的时候，重新浮泛上来。

暮春的中午，楝子花纷纷吹落，白芨发出浓香的时候，醉蝴蝶花唤起了我遥远的记忆。那记忆本已若故乡的皂荚树，在岁月的尘封里消逝，如今又一次出现，如陌生的早晨被人重新唱响的古代歌曲。

六十六

榴花耀眼、热烈似火的立夏的前夜，夜风流过沙沙作响的沉暗的树丛，如漫过山间草甸的细水。

碧海青天里一弯金黄的月，穹宇旷远，湛湛无星。

听！从墨黑的芦苇荡和深蓝的池塘中迸出针尖一般的虫鸣。

六十七

远方的风中蕴含淡绿色的椿树的花香。

椿树的花是微苦的，绿珠一般盈盈欲坠。春季，千花盛放，椿树没有开花。初夏，绿天深处，藏着椿树的花影。

白鸟和青鸟从幽花暗红的林荫间掠过，一串啼鸣。

古槐酽酽。

柳枝翠浓。

六十八

夏木深深。

小满之前，暗绿的林荫中洒落一串鸟啼。

正值麦熟时分，黄澄澄的凌霄花挂满豆棚瓜架上长长的藤蔓。

石榴火红。

鸟语丰盈。

这是四季之间闲暇的时光，正在汤汤流淌的河水中唱出对生机的赞歌。

六十九

小满这日朦胧的拂晓，晨光熹微之中，窗外有沉稳中缭绕着清脆的鸟啼，好似深蓝色的花布上挑绣的几瓣粉红的蔷薇花儿。仿佛背景乐似的低沉的"咕咕"声之上，有轻灵的"喳喳"声，若广阔的海面上激起的数丛水晶般的银白浪花。

此时，小麦返青，田野里谷物金黄，收割的季节将至。

七十

我没有见过这种鸟儿的身形，只听说它名叫四声杜鹃，因为它啼鸣的声音一叠四折，好像是在说"割草打谷"。

这种鸟儿在麦熟时、晌午晴朗的天空下啼鸣。村里的水车车出一盏盏翻腾着晶莹浪花的清水，麦田金黄中杂着草绿，熙来攘往的农妇们——在凉爽的夏风里——穿越阡陌、穿越盛开的颜色艳丽的水菊花，去收割小麦。此时，它便在一株株桐树、椿树的树荫里反复唱道"割草打谷""割草打谷"。

而今，紫红色的水菊花在公园里绿草茸茸的花带间开放的时候，我没有听到"割草打谷"。

火焰般的凌霄花在镂空的游廊顶枝枝蔓蔓的藤萝间燃烧的时候，我没有听到"割草打谷"。

七十一

杨树的树叶在沉黑夜幕的星空下沙沙作响。

初夏深邃的暗夜好似一块沉入水底的宝蓝烟晶，暗含着远风送来的凌霄花的香气和幽黑中水菊花的丽影。

夏夜隐藏着秘密的喧嚣，若新月朦胧之中林间木石的碎语。

七十二

暮色中的萱草花，那一枝金色的六瓣萱草花，挺出荷叶才露的池塘的水面，若绿树荫荫的庭院中母亲悠长的呼唤。

迎夏开花了，小小，尖尖，闪烁如碧云间的金星。

酢浆草的粉紫的花儿和粉红、粉蓝的绣球花绕池开遍。

七十三

那阵月季花的花香，在我揉开深粉红色娇柔的花瓣的时候，从含苞闭合的嫩黄色的花蕊中散出。

月季花的芳香里有蜜，有酥酪糖浆一样的甜，在花儿从一个肥大的蓓蕾到三四分开这段时光里最浓郁，仿佛暮春初夏时天地的灵气都被关进了一盏小小的花苞。而今，小满已过，眼下便是芒种，蔷薇生着黄叶的枝被剪得七零八落。月季也一茬一茬地谢了，原先嫩黄艳红的朵儿慢慢地着上褪色的枯痕，就像仲春时，丁香树繁花渐谢，尽显青枝荚果那样。

却又有一两枚火苗般的花蕾，若灵巧的鸟雀，重新从剪过的枝杈迸出。

七十四

紫荆树枝条上果荚叠叠，尖而薄的豆荚一簇一簇密密层层地长在树梢鹅蛋形的叶底。风吹过，连理交错的枝叶和豆荚在清冽深流中击响。

初夏，渲染一般葱绿色的草地上长着一株一株的紫荆树，池塘中的莲花尚哑然时，紫荆树树枝上的串串豆荚却如绿山绿海中精巧的乐符，在触手可及的丰盈中跃动。

七十五

蝉鸣，端午之后，芒种之前，出现在傍晚绿意满盈的池塘边。

鸟语花蔓般缭绕，从光灿的清晨直到醉人的黄昏。而蝉鸣却是尖而纤细的，似无数坚韧的蚕丝，散在空阔浩大的天地间。

传说中的王莲花长在池塘根儿墙的那边，此时应铺开碧玉般的花叶，可惜重重阻隔无法看到。而池塘中的金莲花和银莲花尚未开花，红莲和白莲也未含苞，仅有亭亭出水的裙裾样鲜绿的叶。

荷香，盛夏时的甘露，闻之使人遗世独立，若脱去形骸、焕映灵彩，还不曾于透明而鲜媚的莲叶间沁出。

七十六

芒种这日，兰花汀畔紫藤垂垂。流转的丝蔓间悬挂着一房一房的茸茸的紫藤花苞。一枝才开的新鲜的淡紫色藤花从鲜绿的藤叶间刺出，尽显仲夏浓芳。

七十七

咕呱咕呱的蛙声，鼓响在青草丛生、蔓布苔藓的河床上。烈日炎炎下，河水几近干涸，仅余几线脉脉细流在草丛下湿润的沙粒间漫过。而蛙声，在黄昏时格外响亮，透着水气，仿佛是一个个水泡吹起又破裂在浮萍上。

夜风中柳梢轻拂，一弯凉月远游于湖蓝色的天穹。

七十八

夜合欢花的香气像一缕缕柔滑的粉红丝绦，在昏黄的月光下，穿越碎玉似的羽叶飘来。

迎夏开出五角星形的小花的时候，树林中有红丝绒般柔软的合欢花的香气飘来。

不知这株合欢树生长在哪里，这株看不见的合欢花树以粉红色的芳香荡涤紫藤葳蕤、凌霄繁茂的河岸，和荷叶新绿的池塘。

七十九

拂晓，深深的窗口外广大的晨曦中，远远传来杂乱的鸟啼，好似山石间的乱流四下迸散。

不知这鸟儿是布谷鸟、红雀，还是四声杜鹃，可是在绿叶中间着黄叶的蔷薇丛中跳跃，还是飞翔于露水中生出新芽的树林里？或于紫藤花架、凌霄花架上回旋，才得如是天堂般的妙音。在朝阳初升的金光中，这七彩妙音如撒落的珍珠。

天宇渐亮，鸟啼散了，若阳光照射下消散的雾霭。

八十

清晨的鸟啼，像无数白水滴，淅淅沥沥地落在房檐上，给朦胧的睡眠一味冰凉。

在平旦时分的模糊的光中，不可数的鸟啼跳跃，宛如地下的逝水在深深的溶洞里奔腾，最终于山麓飞涌倾出。

八十一

细小的鱼儿在荷叶田田的池塘中吐出圈圈涟漪。

白荷花和红荷花从凝碧之下长出数枝尖圆的菡萏。这是今夏初生的荷苞，嫩弱、花萼尚有绿梢。

通常，荷花盛开时，荷塘中将沁溢高洁美妙、超世出神的幽香，闻之令人忘俗。芒种才过，荷花才含苞，清香还蕴藏在水底的雪藕内，仅那荷梗拨动的清波映照莲瓣的纯净清透。白荷的花苞有一脉蜜色的淡黄，因而看上去并不十分冷，红荷的花苞含着淡紫，亦不十分浓艳，反显雅丽。

这几枝新生的荷苞和新生的鲜绿的荷叶昭示盛夏——蝉鸣如涛、紫薇灿烂的时节已至。

八十二

今晨，红荷花的花苞似乎比昨日饱满了些，色调也渐转浓艳，深粉中融合朱红，映照碧绿的荷叶上滚动的水晶般的露珠。白荷花的花苞已大如一捧雪，重瓣攒聚的花尖已若冬去春来时融化的薄冰般清脆地绽裂。

白莲开了一分时，偶然间，有似有若无的清芬在莹洁的绿波中浮荡。

八十三

紫薇花树长出了小如豌豆的花骨朵，秋香绿中渗有玫瑰红，好似一颗颗蕴含晶光的石榴石。

紫薇开花是在七月、八月，前后大约九十天，人称"百日红"。花期中，紫薇蜡油冻般的树叶会显出深沉的玫红，与粉红、粉紫、雪白等绚丽的花瓣的色泽相映衬。此时，仲夏方临，紫薇树枝梢尖的些许绿叶才化显一抹微红，仿佛花骨朵中敛藏的浓艳不经意间溅落在明油般发亮的叶上。

与紫薇同时盛开的花卉是瞿麦和美人蕉，这些盛夏的花卉夏至之前无花蕾，和园中花谢了的鸢尾一齐长在绿枝厚密的紫薇树下。

八十四

金色的萱草花开的时候，池塘里又生出十数枝白荷花的花枝，花苞硕大肥满，玉髓一般半透明的淡绿，在一丛一丛亭亭出水的风致的荷叶间，若碧云里璀璨的群星。

芒种过后才含苞的红荷的花蕾已有四分开，花冠圆如十五之月，粉融、清芬，素而绚。一两只黑背花翎的水鸟穿梭在清圆的荷叶荷花之下，撞散浮动的绿云，折腾起一枝小如梅果的莲蓬。那枝莲蓬脆而嫩，不似秋天的莲蓬坚实、丰熟，好像是昨日开败的一朵白荷花的花蒂。这是今年夏天万荷绚烂绽放之前凋落的第一朵荷花。

八十五

一朵红荷花全开了，在数枝半开的红荷间。

荷花似乎是一夜之间开的，比春回大地时百草返青还要迅速。芒种之前空空的池塘上忽然多出许多盈盈绿叶，而后，一日一夜，只有数枝花苞的莲丛飑地化显出群星般繁多的花苞。

本以为花蕾才裂开的红荷要到夏至后才完全绽放，此前，会在炽烈的阳光中日渐舒展粉色的柔瓣，如萌发的绿芽长成新鲜的绿叶。可是，荷花却在不经意间全开了，若雨后成片成片冒出青草地的蘑菇。

八十六

一枝紫薇花在万绿丛中开了，皓白如银。这是今夏盛开的第一朵紫薇花。

八十七

一双粉色的田旋花像两只白瓷小酒杯，缠在池塘临岸的菖蒲的长叶间。菖蒲尚未开出明黄色的花儿，如兰草和鸢尾的花儿那样，枝茎高挺的水竹芋已在细长的绿杆上绽开蓝紫色的一簇簇碎花。

这些生长在细流漫过的、坡度柔的巨大石块间的挺水植物和池塘中的荷花、睡莲同一时节繁茂。满湖莲花盛放时，也是它们生出奇形奇美的、仿佛来自河底神仙世界的花儿、苞儿、珠儿、角儿的时候。此时，一只从荷叶底下游到沙地上的乌龟和一只张开黝黑的壳懒洋洋地晒太阳的河蚌伴着这些秀丽的水栽。

八十八

数只红雀飞掠红荷和白荷荷苞尖尖的尖顶，飕而越过莲蕊娇黄的莲蓬，激起颗颗晶莹清冽的水珠。

这日的荷塘似乎比昨日又多生出上百枝花蕾，繁密不透水影。塘水墨玉般透明、沉暗，水底游过几条灵动的鲤鱼，嗖地滑向长着仲夏才开的珍珠线兰的幽幽的绿岸。

八十九

荷塘中洒落洁白素雅的莲瓣，白莲的花瓣凝结乳黄，沁润淡绿，飘在澄澈的水上，像一只只含蕴清香的小船。

荷花的香气是从水中化生而出，纯净如琉璃，高远超逸如云霞之间回响的来自天边的歌声。与之相比，紫薇、凌霄等仲夏开放的陆生花卉似乎多了些凡俗的重浊。而荷花旺盛的生长力在仲夏诸花卉中也十分醒目，往往在一日之间，荷塘上便多出好几百枝花蕾，月白色和水红色的花骨朵经夜即半开，再经夜即全开，春雨浇灌的绿草地也没有如此火热。

夏至，荷花方满湖绽放，此时尽是交替错落地秀出池水的菡萏和脱瓣的莲蓬。

九十

夏至，一树深粉红色的紫薇花开了几分，绚烂若锦缎，玲珑若珊瑚。这株粉红紫薇花不很茂密，枝上结着许多精致小巧的彩珠——含苞中的花蕾。

前几日开花的白紫薇花花枝愈发浓密，形如堆云砌雪。

九十一

忽然间，绿竹丛中绽放万千胭脂红色的紫薇花，水仙般临河照映。

红莲的粉瓣沿着河水的绿波长长流淌，流过了一两架石拱桥，流过了密生枸树的葱郁的土丘，流过了蛙声四起的草滩，流进生有芦苇和菖蒲的荷花塘。

夏天的颜色，是浓绿中点缀艳红。

九十二

莲叶密密，莲花高过人头，滚动的晶莹露珠下澄塘映霞。

菖蒲和水竹芄等挺水植物已经长得很高了。水红色的莲花花冠和青碧的莲叶杂生在秀出的长枝间。

九十三

荷花那令人忘世的清香，随着嫣红柔媚的紫薇花的丽色，在碧叶连连的水塘上浮游，如仙境中的雾霭。

玉色的莲蓬崩裂出水珠般的莲子，于一色接天的绿上。

天边晚霞的金光里飞来一两只鸥鹭，倒映于池中素净的水面。

锦鳞翔泳，黝黑的蝌蚪穿梭在裙袂似的荷叶下的水藻株间。

九十四

萧萧阴风中，有一片片连缀成片的细碎的鸟啼，似一颗颗彤云中的水珠，在一个尘土与满地乱叶被冷风卷起的愁惨的黄昏。今夏第一场雨即将降下，望过去全是灰绿色叶片的蔷薇树在风中击响着红果簇簇的干枝。

不知几时雨已落，于人们深沉的睡眠中。

平旦，又有荚果崩裂般的鸟啼在微明的窗外响起，仿佛雨水洗过后灰蒙蒙的草地上新生的鲜绿。

九十五

莲花的清香里有一缕古老的芳醇，仿佛打开檀香木雕刻的陈年的衣箱时，箱中彩绣辉煌的祖传服饰散逸的芬芳，在晚风吹过湖上重重叠叠的绿叶的顷刻，如一泓白水扑面而来。红莲朵朵满开，大如冰盘，素净的莲蓬间是白荷一枝枝矗立的玉琢般的花蕾。簇聚的叶底撒落无数莲瓣，似碧天里的碎云。

莲花盛开的时光已至，在炎暑的微语与火烈的蝉鸣中，水中仙灵凌波轻盈。

九十六

荷叶的绿漫过了低矮的红木桥，其间有水蕴的青和一味墨蓝。

不想荷叶竟是这样容易破碎，几日风吹雨打就有不少撕开的裂痕和露珠渗进蚀空的洞，风吹落的莲瓣和清如山泉的莲蕊透过那间隙坠入凝碧之下幽暗的细浪。

红莲与白莲又长出繁多的莲蓬与莲苞，若雨后春笋。

九十七

深夜河边的草丛里响起蟋蟀的唧唧声——和无数透迤腾起的细浪般的蝉鸣——使墨蓝的天宇下旷远的沉默愈发寂静。

远游的云若水底隐约浮现的青莲花的花瓣。

月朦胧，银河淡。

九十八

今夏第一朵美人蕉花开了，橙红的花瓣映照艳绿的花叶，在果实清圆的石榴树丛中。

橘红色的美人蕉花和柔媚、风情万种的紫薇花一向是展现仲夏的热烈的花卉，就像莲花呈现了盛夏的凉爽。今夕，当石榴花儿如西天的晚霞一样于深绿中燃烧净尽，纷纷飘落的清澄的荷蕊坠在莲叶上的时候，美人蕉开了第一朵花。

九十九

雨点与落花，洒在白紫薇树前。

昨夜风疏雨骤，今晨青青的河面上涟漪圈圈。河岸上的白紫薇花儿落了，红紫薇花儿把雨滴藏在了她的花心里。沙洲上的五瓣白兰在含水的风中摇曳，墨色的长叶飘向密云沉沉的低空。

一百

暑天的第一朵玉簪，在雨后的荷塘畔郁郁的柳荫中开了，贝壳形的花叶间有一枝羊脂玉色的花苞，似一枚软玉雕琢而成的柔润的发簪，正应了这种花的名字。

似乎与玉簪花同时开放、看起来很相似的还有一种草本花卉，名叫百子莲。它和玉簪一样是攒聚状花簇，花瓣淡紫，淡到极致的那种淡紫，若一缕玛瑙石腾起的似有若无的烟。雨天过后，荷叶盛满大颗大颗水晶般的露珠的时候，这些草本花儿绽露新的花瓣和花蕊。

一百零一

摘下一只莲蓬，它的颜色并不完全是碧绿，稜稜的边缘有一痕酒红——许是烈日的照射留下的印记——如同鼓圆圆的并蒂石榴青涩的表皮上才添的绀红。

夏日里的红绿相融，在荷塘上，在石榴树林中，在桃叶桃实间，若五色雨花石间错的纹理，流光溢彩地辉映。其中有洁净的光，从植株之内照射而出，是一年中最盛时节的生机所化。

一百零二

月夜，清凉如水，浇开了墨蓝的天空里朵朵白莲花般的云。旷远的风，吹过苍穹中的弯月，传送咕呱咕呱的蛙鸣和唧唧虫声。

芦苇，若墨色烟晶里的丝纹，在冷寂的河边。

一百零三

黑槐树的槐花雨点一般四下里抛洒，在小暑到大暑之间。五月里开的槐花不会结果，七月里开花的黑槐树却能结出一串一串乌青的槐角。八月里，熟透的槐角从树上摘下，晒干泡成淡绿色的水。

而今，道路两旁枝叶茂密的槐树簌簌落下白蜻蜓状的槐花，轻巧地沾在泥土上、沾在草茎上、沾在过往女子的长发上，沾在人家门外青灰色的铺地砖上、沾在树荫里撑开了吃饭的桐木方桌上，间或一二朵坠进天青色的细瓷碗中映照天光的玉米粥内。

过几日，再有一场雨，槐花便落下得更多了。

一百零四

穿越椿树林的荆花的花香，淡紫色的芬芳，在傍晚的雾霭中徜徉。

看不到荆花在哪里，仿佛在远远的山坡后，却见椿树枝悬挂许多垂垂欲坠的褐黄色的果荚，含着一粒粒种，似重重叠置的金叶，以银或水晶的珠线穿成。椿树淡绿色的花絮五月里开过，小暑过后是果实成熟的时候，曾经的花穗里散发的凉而苦的香气如今已凝结在果荚内，如一个没有完成的心愿重新退回对未来的期盼中，仅余椿叶的香气飘过树林之外的碧绿的草地，向远方浮游。

椿树仿佛是一扇窗，在日没后，通过它弯弯的枝杈，可远望暮色掩盖的成片的紫薇花树。椿树又仿佛是一句没有说完的话，让人以它的远香，幻想不曾出现在视野中的荆花。

一百零五

夹竹桃花心里那一点红，媚丽嫣然，娇艳若明镜台上才开匣的胭脂。

夹竹桃的花苞很小，小如一瓣二月兰的花蕊；夹竹桃的花苞很嫩，柔弱似新生的不胜露水的绿芽。

夹竹桃花此时盛开，玫瑰红与雪白缀在深绿的披针形长叶丛中，偶然间，一两枝花枝上长着一两颗未放的深粉色苞儿，使花树更显新鲜。

邻水的夹竹桃娟秀，仿佛美人临流遐思。

风中的夹竹桃清逸，与长长江水中招摇的芦苇遥遥相应。

一百零六

这几日荷花谢了，河边不见玉盘大的红莲，芦苇丛中仅是曲曲折折的墨绿色的荷叶。

前几日，红莲朵朵满开，水红的花瓣若雨润的玛瑙一般缀在裙裾似的荷叶间，风致地摇曳。河畔整个那一带的莲花像另一条深绿色的河流，漫过阴滩上青青的草丛，莲花的花冠是浮在水上的一盏盏河灯。

数日冷雨过后，荷花倏忽地消隐了，在远没有应当凋谢的季节。

荷花凋谢在处暑之后的九月，莲蓬熟透也是那时，秋风起，荷叶也会渐渐泛黄。而今荷叶尚浓绿，水塘尚生机盎然，荷花却已不知去向——大约只是暂时隐没，几日后即将再次生发，若水下暗藏的浪潮不久又激越腾起。

一百零七

蟋蟀脆生生的虫声——细碎如喷溅的水珠——在凉雨过后的夜里沙沙作响。

不知蟋蟀藏在何处，只闻漫撒般的虫声从数不尽的地缝中迸出，似幽暗中明灭不定的萤火虫的光。

黄昏时，高树间的蝉鸣格外厚密，仿佛褐黄色的浓雾中射出道道微光。整个白天，蝉鸣从未停歇，浪涛般此起彼伏。而在黄昏，蝉鸣会分外浓烈，似乎是要把一整个白天的炽热在收束的一刻全部释放。天光西落、穹宇变成深蓝色后，蟋蟀的虫声就会接替蝉鸣响起。这昼夜从阳到阴的转化将乾坤变成一面光明刹那间反转至晦暗的宝镜。

一百零八

合欢花粉红色的细丝伸向天青色的穹宇，柔软如线线轻茸。

合欢的花儿从浅绿色的短小的草茎一样的花梗上喷出，是一整束粉红色的细丝，丝绸一般轻软，纤纤如雾，仿佛呵口气就会融化。那些袅袅的粉丝，发散，从浅浅的粉红到稍深的粉红再到浅浅的粉红，若随着时光流逝逐渐散尽的思绪。

合欢花的花蕊似乎是嫩黄色的，粘在那些花丝的顶端，若有若无，花丝因而愈发娇软。

夕阳下的河边盛开几树合欢花，毛羽一样的碎叶、绒线一样的花朵在金光照耀的蓝天白云下铺开，像是天青底色锦缎上绣的团簇的纹饰。

穿越河水的风中有幽微的合欢花的花香，和合欢花的花丝一样纤细，同样是粉红色。

一百零九

玉米田里的玉米已经长得很高了，齐齐地冒出褐黄色的长梢。玉米棒也好大了，重重地缀在青葱欲滴的秆上。

风吹过这片青纱帐，令人想走进那些蔓藤似的长叶间。

曾几何时，我无端地以为那些垂着长长的金光流溢的丝须的玉米棒，是青纱帐中的神仙王宫里的仙女，而那些从葱绿色苞叶包裹着的玉米棒的顶端喷出的金色、银色的丝须是这些仙女美丽的头发。我幻想出无数这些仙女彼此之间的故事，幻想她们在晓风吹起时会通过玉米秆相互交谈，幻想露水凝结的月夜她们会梳理焕映异彩的长发，而她们的发饰便是玉米叶的叶脉。我也曾用草叶和草茎给这些仙女扎头发，两股辫、三股辫都扎过，给玉米梳头是我小时候的乐趣。每当我在青纱帐中，我便以为那些玉米能听懂我的话。

而今，大暑之前，玉米棒又在絮絮低语，说给玉米田外的牛梭草听，说给田垄上匍匐的涩叶长藤听，说给愣头青一样直立在玉米田对面的飞蓬听。

一百一十

大暑。

沉寂了许久的青绿色的荷塘又长出一两枝水红色的荷苞，在风姿楚楚的芦苇荡中。

莹白色的夹竹桃花朵朵清润，随着海浪般此起彼伏的蝉鸣，舒放于山坡间的青青翠草之上。

虫丝，从野槐树的树枝垂下，时而卷起一小片树叶，时而裹揣一小瓣槐花，于暑风里轻轻跳荡。仲夏常有这些吐丝的青虫——可能是蝴蝶的幼虫——借助树枝和树叶结茧，茧完全结成后，就变成一只干树叶扭结成的橄榄形蛹袋，虫被包裹其中。盛夏时，树林中总能找到这类虫丝悬挂的茧。寻找这种虫茧，和雨天过后的夜里捉知了、黑暗的草丛中打着灯光觅萤火虫等活动一样，是暑天的美好乐趣。

一百一十一

蟋蟀，一双巨大的眼睛之上有一双长长的触角，在紫色的月夜里，圆圆的月盘中，丝丝颤动。那颤动的声音便是湖蓝色的青天之下无数的虫鸣声。

蟋蟀细雨般的虫鸣发自远近高低所有的草甸，通过这些繁星一般闪烁的虫声似乎能看见蟋蟀那对褐色的大眼睛映着月光，圆圆的月影落在水泊似的复眼中央，也仿佛能看见蟋蟀灵动的身影出现在月轮之前，带着它触角的抖颤。

一百一十二

雨水骤然流过窗外凤仙花的花叶，玫红色的花瓣好似一位哭泣的美人，弱柳扶风式地在风雨中摇摇摆摆。

今夏很少见这样的急雨，一刹那，空中阴霾四起，惊雷过后，瓢泼一般的水铺天盖地地倾倒下来。天地一瞬间陷入晦暗，暑热在忽而腾起的凉飒中消散，无影无踪。

窗外，花坛里的夏花飘舞如菰叶间的凄吟。于流淌的雨中，月季高高的枝株上湿润的绿叶落下寒凉的水滴，四季桂花阴冷地垂着白色的花骨朵，香丝草梗上灰灰的绒球腾起微微轻烟。伴着隆隆的雷声和屋檐哗啦哗啦坠落的不停息的水声，花影映在疏窗上。

一百一十三

香丝草，阡陌上的野稗，长在开着白花穗的芝麻秆、吐着红丝须的玉米株生长的田地间。它的小白花像荠菜的花，朴素简单如一片瘦叶。它的果实是一朵朵豌豆大小的灰色的绒球。

田间陇上挺立着高过人头的飞蓬，绿绿的狼尾巴般的草头粗狂地疯长。

香丝草长在这些野性的飞蓬中，和一种名叫猪毛菜、一种名叫扫帚苗的植株膨大若球的野草一起。这些野草之后便是开紫色小花的豌豆苗和结着四季豆豆荚的竹竿架，还有一棵不知野生还是种植的枸树，一人多高，红红的浆果已糜烂，掉在黑黑的泥土上。

夏日的田野里往往还会种着一些向日葵，巨大的顶冠、黄澄澄的花瓣、黝黑的花盘和肥厚的叶凸显在瘦削的野草之上。

傍晚的霞光中，田间绿叶泛着金彩，野草和着悠远的风传送即将成熟的谷粒的醇香。

一百一十四

竹雾，在竹林深处石根下的枯枝败叶间散开，迷蒙如黄昏时天边腾起的烟。

竹丛中的新绿的竹叶，于此苍苔点点的幽僻之地，显得分外鲜明，和那新发出的长长的细枝。这鲜艳的绿在那沉向竹林之下的暗绿之上凸出，珐琅一般清透，与丝丝缠绕在爬满黏糊糊的蜗牛的枝茎上的蔓藤，一起形成一幅密林中的奇景。

粉紫色的木槿花在竹林中的阴暗里盛开，朵朵鲜媚。

一百一十五

大树，长在乡间迂回的路旁。

是那种巨大的桐树，树干一人合抱粗，木质的外皮粗糙如长年累月磨成的老茧，长在乱生的飞蓬、狗尾巴草等道边野草的丛中。

　　盛夏的夜间，人们打着手电筒在这一株株储满旧时记忆的大树下寻蝉蜕。有时树下草丛中能寻到好几个，草丛中总有一些拇指大的地洞——蝉从地下破土而出时，就会在泥地上挖出这样大小的洞——在这些地洞附近的草叶上常挂有四五个琥珀色的蝉蜕。有时，蝉会飞上桐树的树干，在树干粗糙的外皮上破壳而出，蝉蜕就会留在那里。远远看去，好像一只蝉，近看却发现不会飞——原来是干枯的蝉蜕。而蝉已从那蝉蜕中蜕化，飞上树冠，于四个月的夏季中终日吟唱。

　　往往，桐树枝上会停着一只煤黑色的、双翅薄而透明的蝉。它闪动着乌亮的眼睛，忽而翔舞，忽而飞向另一枝树枝。这精灵般的昆虫在黄昏林间的薄雾里歌咏，在日落后满天星河下的修条密叶间静默。而那些桐树，便如神话中仙灵的宫廷一样，任轻捷的蝉在其中出没，仿佛夜幕降临后乡野气息的树木忽而化为了天上桫椤。

一百一十六

　　这绚烂多彩的花香，在碧绿的草坡上浮荡，仿佛是玫瑰紫、樱桃红、天鹅白融合而成。

　　这芳香来自朝霞一般开着五颜六色的花儿的紫薇树林，来自野地里长着的四五瓣花瓣的单瓣刺玫花，来自野葡萄株围绕的淡紫色荆花，来自垂下一根根修长枝条的雪白的木槿花，就像将各式各样的蜜浆倒在一起酿成了陈酒一样。

　　盛夏吞食这蜜酒，像在吞食春的回忆。

一百一十七

　　一只蝉从树枝上落了下来，落在黑土上，它乌黑发亮的躯壳颤动了几下，僵硬了。

　　明日立秋，落下的蝉暗示溽热之中潜滋暗长的寒气。

　　嫣红的紫薇花已有许多结成了紫红色的紫薇果。

　　浑圆的海棠球果在枝叶茂盛的海棠树间显出淡淡的杏黄。

长穗麦门冬于浓密的槐树荫中开放。

一百一十八

水烟袅袅的河岸上，晨光熹微之中，有浪花般的虫鸣。

盛夏，这虫鸣通常是在傍晚时分、于草丛中沙沙作响。立秋后，早晨也有含水的虫鸣，好像是夜间的虫鸣一直延续到了日出前。日出后，蝉的歌唱就会取代虫鸣。

虫鸣在寒雾腾起的草滩里，随着夹竹桃圆而长的果实的生长伸展，随着紫穗槐才开小花的灌木的枝颤动，湿润褪色的蔷薇丛。

一百一十九

一只孤独的白鹭俯在青色的河上、长长的蒲草丛中，散发着清寂的光。

秋风起时，秋莲花生长的河上常有白鹭飞来，似一片片白兰花的瓣，落在蒲苇蒹葭之间，而萧瑟涌起的河水让凉意流入黛青色的荷叶和冷绿的岸柳，渐渐湮灭了蝉鸣与蛙声。

美人蕉花已经谢了，紫薇花将要谢了。

一百二十

处暑，美人蕉花落。

皓白若雪的剑麻花尖塔般矗立，一株一株。晚空中葡萄灰色的长云下，蝉声渐趋稀碎，冷红的莲瓣伴着苍绿的长穗芦苇于凉风中婆娑。

月寒，衔山一线，疏星欲坠。

一百二十一

雨声，漫天遍野，在流光润湿的青草之上。

寒凉的秋雨中，蝉鸣像水没过的火花那样熄灭了，取而代之的是蟋蟀的鸣声。处暑之前，蟋蟀的鸣声只在日出前和日落后响起。处暑之后，随着秋雨增添的凉意，白天也可在草丛里听到蟋蟀的鸣声。当你穿越清空的石板路、踏过道旁的蒲苇和莎草时，或在池塘中架起的小桥上邂逅长叶冷绿的花穗芦苇时，蟋蟀的鸣声，像敲碎玻璃一样清脆，便会在这些秋草的深处响起。

这清脆的声音震动了王莲花圆盘一般浮在水上的巨大而肥厚的绿叶，叶上雨珠滚滚，晶莹多芒。

池塘中的白莲和红莲荷叶多已泛黄，擎出茂密的荷盖的枝枝莲蓬已十分硕大，显现沉暗的翠绿，混合灰褐与土红。白莲的莲瓣在秋雨中绿了，红莲的莲瓣在秋雨中紫了，整个荷塘随着秋气中瑟瑟的芦苇的生发褪色了。

一百二十二

雨中鹧鸪的啼声，浑圆如熟透的莲蓬，在涟漪圈圈的河畔，青草丛中滚动。

丝丝细雨若箭，穿透了王莲花浮在河上的巨伞般的叶。

睡莲开了，莲瓣娇黄似蕊。

窸窸窣窣的秋虫的鸣动，从菖蒲芦花之下的石缝中闪出。

一百二十三

昏暗中有一阵醇香的芳蕴，许是桂花开了。

桂花开在了白露之前，绿浮萍荡漾漾的池塘之上，晶蓝透明的夜空下，好像一片来自天边的乐声。

白日里不见桂花的痕迹，夜间，却在开着粉紫色的木槿花的篱笆旁闻到桂花那消魂的香气。

桂花开在看不见的地方，和鸣噪的秋虫一起。

一百二十四

白露，金色的桂花盛开，香氛馥郁。

紫薇树的叶被秋气渲染上厚重的绛红。

青蓿尖尖。

牵牛花浅蓝色的铃铛一串一串挂在长叶马鞭草丛里。

枣儿圆了。

木笔花树果实浑圆如珠，黄绿中辉映赭赤。

一百二十五

月夜之下梦境般的白莲，在朦胧的荷塘上芦苇丛中。

晚风吹过浮荡的天宇，传来大雁在云端的啾啾声和白鹭于水滨蒹葭内拍翅的哗啦之声。

王莲是在夜间开放，晨光中，它凝雪似的花瓣会从花心向外晕染一汪水红，不同于睡莲，清晨舒展玉乳般嫩黄的莲瓣，黄昏时闭合。

月色中曲折的小桥上，隐约看见已没入深眠的沉寂的睡莲和巨叶若伞盖的王莲。王莲花儿开了一朵，黑暗中也可见那花雪白的颜色。它与将近圆满的月亮似天地的互映。

一百二十六

大花秋葵，一朵五片粉瓣，贝壳样的纹理中发着珠宝的银辉，开在一丛鹅掌楸形的青绿的枝叶间。

天边的满月从黛色的地平线下浮起，朦胧若蜜色的梦，于昏黄的流云后。这是中秋之夜的月亮，初入黄昏时是蜜黄色，圆而大。夜半，一轮小月才会升至天顶，化为水晶般透亮的皓白，皎洁的寒光照遍大地。

仲秋的莲叶疏落泛黄，莲池之上，天空中一孤寂的月轮，倒映水中，成一掬碎影，莲叶攒聚的河心泛起湛湛清光。

天上的月和水中的月，相照。

一百二十七

长长的豆荚挂在竹篱笆上。一两枝竹竿扎成的简陋的篱笆上，堆积着一把一把黄中带褐绿的干裂的野豌豆的豆荚。

秋分之前，田垄间的野豌豆熟了，丰盛地捧出牛角一样弯弯的果实。清早开的水蓝色牵牛花正午过后蜷曲在垂丝悬坠、状如绿心的叶底，枝枝蔓蔓地缠绕玉兰树、枣树的根干。枣树结的枣儿尚是青白色的，些许有一圈红晕。玉兰树的果却像红玛瑙一般地红，或三四颗，或五六颗攒聚于枝杈间。枣儿很饱满，似乎吸尽了秋的芳淳，玉兰果比枣儿小很多，玛瑙珠样玲珑。

众果成熟的时节将至，远远望见，池塘岸上几株山楂树缀饰一粒一粒赭红色的山楂果；麦田之外，一株株苹果树和一株株梨树粗糙的树叶隙中有乳白色的鼓鼓的果；高坡上的桃树桃儿也已浑圆。

一百二十八

羽叶栾树米黄色的花儿，如丝丝缕缕的一片细雨，落在汤汤的河水上。

青灰色的垂柳、五瓣月白的花儿已谢的深青色的兰草，随着流水般的风绵延在青青的河流两岸。

凌霄花开败了后，羽叶栾树蜻蛉般的小花四处飘零。

一百二十九

九莲灯，是这种草木在神话中的名字，其实，它叫红蓼。从前，它生长在废弃的庭院里阴湿的瓦砾间。夏季，它发出竹子般的节节相连的竿和向日葵一般硕大铺展的叶。秋季，那竹枝般的高竿的梢开出一穗穗玫红色的花串。而今，它长在池塘畔的芦苇丛中。

秋风吹起红蓼白苇，随着泛泛的河水起伏，形若涛涌。

裙裾般的荷叶已枯黄败零，凌乱的荷梗横七竖八地扎穿绿浮萍荡漾的水面。

梭草与菰叶间的秋虫在石缝中唧唧而鸣，一片幽韵。

一百三十

秋分，木芙蓉树长出蓖麻似的花蕾，鹅掌楸形的叶在紫色的霞光里迎风颤动。

圆圆的红石榴压弯了石榴树的枝。

淡黄的桂花不知不觉间枯萎。

紫薇花儿还有零散的粉瓣——这种开在仲夏的花儿居然仲秋尚未凋残净尽——蜡油般发亮的叶却已在暗绿中凝结绀红。

一百三十一

风飒飒刮过，银杏果落满地，惊起了九月初已残败的丹桂，在野草暗暗的深绿的树丛中发出沉黯的醇香。

莲叶添黄的池塘上，疏疏荷梗之间飘荡令人忘世的清芬。与初夏时荷塘的气息相比，它散尽生机盎然的鲜绿，显出仲秋繁华落尽的淡泊。秋色中有风味，也有水味，好似凉爽的细波漫过河流中长长的水草那样淘去乾坤之间的艳。

一百三十二

金银木红玉髓般的果珠颗颗透明，在深红间杂土绿的木叶的缝隙闪动。

苹果树的树叶如经霜的枫叶一样红，枫叶却已不知去向，去年长有枫树的那片园圃已被砍伐净尽，剥落的桂皮七扭八歪地掉在石楠树下。

楝树一簇一簇的果小小圆圆，绿而涩口。

满湖轻黄色的金盏大的睡莲如云彩上朝阳的暖光那样盛开，在高高挺出水面的荷花仅余黑褐色的皱缩的莲蓬和曲裾苍白黯然的莲叶时。

林中，几声饱含丰收之味的圆熟的鸟啼在果实硕大的梨树上响起。

一百三十三

八角梧桐，酒红色的萼瓣托着粉红色的花儿，像撒了一掬彩粉在葳蕤密叶间。

天地似乎泛起青色，水云澹澹。

鸟啼若桂树上坠下的寂寂落花，四散于荷梗伶仃的莲塘。

不时有一声孤独的鹧鸪啼鸣，凄清的叫声使凉爽的秋水愈发清澈。

山楂果红透了。

一百三十四

寒露，秋水玉一般冰凉。

疏疏荷影随着秋虫的鸣声落在蒲草兼葭之上。

白色的木芙蓉花只开了一朵，状如雪缎团聚间映过的霞影。

王莲花残了，流水侵蚀出大大小小的网洞的巨叶浮在起伏跌宕的绿萍中。

一百三十五

深秋的天出奇地蓝，蓝得仿佛要远离大地而去，无穷高远地居于浩浩白云之上。

荒草丛中那个月亮，被凄凉的夜风吹着，在狗尾草和野稗枯朽地蔓延的细路的尽头。与它相伴的是渺渺苍穹中唯一一颗启明星。

那片被冰凉的蓝月光浸没的荒草滩，似一片回忆吞没即将逝于昨日的今朝，吞没了白日花园里紫苑、三色秋葵等秋花的素丽。

一百三十六

湖中睡莲花儿陨谢之后，湖岸上的草丛里飞来许多轻捷的小红雀和羽毛暖灰间有纯白的温柔的鸽子。

肥胖的橘猫在阳光下扑蝴蝶。

鸟儿跳呀跳呀，虫儿叫呀叫呀，叫得梨儿黄了，叫得山楂红了，叫得黑褐色的莲蓬炸裂，叫得艳艳的海棠果一颗连着一颗。

一百三十七

窗外有鸟儿扑棱棱拍动翅膀的声音，它离我是那样近，仿佛就要在深秋的暖阳下突破白石灰砌的墙壁撞入。

木芙蓉花新开出许多，红色的花朵儿间杂白色的花朵儿。木芙蓉花才开时如雪白，盛开时是粉红色，将要凋谢时花瓣凝成胭脂红色，一日三变。此时正是木芙蓉花的盛期，窗外的花坛中聚集工笔细描般柔瓣才露的蓓蕾，和无数鹅掌状的冷绿的叶。昨夜细雨，幽艳的秋花腾起寒凉的雾。

一百三十八

没有月亮的秋夜像远离人烟的旷远的戈壁一样荒凉，即使原先与月亮相伴的那一颗启明星还挂在树梢上。

灰蒙蒙的暗雾中，草滩仿佛一块沉入黑蓝色的烟晶里的玉絮。白日开在草丛里的紫色小花此时已成一块靛蓝色的蓝印花布上刺绣的暗花，又似幽暗的池塘上偶然扩散的涟漪。

夜风吹来蛉虫的唧唧声，相比白日里草虫的鸣声弱许多，似乎是怕破坏了万物沉寂的安宁。然而，仍可以从草丛里依稀分辨出这些在阴暗中闪烁的虫声，就像窥破隐藏在心的朦胧里放光的幽思。

一百三十九

木芙蓉花在初冬凋谢了，青石下的草丛里撒落水迹斑斑的绸缎一般枯萎的暗红色花团。

木芙蓉树鹅掌形的叶片黄了，在冰凉的蒙蒙雨丝中。

蟋蟀等虫声在尖尖的长叶和坠地落花之间隐隐约约明灭，终于于小雪前一个浓阴的早晨、龙爪槐树干枯的树枝上仅余的些许零碎黄叶被寒风卷尽时消逝了。

风吹折墨线般的树枝，哗啦哗啦作响。

远近的高楼，在灰白色天宇下的水雾中，朦胧模糊若地上腾起又在高空飘散了的胃烟。

一百四十

最后一丛花开了，在彤云密布的雪天到来之前。

一小朵冷红色的月季，红在瑟缩的竹篱笆上寒凉的枝蔓间，连着几枚今冬大约不会开、大约要在弥漫天地的冰霜中长眠的小小的蓓蕾。

十月里的野菊花，尚余黄英稀疏的数枝，在萧条庭院中孤叶凄凄的葡萄架下。

四月明媚的春天里开花的枇杷树——于枯黄落叶的旋舞中，似乎是从苍白的果蒂内——散出一缕古旧首饰般的芳馨。

三月早春里的油菜花仍有一棵，开在长着很老的小白菜的青白色的田上。

一百四十一

雪珠，漫天彻地撒下来。

昨夜朔风凄号，今晨平旦时分，有冰凉的雪丝雨一般从灰黑的天穹落地，倏忽无踪。

偶然间，雪停了。

据说，冬天降的第一场雪先是雨状的丝，而后是坚硬的冰雹般的雪珠，而后是散碎羽毛般的雪花，最后是鹅毛般大的雪片。

正午，下起了雪珠。

雪珠穿过枯槁的深褐色的竹枝编结的篱笆，纷纷铺遍枇杷树、无花果树、银杏树、香椿树的暗黄的残叶，也坠在贴近地面的苍白色的杂草间。

寒风卷起落地的雪珠，回旋，轻捷如流云蔽月。

一百四十二

冬月，奇寒如一块放在冰上的生铁，坚硬中透出锐利的冷冽。

冬月较秋月尤其高远浩渺，仿佛将随着那万丈之上的墨黑的天穹一起绝意人间。

四季月像中，春月距大地最近，硕大饱满的蜜色的圆似乎就在濯濯新柳之上；夏月则在天河清浅的水畔繁星的沙沙声里，如隔水相望的河对岸的幽人；秋月若神话中广寒宫阙的琼阁，需乘风前往；冬月的遥远却像在海底听到空中隆隆的雷声时感到的广漠距离。

虽然冬月也有红紫色和紫红色的月晕，但丝毫不减弱它的陌生，似乎那一半冰凉的弧已与凡尘断绝。

冬月较春、夏、秋月都小，小如一颗孤星。

间或，冬月会消失在即将降雪的沉重的密云后，就像一块冰在黑夜的大海中融化。

而当冬月再次出现，时有墨线般生硬的树枝划破其寒光凝结的月影，仿佛是生机已埋藏的沉寂的大地在万物的静默中发出细微的呼喊。

一百四十三

大雪这一天没有下雪。

楝树的干梢，挂着一粒一粒黑褐色的皱缩的楝子，在朔风中舞动。枇杷树叶已落尽，肥重的短枝伸展于青灰色的低空下。海棠树尚余些许残果，像陶土团成的珠子。

许久不闻草丛中的虫鸣。

麻雀扑腾腾地从枯涩的野稗之间飞上柴扎的篱笆。

一百四十四

河上漂浮的碎冰含着一味忧郁的暗蓝。

冬日残阳下，嘎嘎的鸟啼于雪水般冷的寒风中重现。一双黑背花翎毛的喜鹊从结冻的河水上飞过。另有三五只麻雀，音符样缭绕着喜鹊的尾迹。

天地在已深陷的严寒中，裂开了一道缝隙，其间照出生机。

一百四十五

冬日的阳光透过木窗棂照进来，映在墙上悬挂的一片木琴上，昏暗的房间渐渐明亮，若暖炉里的火焰驱散深夜的严寒。

冬日的阳光穿过通灵清透的树枝，落在衰草被浓霜披覆的大地之上，大地因而微笑。

冬日的阳光随着疾风，天高地阔地席卷，夹携断了的木枝、干如碎粉的落叶、开裂的果荚。

一百四十六

这种黑色的果荚，呈五瓣裂开，状如星，一串一串。它应该是桐树的果，也许是椿树的果。

冬日树叶落尽后，成串的干果荚和朔风吹断的细枝一起从高树上坠地，落在篱笆上、落于干草上，田野间跑过的兔子和土拨鼠在其上踩过，"咯嘣"地碎成了几块。

干楝子也坠地了，在土屋后的暖阳中。

盛夏时分浓密的树叶里隐藏的果实，鲜有人看到。隆冬，这些海棠桃杏之外的苦果不知名地显出了。

一百四十七

暖冬的梅花在一堵青灰色的石墙前开了。

这时节的冬天没有雪，晌午的阳光如初春时一般温暖。

不见冰霜，一株淡黄色的腊梅花却开了，在海棠残余的红果间，在古老庭院中冷灰的竹枝前。

柴门与焦枯的丝瓜藤蔓延的木架后，一树黄玉条似的五瓣腊梅朵朵绽开，幽微的馨香于米粒大的细弱花蕾里忽远忽近地散。

一百四十八

蒙蒙冰晶从暗灰的天空颗颗坠地，模糊了仅余灰黑色细线般的空枝的柳树的姿影。

这寒冷的冰晶，细碎如沙，也许是降雪的前兆。

一枝残剩的月季，在数九寒天里，小窗之前，开着两朵橘黄色的花儿。这双凝霜含雾的花儿使昏沉的乾坤出现一星暖意。

一百四十九

小寒这天下雪了，鹅毛大的雪片从屋檐上落到种着月季和丹桂的花坛里。远处密林中的柳树苍老的枯树皮上也桠桠杈杈地积着些雪团。

雪落地便化了，滋润了光秃的无花果树的树根，流过泛黄的衰草。灰黑的泥土聚起涓涓细水。

天地灰蒙。

一百五十

长长的冰稜，在雪落了一夜之后的第二天早晨，雪止之后，凝结在皓白莹莹的丹桂树下，一片小水洼中。

野水之上尖利的冰稜如深山涵洞中生长的水晶，透明若无物，美得仿佛不是人间所有。幽暗的隐流在菱花般的冰晶之下潜涌。似乎还有丝线似的绿水草和榆花大的绿萍闭藏在静流深处，使天寒地冻中的水洼如沉眠中幻化的一个古远故事的分页。

月季已老，花叶尽凋，重雪压弯残枝。

柳株间风霜寒寂。

一百五十一

阳光照在屋顶的积雪上的时候，是雪已停的午后。

不知几时，阳光在白雪之上泛起些微橙黄，天地似乎瞬间晴朗，犹如晨曦消散了黎明时的雾霭。

雪后的晴朗透明若寒泉洗过的水晶。雪天的模糊朦胧已似玉石中的絮花随着阳光的推移沉淀至天边熹微的冻云间。

雪化了的树林枯寂素寒。

一百五十二

雪中枝叶离披的腊梅树，在荒芜里散发的寒香，越过茫茫荆棘而来。

淡黄色的腊梅于积雪未化尽之时开出许多纷纷扬扬的小花，连着曲折的干枝一道交络在冻云钝重的低空之下。严冬的草滩上堆积厚厚的梅叶，褐黄夹杂褐绿，湿漉漉地盖着一片一片卷积云般的白雪。梅树下的梅叶被冰冷的雪水浸透，奇寒彻骨。即使仅仅凝望那梅叶间的雪水也会被它的冷冽夺去神魂，而这冷冽使沟壑里的梅林间刮过的风超乎寻常的清澈。

腊梅花颜色并不纯正，它的黄不是琥珀样的透亮，也不是春天的油菜花般的明艳，却像一件封藏了很久的古代木器的黄色纹理，陈旧、暗淡。并且，腊梅全开之后要比蓓蕾时色泽愈发暗淡。而我以为，作为冬天唯一的花儿，这样最妙。正如春花要有蜜甜的芬芳，秋花要有苦涩的幽雅，冬花如果过于显眼便失了冬韵。冬花需枯淡，方不破坏数九寒天的氛围。腊梅花朵儿很小，全开在景色里也很疏旷，正应冬的荒寒。

叶已落尽的干枝，乱纷纷地点着小小的梅花朵儿，在暴雪浓重的天地间，同数声寒林中的鸟啼，延展于空寂的山谷，仿佛一声泉水冷咽的青石间响起的笛音。

一百五十三

雪夜的月是一弯细钩，悬在炯炯夕岚之上。

天边一线微明，高空海底般墨蓝。

雪月下的夜空似乎含有冰晶，有许多晶莹透亮的光点闪烁，使那黑暗穹宇里的深蓝，多芒如包藏繁星的云朵。

这冰晶也在月光下的树林和草丛中。严冬的草木只有极少的剩叶，干涩若蜡，白日里积存其上的雪水，因夜间的寒气，凝结成颗颗六出飞花的、浅蓝近白的碎冰，月光照射，粒粒光华闪闪。

还有月下的霜，像深秋清晨淡淡的白霜，毫芒一样围绕蜡叶的边缘。

雪夜的青石路是清脆的，踏过去咯吱咯吱作响。

雪夜的鸟啼亦如雪珠，细而清亮，从墨线似的树枝间传出。

一百五十四

莽苍间的白雪，因为背阴，不曾在穿透林隙的阳光中融化，却在山坡上褐黄的枯草丛里沉积，渗入荒凉的黑土。

冬日的土垄长着许多枸树的干枝，咿咿呀呀地在寒风中敲响。原先结出红玛瑙般的野生枸杞果的长蔓于严冬褪去红绿，变成长有许多尖刺的荆条，从山坡的顶端垂到山坡底。牛羊吃的方言唤做"嗑笆皮"的阔叶草，和一种名叫"英"的会结蒲公英样的飞来飞去的毛茸茸的小伞的野草，化为一串串蝉翼一样薄而苍白的枯叶，纸扎一般挂在杂乱无章的枝杈上。灰绿色的麦苗藏在厚厚的雪下。冰冷的细水呜咽地淌过积雪冻结的水晶般透明的边缘，流向山谷中寂静的水潭。

冬日的水是不起丝毫波澜的，山坡下的水潭仅余下灰暗的尘土满布的水面，漂浮白叶黄草。雪水的流动也已近乎无声。冬是闭藏的季节，也是沉寂的季节。山野间鸦雀不闻。尚未融化的雪依然萧瑟地堆垒在萧瑟的白草黑木根上。

一百五十五

蓬草长长的茎折断在野田中的墚子旁。隆冬的蓬草就像隆冬的原野一样没有一丝绿意，满目干枯的褐黄。蓬草的茎是十分容易折断的，尤其是这些分外高的蓬草。通常，蓬草和狗尾草、稗草一般高，藏在田垄间没膝的野生植被里。可这片临近沟壑的田地中的蓬草却如经年的桃树和石榴树，高过人头，尖刺状的碎枝撑开若伞。季夏，翠绿的蓬草开出许多小白花。而今，它焦黄的主秆和侧枝被大雪压断，横在土墩旁的阡陌上。

不知什么时候，田畦间起伏的土墩和堘子之后堆积了些许没有化尽的残雪。残雪在黄土块的缝隙里超乎寻常的皓白。田畦里背阴的残雪和那些断了的蓬草与沉眠中的黄土一起埋在无音的时节里。

一百五十六

我很早以前就发现，有一些草在寒冬不会枯萎。

当我才有记忆的时候，我所在的村庄后的原野中长着一片丝绒一般、比周边其他野草纤细的青草。这片青草地在春夏秋三季开宝石蓝色的五瓣锥形花儿，花儿像豌豆那样大；也开米粒一样聚集的白色花穗，香气在野花中可称十分浓烈。碧蓝色的梦幻般的小小蝴蝶，在这片较周围其他野草分外翠绿的草地上的野花左右飞来飞去。

我梦想中，这片草地是童话里王子公主的相会处，或者是神话里仙女在夜风中弹唱月宫神曲的地方。

这片草地上的青草在冬天也是青绿色的，不随着周边野草的凋零而泛黄。每当春回大地，它也比周围的草木分外绿得发亮。这片不老的草地是我记忆中的凌冬不枯的绿。

如今，我又见到了这种凌冬不枯的草。

梅林中梅枝上的雪几乎化尽了，腊梅花瓣上和花心里的碎冰也已寻不见了。梅树下的泥土上却有一片晶莹的白雪，覆盖着叶子是圆形或心形的绿草。可能这片土地地气暖，圆叶草没有黄落，即使周围的草都只有蜡黄的草茎和枯涩的草根，雪压下的圆叶草依然有一味暖人的绿色。那绿好似大地返青时，春天树林里新芽的颜色。

而观看这片严冬中的绿草也好似散步于春天的树林和田野，感受绿茸茸的草丝钻出泥巴的鲜丽。

这柔柔的冬草如白锦缎上刺绣的绒花，与暗黄色的腊梅花的寒香在天地寂静时含蕴一线暖融。

一百五十七

江上的雾在朝阳升起、红彤彤的日轮距离河面一丈高后，仍烟云般缭绕于芦花荡荡的沙洲。

晨雾朦胧的河上倒映一轮水中日轮，与天上的日轮近在咫尺地辉映。通常，晨雾会在太阳升起时消散，但冬天的雾却在早晨已过、将要日上中天时仍浓稠地弥漫在宽广的河上，模糊了汤汤的河面，远随流水而去。

河两岸的柳树林于雾气腾腾中显化，墨线一般干枯的枝干仿佛画在白纸上那样浮现于游走的雾中。

远远地，横跨江面的虹桥如一弯灰色的淡影，若隐若现。

寒风刮过，起伏跌宕的沙洲上的芦苇似泥沙俱下的水中的浑浊的浪花，深褐与灰黄相间相融，在水雾中翻腾。

阳光直射浓雾，道道光线穿越烟云般的雾气，缓缓地，浓白的雾在天地逐渐变得清空时散去。

一百五十八

结冰的溪水曲曲折折地穿过两岸成堆的柳叶、花蕾花枝都已干枯的野菊花的花丛、成片成片的风毛浮漂的芦苇荡，绵延伸向沙洲间南北横越的滔滔的河流。

小溪水结的冰并不薄，如新年里暖炉映照的窗户上的玻璃那样厚。而且，越临近水岸冰越厚。冰在溪水中央是无色的，也没有纹理，没有冰菱，可清晰地看到冻结在水中的落叶杂草。临近水岸的柳树根周围的冰却是白色的——其中有玉花样的旋痕，也有烟雾样的丝絮，也有气泡因没有升腾出水面便冻在冰中化为冰层之下贝壳状的纹理——紧连岸上黄草底下的黑色冻土。

结冰的溪水里冻着一条鱼，一条身躯肥重的硕大的鱼。鱼好像要翻身跳出溪流，却像在时光中凝固了那样冻在了冰中。

阳光射在结冰的溪流上，溪水早已停止流动。仅坚硬的冰面下的暗绿中似乎还有涌动的脉脉细水。溪水上的冰晶在阳光中折射出耀眼的光彩，宝石般交相照映。

黄草丛中的冰珠似乎因地气的暖悄悄融化了。

一百五十九

冬天的水鸟立在江边剩余的两三枝芦竹上，凝望着空旷浩渺的江水。

两只灰蓝色脊背、乌鸦黑色翅膀的鸟儿忽而从河岸阴滩上高高挺立的几枝枯黄的芦竹上腾起，掠过江面飞去。秋天的水鸟飞越宽广的河面时往往"嘎嘎"鸣唱，冬天的水鸟却哑了一般，仿佛这寂寥的景色、生机隐没的季节已将它们精灵般的活力禁锢。

这片盛夏满开荷花、中秋茂盛地长着蒲苇的水域在凄凉黯淡的冬季仅仅余下两三枝不曾萎败的芦竹。

芦竹对着辽远的江面，似乎是太古时的渔樵遗存至今。

一百六十

不知是乌鸦的巢还是喜鹊的巢，一捧乱枝堆在高树上。

椿树长在山谷，冬日里一根根苍老的枝上架着纵横乱插的鸟巢。偶然还有几片枯叶，黑翅膀般挂于树梢。山麓里的荆棘丛中有数个草茎编成的鸟巢，比山谷里的鸟巢小许多，像是鸟蛋只有花生米大的蜂鸟的巢。这些鬼扯手一样的荆棘原本是野生酸枣树的枝杈，漫山遍野红酸枣的深秋过后，褪色为粗犷坚硬的尖刺，与山坡上莽莽的赭石色砂岩相衬。

野菊花枯叶样干透，和干裂变黄的青蒿，一株一株堵塞荆棘与砂岩间的空隙。

山顶上向着蔚蓝的天蓬蓬而起的野刺玫花皱缩为一丛丛紫红色的干枝。

天地之间是沉默的宁静，山林里常闻的鸟啼虫鸣在严冬已无声无息地消失。如果没有远方隐约传来的机器的轰响，从山坡到山顶一带便完全没有声音。

却有"英"在晴空下飞过，小伞一样轻盈的绒毛闪动银白色的光。"英"这种藤蔓的果荚又弯又尖，冬季时裂开，蒲公英绒毛样的小伞便从中飞出了。此时，"英"灰黄色的干透的蔓正从山林灌木的树冠垂下，像木杆上悬着的纸花。"英"的银伞因风吹飘飘洒洒散向四方。

一百六十一

月亮，一弯金黄，在黑得没有颜色的天上。

冬夜黑得没有一颗星星，黑得天底下的树枝仿佛是画在稀薄的黑色幕布上的碳线。

从来没有这样黑的夜，也没有这样远的月。春夜秋夜的月都似乎离人间很近，而且春夜夏夜秋夜似乎都是有颜色的，春夜的暗中有一点嫩绿，夏夜的暗中有一点湖蓝，秋夜的暗中有一点橘黄。那样的夜是透明的，如一块暗沉沉的水晶，虽然黑，却有七彩妙丽。

可冬夜却黑得像无梦的睡眠，黑得像熄灭希望后陷入的绝望，黑得像生命已经结束之后的死亡。

黑夜仿佛吸尽了大地上所有生机，连着无音的冬天。

一百六十二

腊梅花的香气中，玉兰树的花蕾悄悄长出来了，仅蚕豆那样大，遍生白毫。

阳光穿过腊梅树林中花朵暗黄、疏密交络的空枝，斑驳陆离地洒在铺着厚厚梅树叶的泥土上。

而鸟儿叫了，啼鸣犹如水钻闪烁。一整个冬天罕闻的鸟鸣，在天气转暖时，又出现了，像冰雪融化后从寒冷的泥浆中钻出地面的丝丝绿芽。

一百六十三

深山邃谷中的红梅树生出胭脂色的花苞。花苞形似丁香结，在盘螭般虬曲的梅枝上点点聚集、疏疏散缀，好似将开未开。

地气已暖，阳光穿过松柏横植的枝照射进尘埃滚滚的谷底。

隆冬季节的鸟儿大约只有麻雀、喜鹊、乌鸦三种。此时，谷底干透了的枯叶和荆棘肆虐的榛莽中扑腾腾跳出几只黑魆魆的鸟儿，张着干树皮样的翅膀飞过枯枝林立的灌木丛。这些鸟儿应该是乌鸦。冬季的鸟不会歌唱，不论麻雀还是乌鸦。立春之后，东风和暖时，会唱出动人的歌的鸟儿才从遥远的江南飞回。

一两朵红梅仿佛将要绽开，旖旎地倚在带有新绿的梅枝上。梅树游龙状的主杆上抽出些纤细的枝，绿意盎然。半开的红梅花花蕾便长在那枝上。

腊梅性寒，腊月里开；红梅性暖，正月里开。过了立春，红梅就要开了。

一百六十四

河边芦苇荡中的冰融化了，可听见羽毛般薄的浮冰之下汨汨的水流声。

一只白鸥在褐黄色的芦苇丛和莲枯藕败的池塘之上掠过，素丽的翅膀掀起绵绵细波。两只不知名的黝黑的鸟儿，也在解冻的淤泥上矗立着的枯莲蓬之间穿梭，惊醒了沉眠的鱼儿。

冬天将尽时，冰不再是无色透明的，而是白色的，模糊，像残雪那样粘在芦苇根上。

朔风吹来许多飘飘忽忽的白色绒毛，粘在黄蒿野稗干涩的枝上，远远望去像初春的柳絮。

一百六十五

夹竹桃树紫红色的又长又尖的果实裂开了，卷曲的果荚之间飞出绛黄色的毛茸茸的小伞。这是冬天最后的"英"。山间藤蔓上的银白色的"英"都在隆冬的寒风中散去之后，枯萎的夹竹桃树于冬天的末尾吹出了最后的"英"。

立春这日，成群的鸟儿跳跃着飞上了杨树林中密密的空枝。数只毛羽银灰、尾巴修长的燕雀在等待发芽的低矮的灌木丛中穿梭，清脆的啼鸣震响了荆树和紫薇树上的干果球。一大片一大片的野蔷薇的花刺间生出了一颗颗小小的红芽。空无一物的月季树的枝上也长出稍长一些的红芽。浮冰没尽的河边，连翘冉冉的长蔓上也冒出红芽。鹅黄的迎春花已有些许开了，似一粒粒闪闪的明珠撒在衰草间。

梅树林中香气馥郁。腊梅花的花瓣灰暗了，蒙尘一般。红梅才开数朵，淡染胭脂，香面娇艳旖旎。

玉兰树玲珑的枝上，长满白毫的蓓蕾又大了些。

新 绿

一

听！
春天正从即将苏醒的大地上
走来！
在酒一样暖热的阳光中，
万物吐露出蕴藏的歌声。
燕子尚未飞回；
碧桃尚未绽放；
芳醇已随着微风——
在朵朵金云中，
把蜜意酝酿。
那是红梅打着的苞儿；
是枯草泛着的青儿；
是小河在薄冰融化时吹起的
涟漪；
也是——
微笑的眼睑中，
一缕长久沉寂后——
重获生机的跃动。

二

紫色的芽儿——
满地涌出，
嫣红的花蕾包裹。
暖风在金色的天边——
滔滔奔腾。
大地升起——
于沉寂的寒意中。
红梅朵朵开，
绿梅朵朵开，
迎春在山坡上
耀眼似火。
融融的水波
随着醒来的鱼儿
——荡漾。

三

春水绿酽
春天瓦蓝
春风随着迎春花的灿烂
金光潋滟。
雏鸟声绒绒
掀起红梅花丛中
丰盈的嫩瓣。

深粉色的苞儿
浅粉色的朵儿
枝枝清癯——
——芬芳
暖而蕴寒。
一树碧玉般
将开的绿梅，
于山巅
辞送去年隆冬
最后残存的腊梅，
当早春的阳光打开——
冻云锁闭的天。

四

鸟语
如七色音符，
搅动了寂寂旷野中的草木。
春花还没有盛开
绿叶还没有舒展的树林中，
是通明的蜜色的阳光。
关闭的歌曲般的心声
已随着早春的跃动，
于天地间洒落。

五

透过正午窗棂的阳光——
在灰暗的墙上，
画出奇形奇美的图案。
伴随这初春的光轮

我心的花儿盛开，
好似小风吹过时——
林中飘舞的
蒲公英的银丝伞。

六

春的使者
是干白的枝上——
一粒粒新发的嫩芽，
鹅黄色
葱绿色
朱红色。
这是大地的馥郁
向天空的晴明，
迸出
一句句
片言只语的情话。

七

土壤中的气息
从大地的深处升腾，
化为月季树枝上深红的嫩芽——
化为玉兰树即将爆裂的长着白毫
的蓓蕾——
化为空林中漫撒雨露般繁多的鸟
啼——
在红梅瓣儿娇艳柔软时，
在结香花的绣球绽出些许鹅
黄时，

在腊梅的远香
——没入春光时。

八

春风吹出河边垂柳的新芽
笑靥似的鹅黄，
吹出紫荆树林
深紫色的苞葩，
吹开山坡上绚烂盛放的红梅与
迎春，
和满树碎玉般琼珸连缀的绿梅。
阳光催动蛰伏地下的兽
沉眠的鸟，
渌水中苏醒的鱼儿。

九

鸟啼，
是春日清晨
从粉蓝淡绿的天上
漫撒的欢语。
荆棘的空枝间
穿梭飞燕轻捷的姿影，
仿佛隆冬时
地下的暖意
幻化的花儿，
将变成青青翠叶。

十

细雨中，

杏花绽开圆润的粉瓣，
温软若玉。
成群的麻雀
噪响于新芽萌发的树林，
似万线——
从黑土里迸出的涌泉。
纯白的鸽子飞过。
清露滴落，
丁香初染绿意。

十一

淑气中的鸟儿——
万千飞散，
啼鸣响彻晴空——
一片晶蓝。

十二

春月
——纤细，
如一缕弯弯的金丝。
春夜，
似轻薄的云母，
荡漾乘风饮绿之霭。

十三

杏花开满枝，
晴空下
鸟儿欢语。
淑气催放

米黄色的山茱萸。
黑土里显露，
牡丹与芍药
深红色的新芽。

十四

美人梅花初开，
胭脂红的朵儿
于万千新生的紫芽
和繁星般的鸟语中——
——绽放。
河滨柳枝鹅黄，
一树一树辛夷花
盛开若瑞云。
小风里，
蓝莹莹的野花闪烁
在浓密的草间。

十五

晨光熹微，
撒天箕斗般的鸟语中——
毛白杨穗茸茸。
屋瓦间开满
一树一树粉白的杏花。
池塘边
长着
木槿的绿芽
丁香的紫苞。

十六

暖风煦日中
鸟啼细碎。
垂丝海棠吐出艳红的玉簪形苞萼
干裂的旧皮上，
生发榆树的尖芽。

十七

肥厚的白玉兰花瓣间
蕴藏鸟语，
在群鸟——
乱流般飞起时。

十八

月季长长的红芽
雨后春笋一般
长满寂寥的空枝。
荆棘间丛生的桃树林
遍撒红蕤，
似清晨水雾凝成的露珠。
垂柳烟浓，
万千新芽
密生若雨天青草中
尖圆的蘑菇。

十九

木笔花的月白
与一树杏花的粉白，

在初春的杨柳枝间，
——和米黄的山茱萸。

二十

杨树——
长出含胶的新芽，
橘黄杂着褐黄，
当海棠树林中的红蕊
绽破古老的拙枝。

二十一

杏花满开——
繁华与喜悦无限。
淑气中跳跃的鸟啼，
在无花果树的弯枝
新生的
一两颗尖芽上。
花园里四散结香的蜜甜。

二十二

美人梅花儿盛开
粉红融融。
紫叶李长出紫色的嫩葩。
紫荆生发紫色的细小骨朵。
石榴树的新芽已裂，
明艳的绿
晶光闪烁
于虬曲的枝茎。

木槿树
与万千不知名的树木
涌出雨中水珠般——
无数绿芽。

二十三

树枝上遍撒的紫红色的细葩
与此起彼伏的鸟语，
绵延不绝在——
成千上万鲜艳的绿芽间。

二十四

这霓霞般的香气
浮荡在——
遍洒阳光的树林里，
让初春的绿云
透过枝枝连理的间隙，
酝酿群鸟的欢歌。
寂静中，
是一树一树玉兰花
生出万千碧玉似的花萼
远放月白与淡绿的花冠。

二十五

隔河远望——
山花的粉白
零落如涧水间的碎云。
古老的杏树
龙踞凤翔般的枝干

与长年的藤蔓，
濯濯立在山坡——
灿烂的迎春花的瀑布上。

二十六

玉兰花海中蕴藏的鸟语，
与曲曲折折的长枝上
霰雪般的紫叶李花，
满蘸杏与结香的芳醇
和粉瓣绿萼的艳。

二十七

金黄的油菜花初放
开在田畦中鲜绿的嫩叶间。
晴空下鸟儿拍翅，
片片蔚蓝色的清脆。
林中阑干纵横的树枝上
开有无数珍珠般的圆芽。
溶溶杏花水岸——
长着温淑的麦苗。

二十八

忽有一只喜鹊——
飞过盛开鲜艳的紫色花串的紫荆
树枝。
鸟语惊落了——
绯红云朵般的紫叶李树冠间
轻盈的粉瓣。
濯濯仲春柳

鲜明的绿中，
含连翘花的淡黄
和油菜花的金黄。

二十九

暖风里
细碎的鸟语
在紫叶李花
豆麦味的香中，
蜜甜了
晴光霭霭的
仲春日午。

三十

鸟声繁杂
如紫叶李树的密林中
密集的粉色花儿，
又如白杨树林中
无数油绿色茸穗
之下的无数油绿色新芽。
万斛涌泉似的鸟声
从春深处——
溅出。

三十一

密若隔水——
玉兰花树林中
千千万万的鸟啼
噪响于月色的碧瓣间。

三十二

粉红色的桃花闯进了二月末
粉紫色的丁香花闯进了二月末
雪白的梨花闯进了二月末，
橙红色的海棠花闯进了二月末。
鸟儿明珠似的啼叫
闪动在碧水融融的池塘岸上
——艳绿的柳浪间。

三十三

白蝴蝶翩翩飞过
一株一株云霞般盛开的海棠
花树。
艳红色的碧桃花
银白色的蟠桃花
绽放于石榴枝萌出发亮的尖芽
紫藤圆滚的新芽初上梢时。
红紫的紫荆的花海，
在沿河的无数乔木
和飘舞的柳穗下的万千枝株间
如烟如霭。

三十四

月白的丁香花——
不知何时开了，
与浅紫色的丁香花一起；
当珊瑚般粉红的榆叶梅花
喧闹于山间

似一串串生机盎然的火焰；
当满树的紫荆
开成一团团花球；
当玉石玛瑙样红透的海棠与桃
争先恐后地
于二月炫出四月的丽彩。

三十五

成群的白鸽掠过
粉紫色的紫荆的花丛，
似记忆中的梦想
在仲春的正午
新绿萌发的山间苏醒。
山谷中的梓树等待开花
山坡上的蔷薇等待开花，
在白蝴蝶飞越
白紫荆和白丁香花树时，
在许多麻雀
冽泉迸射般
飞离清新清亮的柿树绿芽时。

三十六

桃花的红
是数枝含羞的嫣然，
在春深处，
与连翘花丛里
嫩绿映衬的鹅黄
——并蒂妖娆。

三十七

仲春新发的嫩叶
触手如柔荑，
鲜绿在冬青，
黄褐在石楠树丛；
莺莺燕燕般缀在榆树的树冠，
化为榆钱；
绒绿滚珠似的
在陈皮崩裂的梧桐顶端；
穗穗垂挂
在毛白杨树林；
又若丝线，
喷薄于桑树梢和槐树梢。

三十八

在灿烂的春的正午
我是繁花之上盛开的一朵花，
是从心的馨香中
溢出的一首诗。
我心中绽放的孔雀蓝与玫瑰红
于绿意雀跃的
——河流之上
伴随锦鳞间新发的菱荇，
化为光
化为暖
化为声声明艳的鸟鸣。

三十九

繁华的迎春花的瀑布
在酽酽绿水间，
与云朵似的粉红的紫叶李树林
和火烈盛开的桃花，
托起颗颗鸟鸣。

四十

陌上金黄的油菜花，
与那长满绿油油新麦苗的
萧瑟的沟壑
和细柳照水的池塘，
搅动了春的蜜罐
引来群蜂欢腾。

四十一

花欲燃——
在青青翠林之间。
浓艳的碧桃
深粉红色的美人梅
月白的梨花
怒放的紫荆
与嫩绿的新叶
汇成盛大的春之曲。

四十二

穿越绿芽丛生的树冠的鸟啼
似满天璀璨的星斗

在碧云间熠熠闪耀，
又似
漫撒在初生的草坡上的珍珠，
又似
冬天里暗哑的枝
在光明洁净的窗前
崭新萌发的
水晶般的绿穗。

四十三

春夜里浮荡的紫荆花的芳香
与粉白的紫叶李花树梢
蜜黄的圆月，
甘甜了水晶般闪闪欲坠的星。

四十四

马兰草开花——
一串串白珠，
明妙交络于结香的绣球花头间。
油菜田中新鲜的艳黄
濯濯开展于水嫩的叶上。
盈盈一树
是皱皮木瓜花橘红色的重瓣。

四十五

椿树——
干枝发出红黄的嫩叶
与摇曳的枇杷树
晨露清流的绿芽，

朝向晴空下的暖阳。
燕子飞过——
红芽才露的蔷薇的篱笆。

四十六

木兰花的树林
淡黄、粉白与粉紫
蜜浆一般，
融化在光明的晨曦中，
枝枝叶叶
茂盛葳蕤
和那新开的海棠的蓓蕾
和那蓝莹莹的紫花地丁。

四十七

丁香的花枝
像晶莹剔透的琉璃，
在春色深处
闪烁一片寂静光。
那是盛放的满树粉红海棠
和嫣然媚丽的碧桃，
从春的空灵中
涓涓而出的——
一缕远香。

四十八

鸟啼——
像蓓蕾中崩裂的露珠
浇开粉红的海棠花树，

明黄的连翘花枝
丁香的紫云，
颗颗清圆。

四十九

涟漪般层层散开的鸟声
捧出鹅掌楸树新发的绿叶，
清透蕴含碧玉之光。
蒲公英花于竹篱笆前开了
金黄伴随水绿，
荠的小白花
在钻出泥土的青菜之间开了。

五十

三月柳
垂垂，
在橘树林绿枝间繁密的鸟声中。
三月柳
纤纤，
在一树树丁香花浅紫色的光彩和
浅紫色的芬芳里。
三月柳
浓浓，
在海棠树粉红粉绿的花海
桃树妖艳的秀葩
紫荆花连理的瑞枝间。
三月柳
清纯若水，
在梨花素白

菜花明黄的
——河岸上。

五十一

红花檵木——
在昏沉的傍晚
无数紫荆花的花球
雨后散逸的馨香，
弯弯曲曲的桃树艳红的绣葩，
繁华无限的海棠花树
洒遍绿草地的粉瓣中，
舒展丝丝红线般的红蕊。
一树一树白荆花开，
于夜色初现时——
流珠回转般的鸟语间。

五十二

纷乱的细枝间石榴树的红芽
与香椿树的红叶
曲枝绵长的枇杷树清新的小小
绿叶，
在柴草的篱笆
和雪白粉紫的油菜田隙——
嘎嘎的喜鹊啼鸣中。

五十三

紫荆花球团团成簇
挤满古老的树根。
莺歌燕语之间，

蜜蜂嗡嗡
在厚密成球的深粉红色碧桃
花里。
　　一坨坨海棠的粉白在山间，
　　一串串连翘的艳黄在河岸。
　　成千上万玛瑙赤珠色的石榴新芽
雨雾中的苔藓似地发出，
　　当高岭般巍峨的紫荆树
紫艳如云蒸霞蔚。

五十四

春雨过后
牡丹花苞长成——
火焰状尖圆，
开裂的顶端
溢出一缕桃红的瓣尖。
乔木的新叶云母般透光地绿，
雪柳喷薄白花
似山泉流泻的滚珠。

五十五

一只麻雀
跳跃过茸茸的绿草滩，
花背的鹧鸪
在绛红色的紫叶李树冠穿梭——
当高枝上的燕子飞向晴空。

五十六

鸟儿扑棱棱飞过

清新的树枝，
当牡丹花的蓓蕾愈发秾丽
黑土里钻出芍药的红芽
八重樱的粉瓣即将从花萼中
开裂。

五十七

春天的树林
有许多头顶喜鹊巢的桐树和
杨树，
带着希望的绿芽
立在樱花与海棠花薰粉的晚霞中。
小河汤汤
冉冉垂柳的纤枝
与粉紫色芬芳的丁香丛间，
跃出翠禽的啼鸣。

五十八

绿草满园
土坡上野豌豆苗青青，
水满池塘
风致的蒲公英花淡黄，
如烟如雾的柳絮飞过
成串的榆荚，
落在黝黑的泥地上。
玫瑰醉色的红花树
枝上缀满蝴蝶样的花朵，
在四月的早天里
——芬芳。

五十九

绿叶圆圆的莹润的枇杷树下——
长着新鲜的野草。
茅的白花肆意开在——
贝壳状的草叶间，
映照漫山遍野的黄蒿的碎花。
枸树枝结出乳白的枸穗，
无花果树枝上有淡绿的晶莹
小果——
一只白蝴蝶从芳草丛中飞过。

六十

麻雀——
精灵般跳过黄花绿叶的野草，
当土坡上灌木丛中的榆树
发出细小的新叶。
杨树若乱石纹理的数不清的树枝
分开旷远的天，
树叶絮絮低语。
黄馨花开，
满墙芳。

六十一

鸟啼中——
微风吹落白玉兰花树淡碧的
花瓣，
长尾的山雀
蓝灰色的毛羽

掠过碧桃丝丝红绒似的花冠，
成群的鹨鸪震动海棠满树乱英。

六十二

鸟啼——
如七色花的花瓣
溅在紫荆花树林下的青草地上；
又似七色钻石中射出的七色
宝光，
在多彩芬芳的花林的气息中
——闪耀。
紫藤初开，
石榴树红芽寂寂。

六十三

初开的紫藤花架
垂下茸茸花穗，
浅紫色的光辉与浅紫色的芬芳
随着古老的藤萝——
延伸在舒缓的土坡上新绿的
树林中。
水岸萌生的菖蒲的长简，
似紫藤
经年埋藏的絮语，
在枝叶横生的山桃花间颤动。

六十四

水岸桃花枝下
嘎嘎叫着的野鸭

轻盈地跳出——
一圈圈涟漪，
落地化为碎水晶般晶莹的细浪。
艳红的花簇间百鸟啼鸣。

六十五

花树是春天的话语，
盛开在新绿的云朵之间，
当燕子剪刀般的黑长尾
剪出明黄的素馨。

六十六

牡丹花开——
秾丽若宫妆美人。
牡丹紫红色的瓣儿
从半开的花冠中吹落——
在蒲公英生长的枯涩的泥土，
绚烂如碎锦。
串串流苏似雪。
樱桃花开
一树碎银。
崧蓝的米粒状小花
和草丛中的米米蒿
长叶的碧草
蒲公英的绒毛
——舒扬

六十七

樱花树深粉红色的花簇朵朵盛开

似朝霞间的朵朵彤云，
樱花的深粉红色的瓣儿飘落
间杂皓白的鸟啼
乳黄的鸟啼细逐。

六十八

牡丹花像古老册页中的折枝绘画
在春天的早晨袅袅蒻蒻地吐瓣。
清澈的鸟啼中，
紫红色的花苞开裂
于锦屏绣像般的枝叶间。
温暖的阳光传来——
陈年氤氲的香风。

六十九

山间粉红色的桃花
和水滨粉白色的桃花之间——
有万千鹅黄的鸟啼。

七十

轻薄柳絮——
一团团逐风飞起，
粉紫色的酢浆草花间
团扇大的白蝴蝶自在翔舞。
冬青树碎小的五瓣绿花
在长夏的正午，
鹧鸪清凉的咕咕中，
与鲜蓝色的麦门冬一起绽开。

七十一

丁香花丛浅紫色的芳香里
蕴含万千赤珠般的嫩叶，
无数鸟啼像万千新生的绿芽，
响在盛开茸茸红花的红树林中。
蜜甜的花香
如朝阳召唤朝霞
唤出绵延至天边——
无尽的红木。

七十二

黄馨花丛盛开
好似无数飞翔的黄蝴蝶，
落在茵茵绿草间。
梦中杨花般轻盈的黄色花瓣
飘舞——
于孔雀蓝色碎花
和雪粒般的荠花之上，
雀鸟的细语中。

七十三

四瓣黄花开裂，
一把娇黄的嫩蕊托起——
石楠树绿白的花枝间的暑风。
密林中樱花正浓，
旁逸斜出的紫藤
婆娑——
一房一房粉紫色的花簇

于绿叶成荫的玉兰和海棠树梢。
梨花月白
栗子花纯白，
蒲公英茸茸的小伞
飞过——
才萌出新蕾的蔷薇丛。

七十四

牡丹花绚烂盛开
如绿天中紫红的云彩，
古老的虬枝托起——
车轮大的花冠
雍容华贵若珠翠满头凤冠霞帔。
牡丹花浓似花雕酒的醇香
随着锦绣般浅紫色的瓣儿、
绛红色的瓣儿
的浓彩
——在阳光煦暖的园囿四散。

七十五

芦苇水绿色的新叶
穿破净泥而出，
悄然立于去年冬天遗留的蒹葭
隙中。
水石之间——
此起彼伏的蛙声
震颤高树上紫藤的花蔓。
榆荚飘舞
石楠的绿涛随风流荡。

七十六

粉紫色的桐树花的芳香
在蔚蓝色天空下的空枝间浮荡，
似无数蜜浆
从水百合状的花托中滴落。
暮春三月的桐花
一树粉融，
绽放于鳞次栉比的房舍上
图案形的屋瓦缝中。

七十七

春天清晨的鸟鸣
似无数含水的花瓣——
进出的细小露珠，
在树林中光明通透的绿叶间，
在胭脂红色的灌木花丛
红透了翡翠绿色的池塘时
——响。

七十八

扑棱棱飞起的喜鹊
颤动了紫藤萝花开满眼的古老
长蔓。
四月里的牡丹花
在幽微的药香中
烂似云锦。
芍药才生蕴含艳红的绿萢。

七十九

丁香落瓣
淡绿色的榆荚满天飞舞，
而蔷薇开花的时光未到
满架绿枝在等待——
清明过后
一霎的春雨。

八十

雨过——
石楠树淡黄的花粉遍地乱撒。
细流漫过的草丛中
满是红英葳蕤的桃树——
粉色的落瓣。
天地清明，
野豌豆浅紫色的小花
在含水落蕊的八重樱树下。

八十一

木香花架下馥郁的气息中，
月季圆圆的蓓蕾
在绿叶间悄悄膨大，
蔷薇枝上一把散碎花苞
于清明午后的细风中摇曳，
红蕤初露。
紫薇树古老苍白的茎
新生红叶，
玛瑙般透明

火焰般耀眼。

毛茛翠蓝若孔雀尾羽。

晴空白云之下依依矗立淡绿的
石楠。

八十二

群起乱飞的鸟雀的啼鸣，

忽而如山石间四迸的野水

忽而如树林中游走的细流

忽而如抛向天际的一道金光，

在新发散碎绿叶的槐树丛中
回响，

当青梅若豆

流苏喷雪

木香晕红。

八十三

蔷薇花开了——

胭脂红的一朵

嫣然媚丽，

数枝蓓蕾亦在鲜绿的花萼间

裂开深藏的粉红。

苹果树花洁白若月色。

一朵月季绽放秾丽如醉的橘红。

八十四

万千蔷薇的蓓蕾

细若银河岸上的小星，

攒聚如草绿色宝石花，

从绿叶成荫的树林中——

簇簇萌发。

半开的月季

才露粉心黄沿的花瓣儿，

蜜甜——

香融——

在去年冬天开过的暗红色蔷薇
花上

新鲜吐放隐藏的芳馨。

八十五

竹篱间翩翩起舞的黑蝴蝶——

飞过浅紫色的油菜花丛

和绣球状的香葱的花头，

在暖风煦日的春日正午，

——碎碎鸟声中。

八十六

赤珠般深粉红色的蔷薇花嫣然，

在绿叶葱郁的竹篱上。

玫瑰香露沉浓的花蕾

像一支支小小的火苗，

幽艳吐芳

于初夏密密的绿海中。

五瓣刺玫，

花瓣粉若芙蓉玉

纤柔若锦缎

在微风击响的——

新生的紫荆荚果前盛开。

八十七

荒野上的苦荬
以涩意的黄花——
明亮寂寂草丛。
地黄暗粉色的草花开，
于黄鹂唧唧啼叫
唤起新叶青青的树林时——
鹧鸪隐藏的竹雾中。

八十八

鸢尾花初放，
宝石蓝色的花瓣
于长叶幽深的草丛中
熠熠发光。
一两朵——
瑰丽深沉若梦。

八十九

梧桐一树一树花开
绵绵粉红的繁华，
与棣棠灿若阳光的金黄
映照满山茸茸绿草间——
涩的苦荬
风致的二月兰
紫色的豌豆花。

九十

紫红色的洋槐花开

鲜汁欲滴，
当细流中的鱼儿
翻腾若彩锦——
喋喋跃出水纹。

九十一

麦蒿花枝如野土上的凤尾
枝枝伸展于鱼儿跳跃的荒水畔
——杂生的柳树间。
杨花柳絮白茫茫飘过，
喜鹊从碎石隙中——
嫩蓝色小小野花上飞起。

九十二

水蓝色的长叶马兰花开
牵动万千奇形奇美的蓓蕾，
芍药蓓蕾圆圆
蕊心一点红紫，
月季蓓蕾裂开娇黄与桃花粉，
无数蔷薇尖尖的苞儿
像夏夜的萤火虫和星子
在风儿悠闲地扯着的花叶间闪。

九十三

枝上无花果新生——
绿绿圆圆，
与浓荫中枸树的长穗
横在落地的紫荆花和碧桃花上。

九十四

蔷薇花深粉红色的蓓蕾
像众多绿云间的火苗闪耀，
辉映苹果花月白中的粉白，
在草绿色的池塘
才发小荷圆圆的细茎时。

九十五

长串木香花儿粉红如云
盘盏大的五彩月季朵朵炫目，
芍药蓓蕾似光明中的希望
——日日膨大，
带着萼片隙里深紫变成的娇红。
无数蔷薇盛开，
时而若海底绿浪间深粉色的珊瑚
时而若白玉石含着些许黄玉髓
时而艳溢香融
若芙蓉玉雕琢的莲花结。

九十六

楝子花开
芳香白芨般浓郁。
荷塘畔的鸟啼声中
如画缤纷——
红香绿玉的蔷薇。
石榴花的蓓蕾烈似火苗，
毛桃鸽蛋大的桃实
才生细密的白毫。

九十七

麻雀如五线谱上的音符，
三五成群颤动在——
开有玫红色蔷薇花的竹篱上。
飞来飞去——
野生蒲公英的绒毛
和梅果桃实表皮的白毫。

九十八

万千香梦沉憨的月季花儿
在阳光中微语的时候，
是无数深粉红浅粉红的蔷薇
花儿——
盛开的季节。
鲜绿的草地之上
一泻千里——
木香粉白的花的瀑布。
一树一树流苏皓若瑞雪，
棣棠金黄——
闪耀于肥脂般的绿叶和火焰般的
红花间。

九十九

洁白的洋槐花
宛如新刨的木板，
掩映——
清澈的水塘中
水绿色长叶长梢的芦花。

一百

春夜的朦胧中
朵朵玫红色的蔷薇花儿昏沉
掩瓣。
疏星穿越——
楝树花丛暗暗蕴藉的浓香。

一百零一

无花果树纯绿的枝叶间
回荡着天堂般的鸟语，
雀儿群起飞翔
缭绕——
杂生的树叶和清圆的绿果。
楝子花香，
草丛中传来鹪鹕深沉的啼鸣。

一百零二

暗夜里浮荡的花香，
是洋槐花的月白
是蔷薇的玫红与粉红
是月季橙黄橘红的厚厚的花瓣间
的蜜甜，
散逸在——
池塘上碎月般
此起彼伏的蛙声中。

一百零三

水红色芍药花才开数瓣
在翠绿的嘎嘎的鸟声中，

鸟声若劈开的木料
充满原野的气息。
芍药花苞艳如胭脂
柔如锦缎
众多如霞光间散乱的彩云。

一百零四

乳黄色的娇艳的月季花蕾半开
在凤凰翔集般的一树树桐花下，
竹林中蕴集——
妖娆的深红色月季花，
枝枝曲若瓜蔓，
连绵盘绕如豌豆的细丝。
桐花在满园洁白的洋槐花开时
开着，
在一架架艳红粉白的蔷薇
如火如荼绽放时开着，
在隔河相望的楝树花的浓香中
开着。

一百零五

五瓣迎夏花儿初开
柠檬黄色
豌豆大的小朵儿，
似夏夜的繁星
点点闪耀于草坡上倾泻的浓稠绿
蔓间。
睡莲花梦一般朦胧的白影
恍惚浮现于——

远远的湖面之上。
临近湖岸的冬青树丛中，
大朵大朵的红月季火焰般燃烧，
橙红色的石榴花烁亮，
横七竖八长着金银忍冬素白与淡
黄的花枝。

一百零六

高坡上的蔓草丛里
鲜紫色的野豌豆花开，
似散乱的紫色云彩
流荡在碧天里。
芦苇长长，
水滨的菖蒲间游弋一群群白鹅。

一百零七

燕雀飞越野田中丛生的燕麦时，
花尾花翎的鸟儿
在河岸的灯芯草间闪过。
水红色的芍药花——
繁密如雨过天晴的蘑菇
于鲜绿的园圃中竞相绽放
锦瓣摇摇——

一百零八

肥厚的墨绿色的叶
簇拥满树洁白的木槿花的时候，
空中充满蜜甜的芬芳。
花瓣粉白花心粉红的半边莲

似一长串一长串倒挂的百合
与河岸边——
粉红花瓣粉白花心的蔷薇
盛开在鸟语蕴藉的香风中。

一百零九

水岸巨大而坡度舒缓的石头——
之间的蒲草，
开着明黄色细薄的花儿。
迎夏无数繁星般的淡黄花蕾
在山坡草丛中烨耀。

一百一十

静澄的湖面上
忽现一朵玉琢般的白莲
盈盈半开，
好似宁静的沉思中
乍现一道游走的灵光。
六瓣的水红色芍药花儿盛放园囿
花蕊娇黄，
绰绰迎风立。
鸟语叮叮。

一百一十一

一朵玉色的睡莲满开，
莹洁的莲瓣间
莲蕊娇黄若琥珀，
在蟢子成群飞过绿叶清圆的湖面
马兰花淡蓝色的柔荑盈盈招展

熟透的小麦丛中的虞美人花儿浓
艳如火时。

一百一十二

浓香四溢的楝树花枝间
一双喜鹊忽地穿梭而过，
雪珠般的楝子花寂静落下，
一地碎琼。
风卷落花纷，
蔷薇的落瓣拥红堆雪。

一百一十三

不知何处袭来的浓香
于金色的晚霞中
随着南风荡漾，
在雪一般的飞絮间
在洒落无数桐花的泥土上，
仿佛是楝子树粉紫色的彤云，
若百鸟毛羽
游过紫藤盛放——
小荷将露的时光。

一百一十四

雨——
浇开了隐藏在绿萼里的桃实
浇开了绿荫中紫蓝色的鸢尾花
浇开了满树银白色的石楠，
点点洒落于蔷薇丛，
染粉花蕾

染黄花瓣
染红花心里一滴浓香。
飘飘——
潇潇——
万千雨丝

一百一十五

胭脂红的蔷薇花的花枝
在雨露中，
累累赤珠般的花朵儿重硕垂下
——流水滴答。
细雨纷披，
楝树落下的粉蕊沿水流芳。
竹叶寒瘦，
于水雾熏化的烟中。
翠枝长叶间梅果晶莹。

一百一十六

槐树含水的枝叶
木笔表皮润湿的绿果
紫荆挂下来的露珠潸潸的长夹间，
躁动万千叽叽喳喳的鸟鸣。
雨后的凉风
似一泓清水——
流过草地上绿蝴蝶形的一片片
桐叶。

一百一十七

鸟啼中，

夹竹桃树树梢新发浅绿色的花苞。
露水稠厚的小园
长满月季深红与艳黄的蓓蕾，
裂开如储有浓香的玉瓶。
葡萄藤蔓卷曲着——
蕴藏浆汁的串串绿花。

一百一十八

红玫瑰花心里那一缕香
如痴如醉的黄玫瑰花儿
晕红的边缘
密藏的香，
在花瓣儿完全张开时
散逸——
了无痕迹。
成群的鸽子飞越竹篱上的花丛。

一百一十九

麦子熟的时候，
枝枝毛地黄婆娑
槐树的浓荫里是一片片淡紫的
花影。
许多水晶般明亮的蛙鸣
响在清水滨芦苇的绿浪间，
好似池塘吹起的水泡
明灭于初现水面的嫩绿荷叶上。
一两声黄鹂——
划过梅树与桃树绿果堆垒的
叶底。

一百二十

木莲花开在树枝上肥厚的阔
叶间，
纯洁的芳香如素馨玉色的瓣儿
四散。
昏黄的暮气暗含——
丝丝粉红的合欢花儿的芬芳
河岸上白石榴花锦绣的百褶
花杯。
王莲即将从缕缕水草下萌出
睡莲皓雪般的花冠正于初生的荷
梗间闭合。

一百二十一

无名的蓟花
雪青色圆圆小小
开在山顶的野豌豆花丛中，
带着野鸟啁啾的细浪，
缠绕田旋花粉红色的花杯。

一百二十二

满湖睡莲花开
粉妆玉琢般的莲花花冠
在新生的细小荷叶间
鲜绿若雨过天晴。

一百二十三

荷叶初生的绿水畔的垂柳树
根下草丛中净水的涟漪，

淡荡——
与长穗的燕麦的波浪。
野草抽出高高的绿苔。
一两只云雀冲破——
骄阳晒得发黄的麦田,
花尾鹡鸰穿过柳荫槐林。

一百二十四

夹竹桃花胭脂粉色的花冠
连缀花冠下玛瑙红色的花簪,
迎风垂向雪白的藤花——
明黄的月见草,
无数飞翔的细小蜻蛉。

一百二十五

鹧鸪啼鸣中
满树晶莹的淡黄色枇杷果堆积
若垒。
绿玉石般一串串长圆的葡萄
挂在白蝴蝶飞过的蒲公英草丛
之上。
麦熟——
空中飘来虞美人的芳香,
白玉雕琢似的睡莲——
盛开于墨绿荷叶间的净水。

一百二十六

深粉色的夹竹桃花红如燃
在墨绿色的披针形长叶间。

茂盛的一树树——
银白与珊瑚红的夹竹桃花
堆垒若晚霞中厚重的云朵。
奶黄色的娇艳欲滴的月季花
粉红桃瓣似的柔柔的月季花
绽放于明油般发亮的翠叶间。
月见草的黄花上长翅蜻蜓飞越。
粉黛乱子草从果实拥挤的杏树海
棠树冠垂下。

一百二十七

风卷一池碎荷
如绿天里散乱的绿云。
芦苇丛翠,
梓树在杜鹃啼鸣中
露绽粉色的缎花。

一百二十八

绽放——
炎暑中橙黄色的凌霄花
翠叶间媚丽的大红色石榴花
浓草里的抚子和瞿麦,
在蜻蜓立上鲜嫩的细小黄瓜的花
儿时。
无花果浑圆,
枇杷明艳,
葡萄晶莹透光。

一百二十九

水菊花
彩色云母片般的花瓣
攒聚——
一株一株——
长在洋姜花金黄色的长叶草丛中。
抚子与瞿麦似水滨绿滩上遍撒的
彩屑。
一枝一串红花于竹林间开。

一百三十

细雨——
染绿荷塘中裙裾般的新叶
高高的芦苇
菖蒲环绕的浅笑的涟漪。
雨丝飘洒间——
坠下深粉红色和银白色的夹竹桃
花朵儿
碧荫里落花堆积。
向日葵肥厚的阔叶
与草丛里玉簪花的长萼
在乱飞的翠禽的啼鸣中
含水——
微凉泛雾。

一百三十一

初阳升起
天青色的天空中

群鸟乱啼
如繁花缭绕。
鸽子在水车车起的晶莹碎珠间
飞过槐树椴树的浓荫。
簌簌枣花落下，
莹莹闪烁——
河岸上燕麦丛里
宝石蓝色的鸭跖草。

一百三十二

荷塘上那些沁人神魂的绿
沿着布谷鸟的四声啼叫
和水浪的柔波
在新萌发的——
高高挺出水面的荷花蓓蕾间
逸散。
灰绿色的小荷
水红色的含苞待放的莲瓣，
与蒲草浓蘸墨蓝的长叶
于榴花间杂多的群鸟乱鸣中，
散发忘尘的清芬。
黄绢般娇丽的月季
开于柳浪里，
深粉红色的柔柔的月季
长在黑天鹅出没的蒙蒙密草间。

一百三十三

荆花，
一串串淡紫色——

于带雨含水的红石榴花树间初开。
碧水如天，
水晶般发光的露珠滚动在蹁跹的
荷叶上，
璀璨若明亮的群星。

一百三十四

浓郁的仲夏
鸟声如剪的莲塘
连绵荷裾间冒出枝枝尖尖的
菡萏，
若初晴时分林中春笋。
萌动——
一枝水红色的丰满的荷苞，
于万千枚灰绿烘托淡粉的莲花蓓
蕾上。

一百三十五

万枝荠荷攒动中，
涓涓细流汇成的浪涛
如春潮澎涌。
涟漪脉脉的水塘上
莲叶亭亭若盖。
锦鳞和游弋的白鹅破开这些厚密
的绿云，
数朵花瓣才分的红莲芙蓉玉般
莹润。
白莲花苞似明妙白珠，

沿河流芳。

一百三十六

王莲花圆盘般的巨大碧叶
在火一样热烈的橙黄色美人蕉花
间撑开。
雨丝攒聚若珠。
白荷花——
花冠边沿玉琢似的素瓣
当雨珠滚落时，
于水风中舒展。
风水汤汤的莲叶隙中
红荷芙蓉色的柔瓣
与莲心里娇黄的细嫩莲蓬
清水味的莲蕊
朵朵圆满绽放。

一百三十七

一朵粉红色的莲花
满月般圆，
枝枝丰硕的红荷苞
六分开
八分开
远芳清逸，
于绿玉石般凝碧的水上。
莲叶盈盈
似风吹仙裙。
鱼腥草宝石蓝的小花
蒲草黄艳艳的花儿

遮掩白荷坠于莲蓬下的玉瓣。

一百三十八

蛙跃净水中时，
可听暑风里莲花的开合。
琥珀色的红中透绿的荷叶之上，
盛开一捧一捧云霞般的红莲。
摇曳的荷梗
似静澄的水面上萌出的长长的春草
托起花萼粉绿花尖粉红的花蕾，
花瓣乳白瓣缘晕红的花冠，
花心莲蓬艳黄花瓣色若胭脂玛瑙的全开的莲朵。
参差不齐的田田的莲叶
圆圆——
映照满塘云母片般红白的荷花——
透过的仲夏的金光。

一百三十九

红莲花含水的艳红
于朝阳初升时千瓣盛开，
白莲花心里莲蓬娇蕊的鹅黄
与花瓣边缘细细的一线晕红
在清露晨流间舒放。
脉脉涓滴之上
密密生着的莲花花蕾
艳而雅的娇红——
从花萼的浅到花尖的深渐渐渲染

的水红——
冰清玉洁的白——
月白花瓣瓣根渗透的玉髓般的明黄——
合拢的空心中映出的冷粉色的绿——
是那菡萏的七彩。
碧绿的荷裾
与碧绿的涟漪
远远隔开染柳烟浓的对岸
墨叶间——
睡莲花的冷艳
和渌水荡漾的翠蓝。

一百四十

莲花密——
莲叶亦红亦绿若琥珀玳瑁。
莲瓣簇拥的鹅黄色莲蓬上凝结数点嫩绿，
似一缕暖玉中发散的远香。
万朵瓣儿重重的莲花花冠
沉沉压向——
鲜若春草的卷曲的新荷叶，
与澄明的水中萌生的众菡萏
与即将圆满盛开的硕大的红荷白荷的巨蕾。

水月素英

一

高天之上渺远的月
墨蓝色穹宇中的天极——
和暗夜里雨后的树林，
融为一曲宁静幽美深沉的韵律
——在晚风中。

二

深蓝色高空中的十五的圆月
水晶般的光穿过墨黑的树叶，
乌玉似的荷塘中
一枝暗藏在莲裾间的曲柄的白莲
吹出似有若无的灰烟。

三

夏至，
群鸟啼鸣中
深粉红色的紫薇花开
——一树繁华。
莲叶田田间
红荷丰满的花苞若满天云霞。
霭气升腾的荷塘上，

莲瓣和莲蕊于晴明的细流中
绕过芦苇和黄花盈盈的蒲草。

四

浅紫色的紫薇花
翘翘轻枝——
开在流风回雪般风流婉转的
鸟鸣中。
炎炎仲夏，
蔷薇葳蕤，
橘黄色的一树月季盛开。

五

橘树淡黄色的花香里——
飞过一只轻捷的叫天子。
木桥下的水塘上，
万千红荷的莲瓣
在王莲碧叶圆圆
芦苇于暑风中舒展时
——袅娜盛开。

六

枸树红艳艳的果实落下

于水塘畔柳荫里蝉鸣时，
　暑风吹过红莲白莲之间潋潋的
清波。

七

蝉鸣如尖细的金属丝
在黄昏的树荫中颤动。
丁香巨伞似的桃形树叶下——
原野茅草般丛生的蝉鸣
随着夜幕下逐渐暗沉的荷塘
微弱——
好似游丝消散于风中。

八

嫣红色的美人蕉花初开一枝，
　如一只鸣于九皋的仙鹤，
　亭亭矗立于阴雨天湿润的灌木
丛中。
　仲夏——
淡紫色荆花茂密盛开的时节，
美人蕉与一枝曲柄的白荷的蓓蕾
在碧叶间绽开。

九

雨水中的鸟鸣——
　那含露的宛转在润湿的晓风中
响起。
　月夜中落下的昨天的雨，
　在荷塘岸上的柳荫里——

聚成清浅的水洼。
盈盈莲瓣坠入沿河生长的
菰蒲间。
　凉风吹过——
雨丝随着荷叶上的烟雾
散开在林木萋萋的山坡。

十

江上雨雾中布谷鸟的声音
穿越莲花盛开的水滨，
芦苇微微的滩涂
淡蓝色烟霭中的惆怅的柳林
——传来。
树枝间麻雀的啼叫，
如荷叶上的跳珠般四散。

十一

树林中晶光发亮的——
绿叶间虫儿的银丝，
从高高的树梢延伸到深深的草丛
在仲夏的阳光中熠熠闪耀。
青虫于碧叶底结茧，
蝉从泥土的洞穴爬上树枝，
飞蛾和蝴蝶将黏稠的汁液吐在油
绿的草茎，
化为光亮的细丝——
交织于果实涩绿的海棠树
和白花坠地的黑槐树间。

十二

荷花花蕊里那一缕淡蓝色的
幽香，

渲染了水云潭潭的高天上

——一颗光灿的启明星。

十三

蟋蟀的唧唧声

在暗夜里盛开的夹竹桃花丛中，

明灭若山间草叶上的露珠。

知了悠长的虫声

是墨黑的天地间——

梦境似的韵响。

十四

浅粉红色的牵牛花

幽艳地开于林荫蓬草中。

小暑，

蝉鸣在黑槐树的绿花间泛起
微凉。

兰草淡紫色的花串，

嵌有碎珠状的花苞

长于长长的碧叶丛。

十五

桐树浓密的枝叶

于傍晚的霞光中

包裹一线线尖细的蝉鸣。

江上暑风

穿过澄映葭苇的水面

击响河中小渚上灌木紫荆的
荚果，

吹拂倒俯在水湄密草间的水
菊花——

冷红落片。

红莲水红色的花冠

与亭亭清圆的碧叶

摇曳于芦苇荡漾的水滨阴滩。

十六

一只绿草间的蛙——

跃入溽暑中繁密的蝉鸣，

在绵软的金色萱草花

干涸为薄而透明的枯叶蝶的羽翼
的时分

十七

夏夜里数不清的草虫的鸣声

如满天繁星的沙沙，

回荡在银汉迢迢的天河。

十八

草丛里叫蝈蝈的鸣叫

迸上绿茸茸的草尖

和毛茸茸的狗尾草的野穗，

于一夜凉雨过后

开着素的小白花的飞蓬
紫荆树的长长垂落的荚果间。

十九

兰草浅紫色的花串
在雨中黄花熠熠的月季树——
淅沥的流水中
凉爽绽放，
而飞蓬张开盈盈的细叶
若扑腾的鸟儿的羽翼。
灰灰菜丛里有纤枝摇曳的车前子
与苦荬。

二十

雨雾中的树林蕴含成群的鸟语，
于粉紫色的紫薇花的浪涛中。
夹竹桃杏红的花枝尖尖刺出——
绿霭浓重的长叶。
高树蝉鸣，
草际惊虫。

二十一

暗夜里芦苇间蟋蟀的声音
与沿河流动的闪烁的灯明
在画影般的荷塘，
沉静的碧叶——
一朵曲瓣如幽思描绘的红莲上。

二十二

荆花开过
满园花椒树的绿珠，
鸟儿在晴空下淑气中的乱草里
飞舞。
九莲灯开花的时光已至
天宇间充满青枝连理的鸟语。

二十三

荒草间的细路
穿越商陆成串的红珠
龙舞凤翔的飞蓬的长叶
映衬无水的空塘中央——
轻的芦苇
杂的野稗
绒的狗尾草。
枸树赤色的浆果已落，
车前草和燕麦的长枝粘满苦荬的
白毛。

二十四

丰盛的玉米田中堆垒的石头般的
棒实
迎风舒展彩光熠熠的丝须。
沉沉谷穗间婆娑翠色的长叶，
于金光潋滟的暖阳中
凝聚墨海里翻腾熟味的绿。
芝麻白的花杆长在青纱帐畔的土

丘上，

　　豌豆鼓圆圆的香红豆荚卧在五颜
六色的杂叶下，

　　向日葵巨大如盘的头成群垂向肥
厚的黑泥。

二十五

五瓣玉色的幽兰花二三朵——
在野草深深的沉绿中。
一只精灵般的蚱蜢
跃入鼠尾草和水烛丛生的河滨，
蒲穗长长的蒹葭因之激越，
素色的水莱萸轻捷。
冷绿的荷叶与水红色的荷花
于荒滩上野生的碧竹间
散落缕缕清寒。

二十六

黛青色的河岸
在潮水涌起的天青色中
渐渐没入远山的朦胧，
灰白色的落日与晚霞下
绵延向天边——
是沿河伸展的青葱的草地。
水鸟嘎嘎啼鸣于野生的芦苇丛，
一字形鸥鹭飞过浩渺的高天。

二十七

那些浓若白芨的芳香

从厚厚的青草地上透出，
当紫薇花——
如云端撒下的彩屑
纷纷扬扬地盛开于灌木林，
珊瑚红和银白的夹竹桃花
一树一树
开在绿草丰茂的河岸，
高枝上粉紫色的木槿花
与碧草间烈火般红艳的美人蕉花
大笑着倾诉花语。

二十八

沙沙的蟋蟀的鸣声
响透杉树林中枝枝叶叶，
于浓黑的夜的河水上。
昆虫拍击青色的轻灵羽翅的声音
穿越柳岸暑风，
似无数明灭的心念散入睡眠中的
梦境。
一弯月浮游于无垠的虚空，
两三点模糊的星。

二十九

淡紫色的紫茉莉花
开在豆荚叶叶的荒草丛里。
黄花寂寂，
碎枝透出暑喧将尽时秋的地气。
寒凉——
五瓣星形桔梗花的紫

疏篱上小朵牵牛花的蓝
与荷塘中睡莲下渐趋冷寂的水。

三十

天青色的河中
芦苇泛起海青色的涟漪，
凝碧的荷叶浓聚，
隐藏一二枝——
萼瓣开裂的玉色白莲。
河风萧萧
铃兰的白花儿招摇
若串串风铃。
素淡的月白浮现——
在深草丛里夹竹桃花的枝梢。

三十一

冷雨中飘摇的花叶
随着穿过窗棂的萋萋的风，
依稀唤起昨夜骤雨中的记忆
——河上变幻的暗云
天上稀疏的星。

三十二

梧桐树褐黄色果荚上的雨滴
一线线撒落，
在淡紫的线兰的幽葩。
远方——
灰黑色的流云飘荡，
荷花于冷绿的重叶间

浮出一掬水红。
紫薇花树的花枝因饱含雨露而
低垂，
乱草里一丛丛玫瑰皱缩泛黄的叶
和深红的小小花头，
美人蕉花已落
赭色的花萼映衬巨大的绿箭。

三十三

合欢花粉红色的细绒丝
饱吸雨露
凝聚为巨大的水滴，
晶莹剔透地于一捧捧羽状碎叶隙
中坠落。
江上微凉的晚风吹过，
连绵阴雨的天边
有芦苇蒲草的细浪，
和幽花残开的一株株孤寂的夹竹
桃树。
鹧鸪在深青色的桐叶间啼鸣，
微细的虫声时隐时现于长茎
草丛。

三十四

云山之上一轮圆月
——于暮色苍茫间。
半空中映射金光的彤云
在落日将没时深蓝的天上，
听夜风放牧启明星的歌。

半空中的月
随着掠过苍天的乌雀
苍凉——
苍白——

三十五

昏暗暮色中的五瓣白兰花
朦胧若天边重重雾霭下的疏星，
玉状的尖瓣
在幽香里——
穿破长叶寂寂的草丛。
蟋蟀的沙沙如暗夜里的细水，
漫过荒滩上芦苇丛间联袂成裾的
荷叶
河水中声似涛涌的黛青色蒲草
合欢与夹竹桃锦缎暗纹般的
绣枝。

三十六

菱荇间的浮萍
好似碧浪上荡漾的曲曲折折的冰
凌花，
随着由坚硬而笔直
化为清空而碎裂的高柳间的
蝉鸣——
映射云母般澄澈的秋气。
一只野鸭跃过浮萍飘荡的水面，
倏忽钻入芦苇的青纱帐
乌黑的背影划出圈圈波痕。

三十七

蟋蟀的沙沙
在秋草细碎的叶尖颤动，
漫地滚涌若天边升腾的水。
杨树叶于湿润的绿风中霈霈
作响，
微阴的云即将洒下黄昏的疏雨。

三十八

野刺玫花冉冉的绿枝
缀有三五成簇的小小粉红
花朵儿，
穿越枯萎的灌木褐色的枝丫间的
空隙，
散碎的花瓣撒落
如青苔上润湿的胭脂。
紫薇树的嫣红
牵牛花的粉白
与山坡上秀木成林的木槿树——
稀疏地开着的淡紫色花儿，
在初秋的阳光中
云母般透明。
荆树花穗落
枝杈挂有蔓延的藤蔓，
开着花蕊尖尖的五瓣雪白花朵。

三十九

星空下的蝉鸣

漂浮在夜的河灯之上，
饱含季夏的清梦，
仿佛无数双深蓝色的眼睛
沉埋于古远时光。

四十

雪青色的一树寥落的紫薇花
亭亭立于野田中白茫茫的茅草
絮上，
蓬蒿丛随着傍晚的凉风
掀起黛青的浪涛
澎涌至天尽头。
黛青色的远山
与黛青色的天边的云
如绿草漫漫的大地边缘——
一弯浓重的晕染。
深青色的河水流淌。

四十一

花喜鹊
喳喳叫着飞过赭红色的高粱田，
引动咿——咿——咿——咿——
的蝉鸣，
于白花灼灼的芝麻丛。

四十二

灰蓝色的蝴蝶
飞过开淡紫色小花的荩荩草时——
麦门冬的长叶在微风中颤动，

无花果树硕大的浆果散发芳甜的
醇香。

四十三

蟋蟀尖细的鸣声
在夜间的窗外闪烁，
好似绿树间满天星辰的沙沙。
杏黄色花朵开的月季花叶底——
涌出蟋蟀的鸣声
夜雨一般朦胧。
四季桂花米粒大的花苞间闪动蟋
蟀的鸣声。
凤仙花桃红色的柔软花瓣间蟋蟀
的鸣声跳跃。
窗棂上攀爬着的丝瓜的长蔓
——珠串般挂着蟋蟀的鸣声。

四十四

竹林之中嘎嘎的喜鹊啼鸣
与杉树林中露水般繁密的灰雀的
叫声，
于微阴的初秋
薄云流荡在低空时，
随着远处厚密的草丛中鹧鸪深沉
的咕咕
——回响。

四十五

蟋蟀的鸣叫——

在梦境般的黑夜中，
荒凉的水滨，
深草丛里明灭。
银河潚潚的天穹下，
旷野上墨色的树林
宁静——曲折——

四十六

绵绵秋雨中蛉虫的叫声，
如薄冰破裂时清脆的震响
在花寒草寂的月季花丛里。
瘦伶仃的月季
留些瑟缩的冷红的朵儿，
与深绿色的幽兰和淡紫色的
麦门冬。

四十七

野稗丛中落叶下秋虫尖细的声音
在车前草与蓬草淡绿的细梗上，
伴随一只飞越雾气蒙蒙的竹林的
鹈鹕。

四十八

篱笆间一串缠绕的藤蔓上，
开出两朵小小的淡蓝色牵牛花。
狗尾草绒绒的毛穗，
在冷雨中抖动。
长叶梭草明亮的叶梢坠下颗颗晶
莹的雨滴。

四十九

万千雨滴落下黑槐树树林密密的
树冠，
群鸟纷乱的啼叫
于绿果圆圆的冬青树丛中
连理着紫薇花豌豆紫色的锦瓣
和海棠树颗颗晶莹的秋香色
海棠珠。
荫滩上含水的荆树丛中
飞过一双花翎绣翅的鹧鸪。

五十

河岸上沿堤生长的夹竹桃花的灌
木林中
响起无数午夜急雨般的虫声，
好似许多嵌在绿叶红蕊间的
风铃，
与暮气隐藏的远处深林中的犬吠
——在雾霭里回荡。
枸树楚楚，
微风中一弯金色霁月如钩。

五十一

迷离的黑蝴蝶
一群群飞过淡紫色小花的益母
草丛，

似片片墨黑的碎锦

斑斓彩纹堆秀。

菟丝子卷曲的绿须

翩翩起舞一双杏黄色的蝴蝶。

橘黄色羽翅印有褐色阑干的蝴蝶

穿越山间莎草下脉脉的流水。

灰蓝色的小小的蝴蝶

如野树的落叶

停在涧水旁巨石缝里蒲公英的黄

花上。

五十二

粉紫色的紫薇花的花香

穿过水雾蓊郁的木槿树的树林，

木槿花薄若云母片的鲜紫色花瓣

于隐隐雷声过后——

雾月般的风中——

清露连堕。

月照河堤上云集的紫薇花树

树林，

嫣红花冠霰雪状散开。

五十三

碧蓝的夜空中，

蓬头散发的柳树垂下一丝丝闪动

银光的蛛丝，

毛毛虫口含蛛丝的末梢

在幽深的夜色中飘忽

灰黑色的蛾子飞过冥冥漠漠的

树林。

金色的圆月

像浮在无垠海水上的一枚珠贝，

游于芦苇荡荡的河滨。

梦一般的墨黑中，

有五瓣白兰花郁郁丛开。

五十四

桂花的香云，

于鲜橙般的凌霄花

落在莲子已老的荷叶上时

飘过秋水澄清的蒲苇蒹葭。

果树树冠坠下的甘甜的雾霭凝结

成碎珠——

在王莲花车轮大的叶上。

莲蓬褐黄，

淡紫的小花绕池，

减绿的萍藻间尚有满开的红荷与

白荷。

五十五

唧唧虫声

在凄清的秋水畔

芦苇丛中，

王莲花蒲团状的巨叶间

幽梦般的涟漪静谧飘散。

一树树红叶

矗立于荻花茫茫的白絮内。

红蓼方开

237

滩涂上撒着稗草阴湿的深绿。

五十六

紫雏菊的花丛里
扑棱棱飞出许多褐色的麻雀,
好似质朴的曲调中突然迸出的高
昂的音符。
黑紫色的皱缩的花萼颤动,
在黄叶杂生的乱草间,
若拂晓时分细细的微风引动游丝
般的虫鸣。
满地落叶堆积,
凌霄花橙红色的花冠坠在
落叶上。

五十七

红白莲花落后莲子满塘
褐绿色的莲蓬——
穿透黛青色的荷叶的曲裾
溅落一池乱跳的晶莹水珠。
淡黄的美人蕉花
瑟瑟开在绿绿的石榴果间。
长叶梭草划过岩石上静澄的
碧痕。

五十八

一树紫薇花的嫣红
在秋雨过后水雾潸潸的池塘畔,
伴着王莲花蒲团般的巨叶间

与千瓣芙蕖相连——
几团硕大的粉红菡萏。
嫣红发冷,
好似芦苇丛中的凉飒
染过将枯寂的灰绿的叶。
数只灰蓝色的蝴蝶翩翩飞越——
野稗茎隙里的寒水。
叶略泛黄——
河岸秋草纤纤。

五十九

夜的池塘中盛开一朵雪白的
王莲花,
朦胧若云间月。
雾气间芦苇丛中秋虫的唧唧声,
从淡淡的清晨
闪到深深的黄昏。

六十

淡紫色的紫茉莉花的花托
像蜡笔削下的碎屑,
在池塘畔一丛一丛素纯的小白雏
菊花间。
红蓼的枝株中蔓生着浅蓝色的牵
牛花
——冷寂
沉入园圃内月季渐趋暗红的
柔瓣。

六十一

红蓼枝上花穗垂落——
滴下颗颗硕大的雨滴。
秋雨横扫——
串实摘尽的葡萄藤
和黄花已谢的向日葵肥厚的
绿叶。
丝瓜和黄瓜开在藤蔓间的黄花
脆生生连着嫩绿的鲜果。
海棠树赤珠满缀。

六十二

冷寂的水中青灰色荷叶的清洌
于横七竖八地坍塌的莲丛间，
穿透黑褐色的皱缩的莲蓬。
芦苇灰白的絮婆娑，
寒香蕴聚的幽暗池塘上——
漂浮褶缘淡黄的落叶。
虫声四起，
颤动草丛里茸茸的长穗。

六十三

黄昏疏雨中的孤灯
在昏黄地落在荷塘中的雨雾上，
摇曳若风中芦苇。
秋虫唧唧的鸣唱
随雨滴淅淅沥沥的声音，
穿过夜的深暗草丛

和暮色中隐藏的高低不平的
莲叶。
梧桐树褐黄的长荚
于冷灰的高枝间敲响。
淡红色的长蔓牵牛花
与暗水中的王莲
长于密林里一座孤寂的木桥旁。

六十四

天光映照的静澄的水中
隐藏有白莲红莲清空的荷茎，
与睡莲在幽暗细澜下摇动的
莲梗。
落寞的石塘上——
亭立青灰的荷裾，
因雨水腐蚀而朽烂的黑褐色
莲蓬，
迎向秋风吹落的柳树的黄叶。
一树结满红珠的火棘
倾其倒影，
在白云晴空下镜般的水面。

六十五

昏暗中浮荡的桂花香
似密林间的流云，
从不知何处盛开的金粟蕊里
飘来，
仿佛隐藏在秋的深夜中
寂静的葡萄架下——

红叶已添的凌霄藤上。

六十六

细雨点洒在五瓣白兰花前，
兰叶手捧这些洁净的白兰花时
空中充满素水般的芬芳。
似玉似雪的白兰花
开在雨水淅沥的秋草丛中，
花心凉爽、淡黄。
秋天的风漫过秋天的天空
若溪流洗去玉石的苍颜
柳树的空枝画在湿润的薄雾间，
些许寒虫鸣叫
——应和。

六十七

黑背长尾的喜鹊掠过——
金银忍冬木闪动赤珠的翠枝，
惊起白雨滚珠的荷叶间
倏忽腾跳的小鱼。
远方雾霭般的鸟啼，
响过重重叠叠的层林之后，
似冥漠的空中
——若浮灰的雨云之影。

六十八

绿浮萍
点点碎碎
在澄澈的水中飘散，

似静谧中缕缕思绪。
浮萍之下莲根间深暗的水藻
——如秋风撕扯叶缘泛白的秋草
被隐藏的暗流淘渌成丝丝细纹。
芦苇间的清水
于颢气荡涤的湛蓝的高天的
倒映里，
生长着紫花凋落的菖蒲。

六十九

秋空中的晚霞——
一片红绿相间的石榴石，
映照莲蓬高高的池塘畔——
深红色艳而雅的美人蕉花，
含露低垂的珊瑚色紫薇花，
淡紫色的浓密成林的木槿花。
残荷叶上
一朵玉白色睡莲
一朵晶紫色睡莲。

七十

成群的鸟儿
飞越深青色的田野，
灰绿色的蚱蜢在阳光中的稗草间
跳跃，
撞到古老石屋深灰色的墙壁。
蓝蝴蝶与白蝴蝶翩然游过茅絮茫
茫的草丛。
紫红色的牵牛花

于风中萎败，
卷曲的花萼依傍土绿色的蓬枝。

七十一

蝈蝈的鸣叫震动黄蒿杂生的
草丛，
灰绿色的苍耳许多带刺的尖果间
蓄积蒙蒙露滴般的虫声。
椿树上一只花喜鹊——
俯冲向长满花生的田野，
惊动棒实累累的玉米田畦上
一只土黄色的野鸽。

七十二

新鲜的粉紫色木槿花
若切开的水果，
苦荬之上团扇大的黑蝴蝶
和野生锦葵花上的金黄色蝴蝶，
从乱草里飞来——
薄翼叠起
落在紫色花瓣内融融的蕊中。
栾树的红林
远远罩在河边，
于茫茫原野之外
遥望沿路矗立的整齐的木槿树。
麻雀腾跃在玉米株的长梢。

七十三

秋天原野上野生的曼陀罗花，

雪白的花筒长在黑色苎麻丛中。
干枯的枝条，
杂乱的黑苎麻，
好似印在灰蓝色的天空上的
暗花，
无数鸟雀从其中进出，
一散入天。
远远河岸上的柳树
在荒寒的荻花环绕的水渚，
野鸭倏忽出没的滨洲。

七十四

晚霞中一群乱纷纷的鸟儿
忽地飞过茱萸杂生的荒野，
啼叫引出密生白毫的蓬草
和愁惨的黄蒿间——
一只喜鹊，
于夕阳灰白的薄光
与满天卷积云之间
——徘徊。
白蝴蝶，
一只游过素淡的黄花。
黄蝴蝶
浮过苦艾丛。
灰蓝的蛾子状蝴蝶
似薄暮的烟雾
冒出狗尾草盘结的老叶。

七十五

野菊花悠长的思绪
延伸为深绿色的菊叶之上——
颗颗丛聚的蓓蕾。
淡紫色的雏菊,
在凌乱的狗尾草间开——
一朵一朵。
蜻蛉成群飞起。

七十六

不知何时,
凋零的紫薇树圆圆的花托之后
木芙蓉花的花苞悄悄生发。
艳红的美人蕉花枯萎,
荷塘遍是黄叶时,
寒烟湿雾中的木芙蓉结出攒聚的
花苞。
不知何时,
木芙蓉的五瓣叶间
开着一朵朱红锦缎似的花。
不知何时
木芙蓉树上两朵花已谢
锦缎似的朱红化为晦暗的深紫,
而先前的蓓蕾仍未绽。

七十七

深秋,
淡黄色的野菊花开了,
苦味儿的远香传过莲叶零落的
秋水。
灰黑的蜢虫缭绕莎草上披离的
金枝。
桂花已谢,
暗淡轻黄的粟粒隐退入墨蓝的
树丛。

七十八

林中,
一只灰黑色的大雁——
掠过黄叶堆积的秋水。
紫薇树深绿的果珠
在稀疏的红叶间垂坠。
细草茸茸的野水边,
寒柳下淡紫色的野花簇簇。
芦苇丛上的水浪似乎分外响了。

七十九

荆树丛中的野水畔,
飞来飞去
几只灰蓝色的鸽子。
红橙果荚的栾树,
蕴藉叽叽喳喳的鸟语,
似随风飘荡的黄叶。
白花夹竹桃已谢,
白花木芙蓉朵朵若雪月开。

八十

莲叶褐黄的荷塘中——
蟋蟀的鸣声，
微微响过月夜中空明的积水。
落花碎瓣般——
飘浮在莲梗间深水上的楸树
枯叶，
蕴藏莲蓬已老时幽暗的梦。
沿岸低矮的石榴树黄，
堕叶纷纷，
美人蕉卷曲
苍绿尽褪——
纵横于遍地黄叶之上。

八十一

湛蓝的秋夜中，
雨的晶珠从高天落下
穿越柿子树浑厚的叶——
与橙黄色的饱满的果实。
王莲琢玉似的叶，
在雨珠激荡的圈圈涟漪间
状若漂浮于静澄云朵间的圆月。
芦苇——
瘦如砍削的竿透过打湿的荷裾，
长长的水光浮泛的尖叶
刺破荻花与莎草——
昏暗的间隙。

八十二

微黄的野菊花
成片成片开在长叶尖利坚硬的剑
麻丛上。
渺渺的远香，
如夜半蒹葭间隐约的虫鸣，
——略苦。
蜻蛉飞过芦苇低垂的蒲穗
飞过没去灯芯草根的黛青色的
秋水。

八十三

水鸟啾啾的鸣声
隐藏在木桥对岸的芦苇丛中，
响在隔河遥望的——
云烟弥漫的椿树林。
一只小船似的水鸟——
清掌划破寒波
曳拖圈圈细浪，
在荻花孤蒲夹岸的小溪上。
秋雨绵绵穿过果实摘尽的苹果树
的密叶，
曲曲弯弯的枣树的短枝，
红叶红果遍生的山楂树。

八十四

茅草白茫茫的长穗
垂向雨湿的残荷。

紫红色的菊花

在抛洒的雨珠中——

晕染开幽艳的细瓣。

桔梗薄如风铃的宝石蓝色

花儿——

半露于青石间。

雨声中，

江上朦胧可见渺茫的孤雁。

八十五

干荷叶上的月亮，

在深水中沉黯的莲花般的云彩间

——如水面依稀可见的水底的

云母。

干荷叶淡金色的伞裾

一丛丛招摇，

于颢气荡涤的墨蓝的天宇下

王莲稀疏的圆盘，

和远远近近的芦苇丛中。

干荷叶间隙中的月亮

在水的粼光间

若游鱼闪动，

清波渌漪流过倒映的寂空。

八十六

秋日下的红

是枫树明黄的琥珀般透亮的

叶芯——

晕化的赭石色的叶缘，

是荒滩上干枯的石榴林中——

金翠离披的枝叶间

浓艳欲燃的数朵美人蕉花，

是发着白毫的蓬蒿里——

凌霄蔓藤绀红中凝结赤黄的

彩叶。

秋日的煦暖中，

有万千圆珠似的鸟啼

滚动于绿蕴将尽的池塘。

八十七

木芙蓉花的红

像冷泉中晕化的胭脂，

寒雾里娇艳的玫瑰色

在木芙蓉花淡极若雪的白之间。

木芙蓉花干枝上的红朵儿，

像春天里沉寂到秋天的青春

韶华，

于拂晓的寒烟湿雾中

珠露繁垂，

柔瓣粉软。

木芙蓉花那一抹桃红

鲜明映照荒草间野菊花淡黄的

蓓蕾

和纷纷飘坠的枯寂落叶。

八十八

旷远高天上的月亮，

如无垠的海上一片白帆，
与孤星一颗——
倒映于荷叶苍苍的水塘。
月的静影——
凉水般的月色，
天水之间的空旷
凝碧——

八十九

野菊花在鸟啼声中开了，
似无数幽艳的眼隐藏在草丛里。
缭绕的鸟啼明快如剪，
裁出蔚蓝色的晴空
以及晴空下艳黄的丝瓜花儿。
丝瓜弯弯的藤蔓
牵引一树一树红澄澄的浑圆的
柿子，
摘尽丰硕的葡萄架，
墙角暖阳中舒展的无花果木
的枝。
野菊花的幽暗
以数不尽的细碎的浅黄苞葩
闪耀于深秋田间。

九十

落叶上的鸟雀
忽地飞起——
惊动了乱草间几朵灰蓝色的

牵牛花。
深深的秋林
为颢气中杂彩的褐黄掩埋，
曲折的枝杈穿透黄叶
稀疏露出木芙蓉红白的绣瓣。
野鸟的啁啾
与蛉虫的喈喈，
沿秋水畔淡紫色雏菊的丝蔓
绵延。

九十一

残余的几朵浓艳的红玫瑰
如初冬时将熄的生机的火焰，
伶仃缀于棘草丛，
草丛里闪现刺球状的荚果。
楝子——
一串串暗黄的果珠
隐藏于深深的赭褐。
金银木珊瑚般的绛珠
坠弯飘舞红叶的长枝。
绿白色野生雏菊——
杂生于芦苇间的寒水。

九十二

枫叶的褐红
在湿冷的水雾中——
与枫叶的赭黄，
透出灰濛的低空下粒粒即将凝结

的雪。

湖水暗冷
白背黑领的野鸭,
划开冷绿的水纹——
游入一池褐黄的荷梗中
几朵惨淡破旧的灰绿色荷叶间。
寒鸟数只
掠过乌青的柳树的烟。

九十三

柊树白色的花朵散发的白色的

芳香
漫过水塘中茫茫的黄褐色芦苇。
王莲残剩的叶
似破旧的古玉的盘盏,
缀于绿蕴褪尽的荷裾缝隙。
白的长叶水草——
与石青的枯水
一起沉入霜天下
寒月素练般的清光。

地下的莲灯

一

白雪覆盖——
已埋入地下的深眠的心绪。
它是一盏莲花灯,
从遥远的对岸
隔河渡来,
以它温煦的暖光——
使冻僵的泥土
在冷寂的乾坤间,
喁喁低语一支不老的歌。

二

灰黑色的鹁鸪飞过——
煦暖的地气中红叶遍染的树林。
阳光照彻长眠的衰草间——
苍白色绕水的芦苇。
枯荷皱缩的莲蓬——
如山间老石。

三

梭草叶上的白霜
沿冻黑的泥土蔓延。

荒滩上没有凝结的露水,
却有飞蓬的白毫——
以霜针聚为霜球,
招摇——
在寒风中。
金钱草圆圆的叶
霜针团成芒石里的暗玉,
贴近冻土,
穿破残叶叠叠的灰白的矮草。
野菊花的枯蔓翻腾,
皱缩的褐色花托
堆积于霜封的田畦。

四

枫叶红透——
在小雪与大雪之间。
枫叶醉人的酒红
浓郁如枯叶白草中的火焰,
仿佛沉积了从初秋到季秋的
暖意,
在照射到土墙根的阳光
穿过寂静的窗棂的时分。

木芙蓉花若揉碎的丝绸，
在荒寒的芦苇与干裂的荷梗——
环绕的池塘岸上。
楝子树朝向高空的楝子——
一团团浓黄，
映照石楠树稠厚的墨绿色
树叶间——
颗颗捧聚的绛珠。

五

荷塘里一只灰黑色的水鸟，
穿过寂寥的芦苇荡时——
西风中飘舞漫天的黄叶。
冽水内腐烂的莲，
缠绞水藻的绿蔓。
梅花开放的时节未至，
岭上金翠的枯叶间
——方萌梅苞。

六

暗夜里的西风——
吹过飒飒的窗棂，
吹熄满天萤火似的星。
风卷起灰黑的云间的冰晶，
化作倾天的雪花，
夹携数不清的深黄的柳叶
——飘舞。
暗夜里墨蓝色的透明的天空
托有玉絮般飞扬的雪花

如乌精中点点颤动的荧光。

七

雪是灿烂如花盛开的水，
在无花的时节。
当树枝上仅余岁末的一抹枯叶
雪花若白百合
若梨
若白荆花——
盛开于料峭的寒枝。
雪花压弯了夹竹桃的绿叶
好似隆冬中又绽放了白夹竹
桃花。
雪花厚厚地铺在河冰上，
如莲子已尽后——
重开的白莲。

八

乌雀——
飞过雪花纷扬的白玉兰树树林，
白玉兰萌出白毫的尖圆的芽苞
一点灰绿——
被积雪压没，
弯枝上坠落团团雪块。
乌雀如乱珠般四撒的啼鸣
在冬日霰雪纷纷的林中，
震动腊梅金绿错杂的叶间——
豆大的梅苞，
穿越灰红色的天底的雪垄。

九

乌雀——
停在大雪重压之下的荷梗上，
满塘倒伏的荷梗
在寥落晴空下的颢气中，
七零八落坠向水底冰凝的乱叶。
冰下的水——
脉脉流出冻结的芦苇的间隙，
奇寒——
如沉静渗过河畔的巨石。
乌雀在白雪垒堆的荷梗间穿梭，
敲冰碎玉般的啼鸣
随雪竹丛中落下的冰珠爆裂。

十

雪滩——
环绕澄澈的黑水，
水上白冰凌花状散。
冬水之寂
漫过岛屿似的野石间——
雪压的芦苇，
清冽的气息流荡天地。
冬水如白雪下长眠的大地般
宁静，
由深到薄的冰下暗涌的细纹，
泯灭于灰黄的芦苇荡中的积雪
边缘。
冬水若冬

无色——
黑白——
淡漠近无形——

十一

淡黄色的腊梅花
悄悄在寥落的枯枝上开了数朵，
寒香藏于积雪下的枯叶隙里。
离离白草间的积雪
若流云浮灰般的暗影，
覆盖林中空枝间的阳光——
照射的沉眠的大地。
风——
吹过冻结的积雪，
和枝丫疏阔的旷远的树丛。

十二

木芙蓉树枯萎，
皱缩的叶一片片坠于干枝，
似荒原上迎风的野蒿。
木芙蓉花盛开的枝尖——
大雪后仅余揉碎的团团褐黄。
乌雀飞过，
震动赤赭的果珠落地。
无花果木无花无果的枝
伸展在冬日暖阳中的土垄。

十三

碎冰堆积在窗前的矮墙上，

与玻璃间透明的缠枝折蔓的

冰凌花——

仿佛雾凇迷离的树林。

阳光照射古旧窗棂内的木佛的

时刻，

墙角数枝梅花新萌蕾。

十四

倒地的芦苇丛上的残雪

与冰凌间灰白的荷茎——

匍匐于冻枝萧瑟的荆木和

楝木下，

在没有颜色的冬日。

两三枝灰黄的芦花

摇荡在冰封的溪面——

凝固的幽幽浮藻之上。

紫荆树缩为黑褐的果荚

干裂欲碎，

若凛冽的风刮起的一片残叶，

和槐树和椴树的干果——

没入无色寒冬。

十五

木桥上的白霜

在红木纹理中凝聚，

与黛青色屋顶上的余雪——

横亘于荒地里乱草般的野荷上。

冰雪间黄褐色的荷梗

因寒风的重压一丛丛倒伏，

唯零星荷裾散落辽远的冰河

之源。

灰黑色雀鸟翘立枝上，

喳喳啼鸣穿透雾气隐没后的

阳光。

十六

结香树的寒蕾结成青白色的

花球——

在芦苇荡荡的野水岸。

汀洲间寒柳画线，

黑灰色野荷瑟缩若秋蝉。

萧条寒林中，

干枝梅花穿破微云寂寂的低空。

十七

寒水边的麻雀

呼啦啦一齐飞起，

惊动残荷茎间淡荡的水——

圈圈涟漪。

寒水澄澈若雪，

冰冷的碧色沉没入湖底的片

石内，

渗出凉雾透彻冻雪下的白草。

苍苍芦苇——

瘦影映照镜面似的水塘上方折的

莲梗。

十八

腊梅树林里一株梅花——

开在乱草丛中仅开着一枝迎春花

的陇巅，

　　散乱的枝与淡黄的花苞

　　蕴含纷披的碎叶间的积雪。

　　腊梅花心里的雪

　　于寂静中

　　落在土垄间梅花的落瓣上。

　　腊梅树林里的另一株梅花——

　　伶仃的三两枝

　　开在墨线般的残荷梗——

　　描画的水岸。

　　三只花翎黑背的鹁鸪

　　飞过莲塘边静澄的芦苇丛。

十九

残雪压倒成片的残荷，

冰凉的积水在荷塘的边缘冻结为

冰凌，

　　隙中冒出汩汩寒泉。

　　秋日里红透的枫叶

　　仲夏火热的石榴树

　　季春绚烂的紫荆花，

　　在一味沉寂中——

　　化为一色的暗灰，

　　哑然静默地矗立于河畔的枯林，

　　干枯的枝叶若深秋的蝉蜕。

远远地——

隔河——

陇上腊梅树丛后

有红梅一株未开，

花苞小如青豆。

二十

寒月下一弯破舟——

搁置在霜雪叠压的荷塘上。

芦苇和睡莲的残叶

无声——

丛丛倒伏，

若风偃荒草。

一只月光惊醒了的鸟雀，

飞越墨线般

画在月影中的——

柳树梢头。

二十一

雪花落在四季桂树干枯的树枝，

了无生机的桂叶间——

穿过一两枝淡黄色的月季

花骨朵，

仿佛凌冬中尚未熄灭的地下的火。

月季枯死的花瓣——

像皱褶的丝绸

已和深秋时节死去的桂树一起，

而白雪点缀的尖尖的花蕾

在沉黯的冻土上，
似乎结满冰凌的窗前一缕细微的
鸣动。

二十二

腊梅花心里的雪，
在蜜黄色的柔瓣间融为冰澌。
淡黄色的玉珠状苞蕾
于枯枝上丝绒般的雪絮——
寂静吹落时，
迎风朝向林隙中雪地上映红的
阳光。
梅树风化的金翠的叶，
与白雪积压的木枝——
颗颗坠落林中珠圆玉润的翠禽的
啼鸣。

二十三

林中湿润的初升红日
在迷蒙的薄雾间——
涉过白雪之上一丛丛墨线般的
空枝。
霜月方落，
冻结的冬青树叶凝聚皓雪之精。
梅花的香穿透晨雾，

漫过厚厚堆积的枯叶上——
迟迟停顿的灰色鸟啼。

二十四

杏树绛红色的树枝绽破银灰的
细芽，
当积雪消融后的枯叶下——
冒出游丝般的新绿。
腊梅花树的蜜黄——
金翠离披——
于将尽的白中褪去。
一两只喜鹊闪过杈枒的乱木。

二十五

雨过枝丫槎枒的杏树林，
杏树湿润的黑色老皮上长有茸茸
的白地衣。
灰背花翅的喜鹊飞起——
在水珠滴落的辛夷树密生白毫的
新蕾。
苍白的腊梅似拂晓时分天边的
远月，
于枯叶重压的冻土下沉没。
红梅数不尽的繁星般的细枝
萌发无数胭脂色花苞。

怒放的生命，心有阳光，魂有芬芳。

它们的欢笑像新鲜的树木的绿芽，生机无限地盛开在天地间。

——结　语